Suzette Mayr
Der Schlafwagendiener

Suzette Mayr

Der Schlafwagendiener

Aus dem Englischen
von Anne Emmert

Verlag Klaus Wagenbach Berlin

Die kanadische Originalausgabe erschien 2022
unter dem Titel *The Sleeping Car Porter* bei
Coach House Books in Toronto, die deutsche Übersetzung
erstmals 2023 als Quart*buch* bei Wagenbach.

We acknowledge the support of the Canada Council for the Arts.
Nous remercions le Conseil des arts du Canada de son soutien.
Wir danken dem Canada Council for the Arts für
die Unterstützung der Übersetzung.

Canada Council for the Arts Conseil des arts du Canada

2. Auflage 2025

Wagenbachs Taschenbuch 876

Verlag Klaus Wagenbach GmbH
Emser Straße 40/41, 10719 Berlin
www.wagenbach.de mail@wagenbach.de

Covergestaltung Julie August unter Verwendung des Gemäldes
»Unapologetically William« © Janet Hill. Foto der Autorin
© newestpress.com. Gesetzt aus der Kennerley Old Style und der
Americana. Gedruckt und gebunden bei Drukarnia Abedik, Poznan
Printed in Poland.

ISBN 978 3 8031 2876 8

Für Don Bragg und für Davis

Ich liebte meinen Freund.
Er ging weg von mir.
Mehr gibt es nicht zu sagen.
Das Gedicht endet,
Zart wie es begann –
Ich liebte meinen Freund.

Langston Hughes, 1925
»Poem (For F. S.)«

Als der Zug in einen Bahnhof einfährt
in der Dunkelheit des frühen Abends,
verschwindest du.

Fred Wah, 1985
»Waiting for Saskatchewan«

WANT A JOB?

Sleeping-car **Porters** wanted for summer and permanent service. No experience necessary. Write to-day for full information.

Schlafwagendiener gesucht für Einsatz im Sommer oder auf Dauer. Erfahrung nicht notwendig. Mehr Informationen auf schriftliche Anfrage.

Vorher

Toronto–Winnipeg, Mo., 22:45 Uhr (E. T.) bis Mi., 21:15 Uhr (C. T.)

21:45 Uhr. Baxter steht neben seinem Trittschemel und hält Ausschau, reglos, geschmeidig, jederzeit bereit, einen Koffer hochzuhieven, einen Fahrplan zu studieren, auf den Schaffner zu verweisen, zu nicken, weitere Koffer hochzuhieven oder auch eine Hutschachtel, weitere Fragen zu beantworten, zu nicken und immer wieder zu nicken. Hosenaufschläge schleifen durch den Staub, blanke Stiefelabsätze klackern über den Bahnsteig, ein Kind rennt zum Aussichtswagen, Haarbänder, Manschettenknöpfe, Tickets und Abschiedsbriefe rauschen zu Boden. Hände strecken sich ihm entgegen, halten sich an ihm fest, ziehen ihn an der Jackentasche, fuchteln ihm vor dem Gesicht herum. Eine Woge aus Fahrgästen walzt auf seinen Wagen zu, ein Mahlstrom hektischen Abfahrtstrubels.

R. T. Baxter, Zahnarzt in spe, der einmal Zahnfleisch aufsäbeln und kranke Weisheitszähne ziehen will, steht da, hier, neben seinem Zug, inmitten dieses Wirbelsturms.

Jetzt schon schläfrig.

Ein Fahrgast, der in Baxters Wagen zusteigt, drängelt sich an einer Mutter vorbei, die ihren Knirps am Ellbogen festhält. Der Mann, geformt wie ein Herz, wie eine Mango, verharrt kurz auf dem Trittschemel, ehe er in den Waggon klettert. Mango reckt den gekrümmten Zeigefinger in die Luft und öffnet die trockenen Lippen, aber es entweicht ihnen kein Ton, kein Fragezeichen.

»Sie sind in Abteil C, Sir«, sagt Baxter, obwohl der Schaffner dem Passagier das bereits erklärt hat. Er ist sich nicht sicher, was der Passagier jetzt noch wissen möchte und was der schweigend in die Luft gereckte Zeigefinger zu bedeuten hat. »Willkommen an Bord«, sagt er.

»Mitternacht«, sagt Mango. Er schiebt den Finger in seine Brusttasche, zieht eine Visitenkarte heraus und schnippt Baxter die Karte zu. Die Berufsbezeichnung lautet *Optiker*. Auf die Rückseite hat der Passagier in winzig kleinen Versalien notiert:

MITTERNACHT. KEINE MINUTE SPÄTER.

Die spitzen Ecken der Karte piksen Baxter in die Fingerspitzen. Um Mitternacht wird er noch beschäftigt sein, Fahrgästen gut zureden, sich in ihre Kojen zu begeben, und über Kissen und Schlafanzüge stolpern. Er hat eine vage Ahnung, was der Mann mit seinen akkuraten Winzbuchstaben sagen will, aber manche Passagiere sind durchtriebene Gesellen, die einem in der einen Sekunde freundlich die Zähne zeigen, um sie in der nächsten arglistig zu fletschen. Er hat keine Zeit, für Mango den Kummerkastenonkel zu spielen, sich seine nächtlichen Bekenntnisse über eine unglückliche Liebesaffäre oder einen lasterhaften Bruder anzuhören, wo er doch Stiefel wichsen und Berichtzettel ausfüllen muss. Um Mitternacht werden noch Passagiere betrunken durch den Wagen torkeln oder nach der Leiter klingeln oder zur Toilette und wieder zurück wanken, ihn mit Fragen belästigen wie *Wann fährt der Zug durch Octopus?* oder *Warum ist der Zug langsamer geworden?*, als läge Baxter, sobald er aus ihrem Blickfeld verschwindet, auf dem Dach des Zuges. Vielleicht kann Mango, der Optiker, ihm ja die menschlichen Augen aus den Höhlen schaben und stattdessen Vogelferngläser einsetzen.

Federn schweben vor Baxters Augen. Er blinzelt, putzt sich mit dem Taschentuch die Brille. Keine Federn. Kaum Schlaf letzte Nacht, davor zwei Nächte hintereinander überhaupt kein Schlaf, jetzt zieht in seinen Augäpfeln Nebel auf. Er steckt sich die Karte des Optikers in die Brusttasche.

Baxter füllt die Formulare aus, hievt Kisten hoch und runter und hoch, steigt beim Kontrollieren der Kojen über Kissen und Schlafanzüge, notiert innerlich, wessen Schuhe geputzt werden müssen und wer schon so viel getrunken hat, dass er sich im schnurgeraden engen Korridor garantiert verlaufen wird.

Um 23:59 Uhr drückt Baxter den Perlmuttklingelknopf zu Abteil C. Mango öffnet die Tür mit qualmender Zigarre im Mund, der Rauch und der Geruch aus dem Abteil schlagen Baxter entgegen, die Schultern des betrunkenen Körpers füllen den Türrahmen aus.

»Exakt pünktlich.« Qualm quillt aus Mangos Mund.

Er hält Baxter einen Fünfdollarschein hin, und Baxter greift danach, schwindelig angesichts des ungeheuren Geldbetrags. Aber Mango zieht den Schein mit einem Ruck zurück, zerreißt ihn und hält eine Hälfte Baxter zwinkernd hin. Die Lippen rund um die Zigarre hat er zu einem höhnischen Grinsen verzogen. Die Zeit kommt schlagartig zum Stillstand. Mango ist einer dieser widerlichen Typen, die Baxter als Alibi oder Zeuge für eine noch nicht begangene, aber beabsichtigte Dummheit oder Schandtat brauchen. Baxter faltet den halben Geldschein in der Mitte und steckt sich das verdorbene Ding in die Brusttasche seiner Uniformjacke.

Ihm fällt ein, dass Mangos pompöse protzige Kerne haben.

»Die andere Hälfte gibt's am Ende der Reise«, raunt Mango ihm zu und klopft ihm auf die Schulter.

Lange Haare wachsen dem Passagier aus den Nasenlöchern, aus den Ohren. Baxter hat Männer wie ihn schon gesehen. Und nicht gesehen. Sein Ausbilder Edwin Drew hat ihm alles gesagt, was man über solche Männer wissen muss. *Liebesdiplomaten* hat er sie genannt.

»Hier«, sagt Mango, »die hast du vergessen.«

Er schiebt Baxter ein Paar Schuhe hin, die innen feucht sind und übel riechen. Dann macht er die Abteiltür zu, knallt sie ihm gegen die Fußspitze.

Baxter bringt weitere Passagiere in ihren Kojen unter, wischt rund um die Waschbecken die Spritzer weg, holt neue Handtücher. Sein Zwillingsbild zieht in den Spiegeln weißjackige Pirouetten, zeigt seine Schweißtropfen auf der Stirn, sein langes und dünnes Gesicht, die schimmernde Brille. Die zweite Stunde einer fast achtundvierzig Stunden langen Tour, und am liebsten würde er sich jetzt schon zusammenrollen und fortwehen lassen.

Baxter befreit Mangos Schuhsohlen vom Schmutz, schrubbt mit der Bürste über die Vorderkappe, den Absatz, die Seiten, tupft und verteilt Schuhcreme und auf der Kappe Wasser und reibt mit dem Lappen, bis der Schuh glänzt, bis das Leder straff und blank ist. Er fährt, nur ganz kurz, mit den Fingern über die Nähte und Zierlöcher.

Stinkmorchel.

Die Schuhe stellt Baxter in das Schränkchen neben Mangos Abteiltür. Dann setzt er sich wieder auf seinen Hocker und putzt die Schuhe und Stiefel der anderen Passagiere, die Fingernägel schmierig von der Schuhcreme, putzt weiter bis in den schlaftrunkensten Teil der Nacht, in dem er endlich das Putzzeug einpacken und sein *eigenes* Bett machen kann, weil selbst die pingeligsten Passagiere so tief träumen, dass sie einmal nicht das Bedürfnis haben, nach dem Schlafwagendiener zu klingeln.

Dennoch ruft ihn von Zeit zu Zeit die Klingel, und er muss die Leiter an eine der oberen Kojen anlegen, damit ein Passagier hinabsteigen, sich zum nächtlichen Besuch des Waschraums oder einer anderen Lustbarkeit aufmachen und wie ein trunken schläfriges Eichhörnchen wieder hinaufklettern kann.

Unter dem Schaukeln und Schwanken des Wagens gleitet draußen vor den Zugfenstern die Nacht vorüber. Baxter reibt sich die Augen so fest, dass unter seinen Lidern Polarlichter wabern.

Um 2:00 Uhr zieht er im Raucherabteil neben der Toilette eine hauchdünne Matratze heraus und legt sie auf das Sofa. Er streckt sich darauf aus, sein Kopf sinkt zur Seite, er nickt ein. Seine Finger fassen nach dem Betttuch, um es sich bis zum Hals hochzuziehen, da fällt ihnen auf, dass er das Laken vergessen hat. Und er hat vergessen, den Diener im nächsten Wagen zu bitten, ihn kurz zu vertreten. Er muss wieder aufstehen, er muss Ordnung schaffen. Er sinkt zurück in den Schlaf.

Nach nur zwanzig Minuten weckt ihn das Schrillen der Klingel. Mühsam rappelt er sich auf.

Baxter hält die Leiter fest, damit ein betrunkener Hallodri, der außer Schlafanzug und Regenmantel nichts anhat, in eine der leeren oberen Kojen kraxeln kann. Der Kerl hat es zunächst ohne Leiter probiert und ist dabei auf der unteren Koje herumgetrampelt. Der Mann unten hat dann Baxter herbeigeklingelt und sich wieder weggedreht.

»Danke danke, daaanke schöööön«, flüstert der Betrunkene und zieht sich die Decke bis unter die Achseln. »Diener«, zischt er, »Diener! Guck mal. Guck mal, was ich hier habe.«

Mr. Schnapsnase stützt sich auf einen Ellbogen. Raschelnd zieht er eine abgegriffene Postkarte aus der Schlafanzugtasche und schiebt sie Baxter hin. »Hihi«, kichert er.

Baxter betrachtet die Karte im Dämmerlicht.

Zwei Frauen räkeln sich nur mit Strümpfen bekleidet auf einem Kanapee.

»Hab ich aus Frankreich«, sagt Schnapsnase. »*Paris*.«

Baxter streicht die abgewetzte Schmuddelkarte auf der Bettkante glatt. Schweiß kriecht ihm auf die Stirn und in den Nacken. Die weißen Zähne der einen Lady säumen wie winzige Blütenblätter ihre Lippen.

Er steht auf dem obersten Tritt der Leiter und zermartert sich den Kopf, was er vorgaukeln könnte. Interesse darf er nicht vorgaukeln, nicht mal für das beste Trinkgeld der Welt. Er will nicht gefeuert oder totgeprügelt werden, weil er einer nackten weißen Lady lüsterne Blicke zugeworfen hat, und er will sich auch keine Strafpunkte für *ungebührliche Vertraulichkeit* mit diesem Passagier einhandeln. Übelkeit kann er auch nicht vorschützen. Nein, das geht alles nicht.

Schnapsnase runzelt die Stirn und schnaubt missbilligend, weil die schäbige Liederlichkeit seiner Karte Baxter weder einen Pfiff noch ein Kichern entlockt; er schnaubt verärgert, weil Baxter überhaupt keine Reaktion zeigt.

Mit zornesrotem Gesicht nimmt Schnapsnase seine Postkarte wieder an sich.

Baxter schaltet auf witzig und charmant. Genau wie Edwin Drew.

»Da haben es die Ehemänner wohl versäumt, den Damen Mäntel zu kaufen«, sagt Baxter.

Schnapsnase stößt ein schniefendes Lachen aus und wirft den Hinterkopf aufs Kissen.

In Baxter bricht sich lautlos ein erschöpftes, schwindeliges Dampflokjohlen Bahn. Der Gedanke an die Lady, die ein Pferdegebiss wie diesen Passagier mit der Postkarte in der eheberingten Hand heiratet, ist einfach nur komisch. Baxter hat keinen Schimmer, wie ein Zahnarzt den Gebissverhau im Mund des Mannes diagnostizieren würde, der möglicherweise einem zu späten Durchbruch der bleibenden Zähne oder einer Anomalie der Wurzeln geschuldet ist.

»Sir«, sagt Baxter, »ich wünsche Ihnen eine gute Nacht, Sir.«

Der Mann kichert kieksend.

Mach hinterher sauber, denkt Baxter.

Er schüttelt sanft am Vorhang der Koje eines Passagiers, der um drei Uhr früh aussteigen muss.

»Morgen«, sagt der Passagier und reibt sich den Schlaf aus den Augen. »Kann man drei Uhr als Morgen bezeichnen?«

Baxters Lippen verweigern die Antwort. Auch sein Kopf ist benebelt.

Der Passagier streckt die Beine aus dem Bett und kugelt auf den Boden, benommen zu der gespenstisch frühen Stunde.

Baxter muss ihn und seinen Koffer nachgerade durch die Tür, auf den Trittschemel und den Bahnsteig hinunter wuchten; dort hält er dezent die Hand auf für Münzen oder eventuell sogar einen Geldschein. Ein Passagier, dem Rolly, der Diener im Wagen hinter ihm, aus dem Zug hilft, lässt versehentlich eine Handvoll Hartgeld auf den Bahnsteig regnen. Auf dem dunklen Bahnsteig jagt Rolly den rollenden Münzen hinterher, sucht kopfschüttelnd mit seinen tellergroßen Händen den Boden ab, bis er alles Silber erwischt hat.

Baxters Passagier drückt ihm fünfundzwanzig Cent in die Hand. Ist in Ordnung. Nichts Besonderes. Nur in Ordnung. Es reicht für eine schicke Zahnbürste, aber nicht, um seine Ersparnisse für das Zahnmedizinstudium aufzustocken.

Er rollt die gebrauchte Bettwäsche in der nun leeren Schlafkoje zusammen. Seine Klingel läutet. Einer Reisenden, die mit dem Finger nach ihm schnippt, bringt er einen Becher Wasser. Eine Minute später holt er den geleerten Becher wieder ab. Er durchquert den Zugvorraum zwischen seinem Wagen und dem nächsten, bleibt stehen, als sich die Tür des nächsten Wagens wie Gummi drei Meter hoch streckt und dann zurückschnellt. Er schließt die Augen zu einem Nickerchen von der Größe eines Mohnsamens und zieht die Tür auf. Rolly wischt gerade mit dem Staubwedel über die Korridorwände. Als Baxter ihm auf die Schulter tippt, lässt Rolly ihn fallen.

»Mannomann!« Rolly bückt sich und verfolgt den wegrollenden Staubwedel, dessen Straußenfedern über den Boden fegen. »Schleich dich nicht so an.«

»Ich muss mich mal ablegen«, sagt Baxter.

»Wollte dich auch schon fragen!«, sagt Rolly, »gleich nach dem Abstauben!«

»Kannst du meinen Wagen übernehmen?«, fragt Baxter.

Ein Güterzug rattert vorbei und kippt seinen Lärm über die beiden aus. Rolly schwenkt mit seinen Riesenhänden den

Staubwedel und meckert mit gespitzten und geschürzten Lippen, hinter denen nur die untere Schneidezahnreihe zu sehen ist. Baxter, der ihn nicht hören kann, lächelt zwetschgensüß.

Sie verbinden die Wagenklingeln, sodass Rolly nun auch rennen muss, wenn es bei Baxter läutet.

»Ruhe in Frieden.« Rolly fährt mit seinen Wurstfingern über einen Türsturz und streckt Baxter einen spinnwebbehangenen Finger entgegen.

Auf dem Sofa dreht sich Baxter auf die Seite. Weil die Matratze so schmal ist, stürzt er bei jedem Schlingern des Waggons fast ab. Seine Augen fallen zu.

Ein Passagier knallt die Klotür zu.

Baxters Lider ploppen auf. Er rappelt sich mühsam hoch. Sein Magen grummelt vor Hunger, und so holt er sich ein Sandwich aus der Tasche und wickelt es aus dem Papier. Er döst ein, öffnet wieder die Augen, das Sandwich hängt lose zwischen seinen Fingern. Er knabbert an der Kruste und kann vor lauter Müdigkeit nicht sagen, was für ein Brot er da kaut. Die grauen Fleischstückchen zwischen den Zähnen lösen sich auf der Zunge in geschmackloses Nichts auf. Zunge und Zähne erinnern sich an Tante Arimentas gedünsteten Fisch, frisch aus dem nahen Meer, dazu Maisgrütze, alles dampfend aus dem Topf direkt auf den Teller, ihre schmalen Hüften, wie sie am Herd stand und rührte, die geäderten Hände, die seinen Teller auffüllten, sobald er ihn geleert hatte. Immer wieder. Sie selbst aß nur einmal am Tag, um schlank zu bleiben, sagte sie. »Spart auch ein bisschen Geld«, sagte sie.

Während er und seine Cousins und Cousinen aßen, schmauchte sie ihre Pfeife.

Die Zugpfeife kreischt.

Er beißt schnell noch ein paarmal in das krümelige Sandwich, denn seine Zeit ist rum. 7:00 Uhr. Während draußen die Sonne den Horizont aufschäumt, schlürft er blutwarme Milch aus der Flasche. Er steckt die Flasche ein und trennt die Verlängerungsschnur, die die beiden Wagenklingeln verbindet. Rolly, der gerade einer Freundin einen Brief schreibt, ist so vertieft, dass er ihn nur mit einem kurzen Nicken grüßt. Fahrgäste ruckeln sich aus dem Schlaf, und Baxter schluckt den letzten Bissen seines Sandwichs hinunter.

8:00 Uhr. Baxter stemmt die Schlafkojen hoch. Er sammelt Apfelgriebsche ein, Brillenetuis, abgelöste Kragen und Haarnadeln. Er wischt Waschbecken und Holzoberflächen ab, von Atem beschlagen, von Händen betatscht. 11:00 Uhr. Er besorgt Taschen, Hutschachteln, Minzbonbons, einen Pfirsich.

Dann der Nachmittag. Er verstaut, er hebt auf, er holt, er erfindet Geschichten. Er sitzt auf einem freien Sessel, sein Oberkörper wiegt sich mit der Bewegung des Zuges, seine Finger tippen auf das Plüschpolster. Er sitzt und sitzt und sitzt, verscheucht den Schlaf, während Passagiere heiße Luft absondern, in ihren Kriminalromanen blättern, durch das Fenster auf Wälder mit Felsen zeigen, auf Gänseblümchen, die in Gräben sprießen, auf mit Jersey-Kühen getupfte Wiesen. Er kann sich nicht erinnern, eingeschlafen zu sein, er könnte seinen Job verlieren, wenn ihm das tagsüber passiert, aber er muss die Augen eine Sekunde zu lang geschlossen haben. Als er den Kopf hebt, wedelt eine Trockenfeige von einem Passagier mit seiner *Beaver*-Zeitschrift im angrenzenden Kojenabschnitt in Baxters Richtung. Hat er geschnarcht? Ist ihm entgangen, dass eine Reisende eine Sicherheitsnadel brauchte? Mit ausladenden Schritten kehrt er ins Raucherabteil zurück, doch die Pfeile auf dem Klingelbrett stehen alle aufrecht. Er setzt sich ins Raucherabteil und hält sich mit den Daumen die Lider auf. Der dünne Rauchschleier im Raum quillt auf, verklumpt zu Gewitterwolken, aus denen nadelspitze Blitze zucken. Nein, stimmt nicht.

Die Klingel läutet. Abschnitt 4 unten.

»Ich brauche eine Cola«, sagt der Passagier in Abschnitt 4 unten. »Meine Gicht meldet sich, deshalb ist es für mich zu weit.«

»Ja, Sir.«

Baxter zwängt sich Wagen für Wagen durch die Gänge bis zum Speisewagen.

Und zwängt sich wieder zurück.

Abschnitt 4 unten streckt die Hand nach dem Glas aus, ohne ihn anzusehen, taucht die Oberlippe in die Cola und nippt.

Der Passagier im Flanellanzug auf der anderen Seite des Mittelgangs beugt sich zu Baxter hinüber.

»Das sieht gut aus.« Flanell beäugt die Cola. »Hmm. Eine Tasse Tee wäre jetzt genau das Richtige«, sagt er, den Blick durch das Fenster auf einen Sumpf geheftet und auf eine klapprige kleine Brücke, die darin eingebrochen ist.

Der Passagier wünscht Tee?

Flanell dreht Baxter jäh den Kopf zu.

»Eine Tasse Tee wäre jetzt genau das Richtige.« Flanell schnippt mit den Fingern.

Baxter saugt Luft durch die Nasenlöcher ein und stößt sie durch den Mund wieder aus. »Ja, Sir«, sagt er.

Flanell sinkt zurück in das Blumenpolster seines Sessels und faltet die Hände über dem Flanellbauch. Das zwischen den Bäumen hüpfende Licht spiegelt sich in seinem Gesicht, in beiden Insektenaugen der runden funkelnden Brillengläser.

Baxter holt und serviert den Tee, der dichte Dampf schlängelt sich in seine Nase, wohlduftend nach der lauwarmen halben Flasche Milch am Morgen. Er zerrt einen Koffer hervor, damit ein Fahrgast ein Buch herausnehmen kann, hechtet hinter dem bunten Gummiball eines Kindes her, der im Vorraum verschwindet, zerknüllt ein Taschentuch, das jemand verloren hat. Weil ein Passagier mit schicker Uhr am Handgelenk es so will, erzählt er eine spontan erfundene Geschichte über einen Bergsteiger, der in den Rocky Mountains kopfüber in eine Gletscherspalte stürzte, eingekeilt wurde und unter sich einen im Eis eingefrorenen Mann mit Flügeln sah.

Unterdessen gleitet der Zug über die glitzernden Schienen zwischen Pakesley, Westree, Gogoma und Agate, Bäume und Felsen, flaches Land und noch mehr Felsen, uralte Geschichten.

Selbst wenn Baxter steht, ist er in Bewegung. Er flackert überall und nirgends, ein Lidschlag in einem zitternden Zugfenster.

Den abscheulichen Mann, der ihn zusammenstaucht, weil er ihm Kaffee in den Schoß gegossen habe, obwohl der Mann, blutunterlaufene Augen und Mundgeruch, Tasse samt Untertasse klappernd in den zittrigen Händen, den Kaffee selbst verschüttet hat, den würde Baxter am liebsten aus dem Zug schleudern. Ihm einen Faustschlag direkt auf die Nase verpassen. Die oberen und unteren Zähne des fluchenden, Spucke speienden Passagiers stoßen abnormal aufeinander, ein Überbiss, urteilt Baxter, also eine Zahnfehlstellung, dazu eine Zahnlücke hinten, vielleicht der erste Molar. Baxter kann es beim Gezeter des Mannes nicht genau sehen. Angegriffener Zahnschmelz bei einem Amerikaner, der gestern Abend im Speisewagen zu viele Canadian Club Whiskeys getrunken hat und generell zu viel Tabak kaut, der Zug stampft und schnauft missbilligend, während der Mann aufspringt und wegen seiner wackligen Beine und der unablässigen Bewegung des Wagens sofort wieder in den Sessel sinkt. Wenn er seine Schnauze nur lang genug auflassen würde, könnte Baxter mit dem Finger abtasten, ob es sich wirklich um eine Abtragung oder Abnutzung durch Reibung der oberen und unteren Zähne handelt. Das Blut weicht aus dem Gesicht des Mannes, und mitten in einem Kraftausdruck klappen seine Lippen zu. Baxter hilft ihm zur Toilette, die beiden quetschen sich durch den Gang wie die Zahnpasta in der Tube, und dann muss er auch noch die erbrochene Schweinerei aufwischen, weil der Depp überallhin gespien hat, nur nicht ins Klosett. Baxter würgt. Schluckt es runter.

Er entschuldigt sich für den verschütteten Kaffee. Er will vermeiden, dass ihn, wenn er in Winnipeg aus dem Zug steigt, eine böse Überraschung erwartet, dass man ihn nach oben beordert und ihm Strafpunkte aufbrummt, und außerdem hängt das Damoklesschwert aller Schlafwagendiener über ihm: entlassen zu werden wegen einer Lappalie, die er verbrochen hat oder auch nicht, weil zum Beispiel seine Entschuldigung bei einem Passagier, der seinen Kaffee verkleckert hat, nicht unterwürfig genug ausgefallen ist. James, der junge Bursche, mit dem er mal zwei Tage auf Tour war, hatte achtundfünfzig Strafpunkte und erfuhr nach seiner Rückkehr in Montreal, dass er die Höchstmarke von sechzig gerissen hatte; *Gott sei mit dir*, teilte ihm die Eisenbahngesellschaft mit. Man *verzichte* auf James' *Service*, wie es in den *Dienstvorschriften* so schön heißt.

Die Strafpunkte und die Kündigung bekam James, weil er sich auf den gepolsterten Arm eines Sessels gestellt hatte, um das obere Bett zu machen. Entlassen wurde er schließlich, weil er sich nicht entschuldigt hatte, nachdem ein Passagier ihn mit George angesprochen und James ihn korrigiert hatte; dass der Passagier ihn George nannte, war für James der Tropfen, der das Fass zum Überlaufen brachte. Er hieß nicht George, er hieß James Alfred Marshall Clutterbuck, vielen Dank, *Sir*!

Der Zug stampft und rattert auf Longlac zu. Die Sonne schleicht sich davon, die Nacht bricht herein. Der Zug hält kreischend in Longlac. Fährt wieder los. Baxter rollt schmutzige Bettwäsche zusammen, verteilt mehr Kissen.

0:45 Uhr, Mango aus Abteil C torkelt betrunken durch den Wagen, knallt gegen die Wände, die ihn auffangen. Seine Füße wackeln, und er kippt nach vorne.

Baxter springt auf und packt Mango am Ellbogen.

»SCHSCH … « Mango tätschelt ihm die Hand. »Ich weiß nicht, wohin.«

»Ich helfe Ihnen in Ihr Abteil«, flüstert Baxter.

»Jaaa«, sagt Mango, »das wäre sehr aufmerksam von dir.«

Er stolpert.

»Ja, das wäre famos.«

Er tastet sich mit den Händen an der Wand, dem Geländer, der Holzverkleidung entlang. Seine Finger hinterlassen Schweißspuren auf den Leisten.

»Da wären wir«, vermeldet Baxter.

»Danke«, sagt Mango und tätschelt ihm die Brust. »Erfreut, Ihre Bekanntschaft zu machen.«

Er streckt die Hand aus, und sein anzügliches Grinsen entblößt eine dicke Zahnsteinkruste auf dem Gebiss sowie geschwollene Röte an der Innenseite von Oberlippe und Wange: Der Mann leidet wahrscheinlich aufgrund übermäßigen Zigarrenkonsums an akuter Stomatitis. Faszinierend. Baxter zeigt keine Regung und erst recht keinen Ekel vor Mangos Berührung, als er dessen heiße Knubbelhand schüttelt.

Mango reißt ihn an sich, pappt seinen Mund auf Baxters Mund und verpasst ihm einen zahnsteinverkrusteten Stomatitis-Kuss.

Baxter stößt Mango von sich und schiebt ihn in sein luxuriöses Plüschabteil. Wischt sich den Mund mit der Rückseite seiner Hand ab.

»Hoppla!«, sagt Mango, der in seine Koje stürzt. *»Yearning … just for yoooooou«*, singt er und öffnet die Arme.

Baxters Brust ist zum Bersten gespannt, als Mango die andere Hälfte des zerrissenen Fünfdollarscheins herauszieht, die Zungenspitze, ein rosa Wurm, eingeklemmt zwischen oberen und unteren Schneidezähnen.

Baxter schließt die Tür.

Aus dem Abteil ist erst ein Rumpeln zu hören, dann ein dumpfer Schlag.

Baxter wischt die Rückseite seiner zitternden Hand am Oberschenkel ab. Will sich mit seinem Taschentuch noch einmal den Mund abwischen, aber es ist der Putzlappen, den er schnell wieder in die Hosentasche steckt. Der Geschmack von teuren Spirituosen, Staub und Spinnweben spukt auf seinen Lippen herum. Die halbe Fünfdollarnote gärt tief in seiner Jackentasche, in die er sie gesteckt hat, die andere Hälfte befindet sich hinter dieser Tür. Baxter wird Mango dem Schaffner melden. Ja, genau!

Fünf Dollar würden für mindestens zwei Wochen Zimmermiete reichen. Fünf Dollar wären ein lokomotivgroßer Beitrag für das Zahnmedizinstudium.

Mango wird Baxter melden, wegen irgendeines frei erfundenen Vergehens; Baxter wird seinen Job verlieren und den Rest seines Lebens an Straßenecken Schuhe putzen und hingeworfenen Centmünzen und funkelnden Knöpfen hinterherkriechen.

Er stolpert zum Vorraum und kauert sich in eine Ecke. Mit den Handtellern reibt er sich über die Stirn, hin und her, hin und her, die Stirn ist feucht, dann feuchter.

Er reißt den Staublappen aus der Hosentasche, schlägt die Tür zum Gang auf und beginnt, die Messingleisten zu polieren, sie zu wienern, bis sie vor Schmerz schimmern.

Rolly bittet ihn, seinen Wagen zu übernehmen.

Schuhe und Stiefel, Baxter muss Schuhe und schwarze Stiefel einsammeln und putzen. So eine miese Tour. Noch zwanzig Stunden. Zwei Wagen.

Er sitzt auf dem Hocker neben seiner Klingel. Die Augen sind so trocken wie Rosinen. Stundenlang, Stunden über Stunden.

Rolly löst ihn ab, nach seinem viel zu kurzen Schlaf inbrünstig gähnend.

Baxter legt sich auf das Sofa im Raucherabteil. Die Klotür klappt auf und zu, jedes Mal schreckt das Geräusch seinen Körper aus dem Schlaf.

Mango soll um 7:15 Uhr in Fort William aussteigen, Frühstück um 6:00 Uhr. Um 5:45 Uhr drückt Baxter die Klingel zu Abteil C. Er klopft.

Nichts.

Er klopft.

Baxter schiebt sich auf seinen Hocker.

Die Klingel von Abteil C läutet.

Als er die Tür zum Abteil öffnet, liegt Mango zerbröselt in seiner Koje. Sein Kopf ist in einen Pulli gewickelt, nur die Nase schaut heraus.

»*Was … sa*«, krächzt er.

Bei geschlossenem Rouleau drückt Baxter ihm einen Becher Wasser in die verkaterten Hände, zwischen zwei Fingern klemmt eine aufgeplatzte Zigarre. Auf Mangos Augenlidern liegt ein Spinnennetz aus Schlafsand, in den Mundwinkeln hängen Schlieren getrockneter Spucke.

»Bitte schön«, sagt Baxter. »*Sir.*«

»*Mein … Kopf …*«, murmelt Mango.

Der Zug walzt um 7:14 Uhr in Fort William ein, Passagiere springen, wanken und watscheln die Trittstufen hinunter auf den Schemel. Baxter hält die Hand auf. Dezent. Sein Handteller ist gewölbt wie eine flache Löffelschale, damit keine Münze wegrollt. Er lächelt breit, aber nicht zu breit. Es soll nicht nach einem *Grinsen* aussehen.

Manche Passagiere geben ihm ihr Trinkgeld mit großem Gewese, manche, als wären Münzen und Banknoten Schmuggelware. In Baxters Hosentasche klimpern die Ein- und Fünfcentstücke.

Jetzt steigt Mango die Stufen hinunter, das Gesicht fahl, die verkaterten Augen rot geädert und zu Schlitzen verengt. An der obersten Stufe wankt er, als würde er gleich hinunterpurzeln, in Schuhen, die dank Baxters Schutzputzkunst glänzen.

Yearning just for yoooooou.

Mango stolpert die Trittstufen hinunter.

»Man sieht sich, Boy«, sagt er, ohne einen Cent Trinkgeld zu geben.

Baxter nickt und zieht die Mundwinkel nach oben, roboterfroh, für den Fall, dass ihn ein Späher beobachtet. Vielleicht war *Mango* ja ein Späher!

Der Zug lässt Fort William und Mango, den doppelzüngigen Optiker, hinter sich. Rast durch Upsala, Wabigoon, Cloverleaf. Rollt um 21:15 Uhr im Bahnhof von Winnipeg ein, und Baxter stellt seinen Trittschemel auf. Er wischt sichtbare und unsichtbare Partikel Asche, Ruß und Staub von den Schultern der aussteigenden Fahrgäste, er klopft ihnen die Hüte ab, er hält ihnen den Arm hin, wenn sie schwanken. Er spricht einen Passagier mit Nachnamen an, den er auf seinem Koffer erspäht hat, um ihm zu schmeicheln und das Gefühl zu geben, er sei wichtiger als der König von Siam. Er hält die Hand auf. Dezent. Wie Edwin Drew es ihm beigebracht hat.

Trinkgeld: insgesamt 6,47 Dollar von Toronto bis Winnipeg. Nicht so schlecht. Und Mangos bescheuerte halbe Banknote.

In der Zentrale erfährt er, dass er fünf Strafpunkte kassiert hat. *Fünf!*

»Aber warum?«, fragt er.

Er setzt die Schultertasche und das Schuhputzzeug auf dem Holzboden ab, bügelt sich das Gesicht glatt und wartet auf die Lügengeschichte, die sich Mango ausgedacht hat.

»Kaffeefleck auf deinem Hemd.«

Am liebsten würde Baxter fluchen, brüllen, den Bahnhof mit Feuerlichtblitzen in Schutt und Asche legen.

»Aber ein *Passagier* hat den Kaffee auf mich gekippt«, sagt er.

»Das kannst du deiner Großmutter erzählen.«

Fünfzig Strafpunkte hat Baxter nun angesammelt. Mango erwähnt der Vorsteher mit keinem Wort.

Baxter sollte wohl dankbar sein, dass er den Job noch hat, aber am liebsten würde er sich hinhocken und losheulen.

In einer Pension am Bahnhof fällt er in einen unruhigen Halbschlaf. Nicht, dass er schlafen könnte, wenn er in einem *richtigen*

Bett liegt. Am Morgen erwirbt er für fünfzehn Cent eine neue Zahnbürste, um sich aufzuheitern. Er schiebt sich die Bürste in den Mund und kaut auf den Borsten herum.

Dann bleibt ihm nichts anderes übrig, als in einem leeren Wagen nach Osten zurückzufahren – diese Strecke haben nicht genügend Passagiere gebucht. Trotzdem sitzt er da in seinem Frack, dumm und starr, nur für den Fall. Trinkgeld: insgesamt 0 Dollar, 0 Cent. Er dreht und wendet die stechende Unzufriedenheit in seinem Innern. Fünfzig Strafpunkte. Noch zehn, dann ist Schluss. Vor dem Fenster rasen Eisenbahndepots vorbei, Backsteinhäuser, Unkraut, Müll, klapprige Schuppen. Baxter döst ein, schreckt aber vom eigenen Schnarchen wieder hoch. Aus der Schultertasche holt er eine Ausgabe des Magazins *Weird Tales*, das er auf der vorletzten Tour gefunden hat. Er verschlingt die Horrorgeschichten: eine über einen mordenden Roboter. Eine über eine Qualle, die einen Professor verdaut.

Baxter tut so, als schlängelte sich der Zug über die Oberfläche des Planeten Mars.

Er versucht zu dösen, vielleicht sogar zu schlafen, aber die fünf neuen Strafpunkte rütteln ihn immer wieder wach. Als er die Zeitschrift bis auf die letzte Seite ausgeschlachtet hat, fischt er ein Buch aus seiner Tasche. *Der Skarabäus vom Jupiter*. Oh, das ist erste Sahne!

In Toronto steigt er, nach seinen *eigenen* Plänen, in einen Zug nach Montreal um.

Er bummelt den lieben langen Tag über das Gelände der McGill University. Sein Ziel: die zahnmedizinische Fakultät. Im September 1931 geht es los. Er spart seit acht Jahren, und in nochmal zwei, also 1931, wird er, wenn er so weitermacht, 1 068 Dollar zusammen haben, das reicht für vier Jahre an der zahnmedizinischen Fakultät. Jetzt hat er 967 Dollar, fehlen noch 101 Dollar. Im Sommer kann er als Schlafwagendiener Geld verdienen für Kost und Logis. Wie er die Instrumente bezahlt, wird sich zeigen, und wenn er aufs Essen verzichten muss. Irgendwie wird er sie schon auftreiben. Vor acht Jahren fand er im Zug ein Lehrbuch für Zahnmedizin, das jemand hatte liegenlassen: *Praxis der Zahnmedizin: Ein praxisorientiertes Kompendium für die operative und prothetische Zahnheilkunde ausschließlich der Kieferorthopädie*. Er begann, es zu lesen, und schon im ersten Kapitel über den Durchbruch der Milchzähne war er Feuer und Flamme.

Um 19:00 Uhr stellt er Tasche und Schuhputzzeug in einem dienerfreundlichen Gästehaus beim Bahnhof Windsor in Montreal ab. Um 20:00 Uhr legt er den Kopf aufs Kissen in der Hoffnung, dass der Schlaf ihn einholt.

Nach zwei Stunden wacht er auf, wälzt sich vom Bauch auf den Rücken auf die Seite. Wirft sich wieder auf den Bauch, ihm graut vor der Sonne, die auf ihren unvermeidlichen Aufgang sinnt. Er gleitet gerade in einen Traum über einen Käfer ab, der in einem Eintopf herumpaddelt, da stößt die Zimmerwirtin, fehlender Prämolar unten rechts, einen Schrei aus, weil sie einen heißen Topf mit Kartoffeln hat fallen lassen, und ihr Mann, Schlafwagendiener im Ruhestand, abgebrochener Caninus, ruft: »*Alle Mann aufstehen! Raus aus den Federn!*«

Baxter könnte zweiundfünfzig Stunden am Stück schlafen, mindestens. Er ist neunundzwanzig Jahre alt, aber seine Knochen und Gelenke klappern, als steuerte er auf seinen hundertneunundachtzigsten Geburtstag zu.

Am Morgen meldet er sich im Depot zum Dienst. Vielleicht bekommt er eine Tour, oder er wartet den ganzen Tag vergeblich. Gähnend stolpert er über Eisenbahnschwellen, auf denen Zugwaggons und Lokomotiven rangieren, keuchen, scheppern, vor und zurück. Baxter ist Springer, er hat die Aufgabe, herumzustehen und die Touren zu übernehmen, die man ihm aufträgt. Die Frau eines Schlafwagendieners, das Haar unter einen Schleifenhut gestopft, eilt ins Büro: Ihr Mann hat eine Lungenentzündung und kann heute Abend die Fahrt Montreal–Vancouver nicht antreten. Da sagt Baxter, als hätte er die Wahl, natürlich zu, obwohl die Fahrt drei Tage und vier Nächte dauert. Und ob er für die Rückfahrt eine Tour bekommt, ist nicht sicher. Aber er braucht Geld, wenn er alles über Bissanomalien und impaktierte Weisheitszähne lernen will. Er wird nur wenig schlafen oder besser gesagt dösen, egal, wie schwer ihm die Lider werden. Er ist ein schläfriger Schlafwagendiener. Haha. Wie schick!

Er muss noch warten, bis er in seinen Wagen einsteigen kann. In der Zwischenzeit geht er im Untergeschoss eines Hotels beim Bahnhof auf die Toilette. Ein Weißer stellt sich neben ihm vor ein Pissoir, unter den Hemdsärmeln zeichnen sich kräftige Arme ab.

»'n Abend«, sagt der pinkelnde Mann. Er ist fertig. Schüttelt ihn aus. Schüttelt länger als notwendig.

Baxter wartet mit geöffnetem Hosenschlitz. Er mustert die dicken starken Arme des Mannes. Kurz überlegt er, wo er und der Mann sind und wo sie hingehen könnten. Aber der Mann steht viel zu aufrecht und soldatisch da mit seinen breiten Schultern, das beunruhigt Baxter.

So knöpft er sich die Hose zu und geht.

Tag Eins

(Montreal–Sudbury)

Abf. Montreal, So., 23:00 Uhr (E. T.)

Baxter schlägt sich den Tag mit seinem Buch *Der Skarabäus vom Jupiter* um die Ohren, folgt den sechs Ägyptologen, wie sie in das falsche Mumiengrab stolpern. Sein Herz kommt kräftig in Fahrt, als die goldenen Käfer in die Werkzeugtaschen krabbeln, einer sogar in das Hosenbein des leitenden Ägyptologen. Das ist eine grauenhafte Entwicklung. Baxter sitzt auf dem unkrautüberwucherten Gelände neben dem Depot, trinkt große Schlucke Wasser aus seiner Flasche und isst in rascher Folge erst ein Sandwich mit Pökelfleisch, dann zwei mit Sardinen. Für später hat er noch ein Wurstbrötchen, das ihm die Vermieterin in die Tasche gesteckt hat.

Eigentlich wollte er im besten Chicken House essen gehen, das er kennt und das bei allen Schlafwagendienern beliebt ist. Er wollte sich dort vollstopfen, bis er platzt, denn das Essen im Zug ist teuer, und man bekommt trotzdem nur die angebrannten Reste vom Topfboden. Einen Bahnhofsimbiss findet man nur selten. Aber da hat er einen anderen Diener gesehen, Eugene Grady, wie er heftig an einer Zigarette zog und mit theatralischer Geste die Restauranttür aufriss, als wäre jeder Raum, jedes Gebäude seine Bühne. Eugene wurde stürmisch begrüßt von mehreren Männern, und da er seinen Matrosenhut aus Stroh streitlustig nach hinten geschoben hatte, duckte sich Baxter lieber weg.

Eugene ist Edwin Drews Schwager.

Edwin Drew. Damals, vor Jahren, Baxters Ausbilder.

Außerdem macht sich Eugene so furchtbar gern über Baxters Liebe zur Science-Fiction lustig, dass sich dieser immer fast die Innenseiten seiner Wangen wegbeißt.

Nachdem die Brote gekaut und sauber in seinem Magen aufgeschichtet sind, wartet er unter dem dekorativen Steingewölbe des Bahnhofs darauf, dass seine Tour beginnt, und versucht, einen losen Knopf an seiner Jacke festzunähen. Da klopft ihm ein Polizist auf die Schulter.

Der Bauch des Polizisten wölbt sich unter der Uniform, der Mann ist gut genährt, seine Zähne sind klein wie Eissplitter.

»Mach, dass du fortkommst, sonst kriegst du 'ne Anzeige wegen Herumlungerns.«

Baxter steckt Nadel und Faden in die Tasche und marschiert los. Herumlungern! Warum sollte er freiwillig auf einem Bahnhof herumlungern? Vom Zischen und Kreischen der Lokomotiven hat er schon lange genug, der ständigen Pfeifsalven und Dampffürze war er gleich am ersten Tag überdrüssig. Und beim Gestank im Eisenbahndepot wird ihm immer übel, sei es, weil er noch nicht genug gegessen hat oder weil sein Magen einfach zu empfindlich ist.

Das erinnert ihn an seine Mutter, die ihm immer vorwarf, zu viel zu träumen, als wäre Tagträumerei ein Verbrechen, nur weil er deshalb manchmal zu spät zur Schule kam. Ja, vielleicht hat er wirklich zu viel geträumt, sich mit Geckos und streunenden Hunden unterhalten, um sich mit ihnen anzufreunden, beim Fisch zum Frühstück getrödelt und zur Schlafenszeit Bilder von den Sternen gezeichnet.

Baxter flieht vor den Steingewölben, hüpft über Bordsteine, springt über Pferdeäpfel, schlendert durch die Seitenstraßen rund um den Bahnhof und bemüht sich, den Eindruck zu erwecken, dass er ein Ziel hat und nicht etwa *herumlungert.* Vor seiner Tour *muss* er am Bahnhof warten, so steht es in den Dienstvorschriften. Er darf keinesfalls zu spät kommen; die bedrohliche Strafpunktarithmetik sticht ihm in die Eingeweide. Wenn er doch nur ein Plätzchen fände, an dem er sich hinsetzen und sein Buch lesen könnte. Es schimmert tief unten in seiner Tasche und wartet darauf, dass er mit den Fingern durch die Seiten blättert. Was treiben die Käfer in den Taschen der Ägyptologen? Was ist mit dem im Hosenbein? Wird sich der zweite Ägyptologe, der allein losgezogen ist, aus dem Sarkophag befreien können?

Er fährt mit seinen Fingern über den geschmeidigen Leineneinband des Buches.

Im Bahnhofsbüro meldet sich Baxter ab, der Beamte teilt ihm Zug und Wagen mit und gibt ihm seinen Laufzettel. Einer der seitlichen Oberkieferschneidezähne ist dunkelgrau verfärbt. Der Zahn muss gezogen werden.

Baxter übernimmt den Wagen Renfrew, Linie 2501, Zug 2, Abfahrt 23:00 Uhr. Irgendein hohes Tier hat diesen Wagen nach einem anderen hohen Tier Renfrew genannt. *Der Wagen muss um 22:00 Uhr für die Aufnahme von Passagieren bereit sein.* Es handelt sich um einen Acht-zwei-eins-Schlafwagen: acht offene Kojenabschnitte, zwei geschlossene Abteile, ein Salonabteil, ein Herren- und ein Damenwaschraum. Insgesamt dreiundzwanzig Betten. Von Montreal nach Vancouver. Die schnellste Überlandbahn des Kontinents.

Baxter rollt die Passagierliste zu einer namenspuckenden Papierröhre zusammen. Halber Wagen bis Winnipeg, dann voll besetzt von Winnipeg nach Banff und weiter. Trinkgeld. Ein voller Wagen bringt das meiste Trinkgeld. So viele Kojen.

Ein paar störrische Strähnen piksen die zarte Haut seiner Ohren. Er hätte sich die Haare schneiden lassen sollen. Ein Späher könnte ihn wegen seines ungebändigten Haarschopfes melden.

Um 19:30 Uhr schwingt er sich samt Tasche und Schuhputzzeug in den Zugvorraum.

Er hängt seine Jacke auf, krempelt die Hemdsärmel hoch, trabt durch die engen Gänge, springt aus dem Zug, um den Staubschutz an den Fenstern anzubringen, und befestigt sämtliche Abschnittsnummern, während ein Techniker noch einmal die Beleuchtung im Raucherabteil überprüft. Baxter zählt die Laken und Kissenhüllen in dem Wäschewall, der sich im Einbauschrank vor ihm auftürmt, und notiert die Anzahl, er faltet Handtücher zu Dreiecken und schichtet sie in den Waschräumen neben den Waschtischen auf, legt Papiertücher, Seife, Streichhölzer bereit, ersetzt Klopapierrollen und fehlende Holzkleiderbügel. Anschließend lässt er sämtliche Schlafkojen herunter bis auf die in Kojenabschnitt 1 und 2, denn die Leute für Abschnitt 1 steigen erst in Sudbury zu, die für 2 unten in Fort William und die für 4 oben in Winnipeg. Er zieht die Matratzen von den oberen Kojen auf die unteren, spannt Betttücher und faltet Decken mit dem akkuraten V-Falz, den Edwin Drew ihm beigebracht hat. Zwei Kojen und ein Sofa im Salon, die Kojen in den Abteilen, etwa ab Abschnitt 6 verkrampfen sich seine Schultermuskeln, in Abschnitt 7 schlägt er sich den Knöchel an, und sein Kreuz beginnt sich leise zu beschweren, dann zählt er in dem Einbauschrank noch einmal die Bettlaken, Kissenhüllen und Handtücher.

Er schlägt weiter Laken auf, faltet Handtücher in Dreiecke, spannt Bettlaken. Sein Knöchel pocht.

Während sich Baxter durch den Schlafwagen arbeitet und auf seiner Stirn und in den Achselhöhlen der Schweiß zu perlen beginnt, findet er eingeklemmt in den Kojen einen zerfledderten Hemdkragen, ein Centstück, eine Haarnadel sowie Tabakkrümel und zerknüllte Papierchen von jemandem, der versucht haben muss, sich im Dunkeln eine Zigarette zu drehen.

Ein altes Exemplar von *The Messenger: World's Greatest Negro Monthly*.

Die Zeitschrift brennt Baxter in den Händen. Er könnte allein dafür rausfliegen, dass er sich mit diesem Revolverblatt im selben Raum befindet. Der letzte Schlafwagendiener war ein leichtsinniger *Dummkopf*. Eugene Grady, der diese Zeitschrift überall verteilte, verlor deswegen seinen letzten Job in Chicago. Baxter rollt das Heft zusammen, steckt es sich vorne in die Hose und springt aus dem Zug. Er versenkt es in einem Mülleimer und deckt es mit dem restlichen Abfall zu. Dann hechtet er zurück in seinen Wagen.

Während er alle Hände voll damit zu tun hat, Kissen in Bezüge zu stopfen, hört er durch das offene Salonfenster zufällig ein Gespräch zwischen Schaffner Seamus »Mad Mary« Magruder, Ingenieur Stanley und Mad Marys Lieblingsdiener Templeton, der in Mad Marys Augen selbst beim Scheißen Gold produziert und wie immer den katzbuckelnden Onkel Tom spielt mit seinem kantigen Bulldoggengebiss, allzeit bereit, jemandem den Kopf abzubeißen.

»Mina war so was von sauer«, sagt Mad Mary und schnippt die Asche von seiner Zigarette. »Ich dachte schon, sie wäre fertig mit mir.«

»Mina wer?«, fragt Stanley.

»Mina«, sagt Mad Mary und stößt den Rauch aus. »Mein Mädchen.«

»Warum war sie denn sauer?«

»Ach so, Mina«, sagt Templeton. »Warum dachte ich, sie heißt Enid?«

Baxter kann kaum glauben, wie locker Templeton mit Mad Mary plaudert, als wäre der kein Weißer. Und als wäre Templeton kein Diener. Aber Templeton lacht ja auch über Mad Marys Witze. Das muss es sein.

»Ich habe ihr Bier über das Kleid gekippt.«

»Enid war letztes Jahr«, sagt Stanley und spuckt in den Staub. »Mina klingt wie Enid.«

»Sie hat gesagt, ich singe zu laut«, sagt Mad Mary. »Sie sagt, ich bin zu stürmisch und muss mal ruhiger werden. Ich erinnere sie an einen Floh, sagt sie, der ständig herumhüpft.«

Mad Mary lacht.

»Hohoho«, lacht Templeton und klopft sich auf den Bauch.

»Mir fällt auf, dass deine Freundinnen immer ein *i* im Namen haben«, sagt Stanley.

»Wenn man eine Lady auf die Palme bringen will«, sagt Templeton, »schüttet man ihr am besten was übers Kleid.«

»Du hast hoffentlich versprochen, ihr ein neues zu kaufen. Du hast ihr hoffentlich versprochen, sie zu heiraten!«

Die drei Männer prusten vor Lachen.

»Das war auf einer Party!«, sagt Mad Mary. »Woher sollte ich denn wissen, dass in der leeren Flasche, also in der Flasche, die *ich* gerade leer getrunken hatte, noch Bier drin war? Manchmal tickt sie einfach nicht richtig.«

»Klingt so, als müsste *sie* mal ruhiger werden«, sagt Templeton.

Staub, Ruß und Frauengeschichten dringen durch das Fenster, bis Baxter es zuknallt. Das Lachen der Männer verebbt. Nun scharren sie mit den Schuhspitzen im Dreck, und Mad Mary raucht seine Zigaretten, und Stanley spuckt Tabak aus. Alle drei ziehen die Schultern hoch. Mad Mary hebt die buschigen Augenbrauen, deutet erst auf seine Taschenuhr, dann Richtung Baxter und formt mit den Lippen die Worte: *Zurück an die Arbeit.* Templetons Hängebacken stellen schlagartig das Grinsen ein.

Eugene, erfrischt von seinem zweifellos leckeren und sättigenden Mahl im Chicken House, stelzt an den dreien vorüber, tippt sich mit der langen dünnen Hand an den Strohhut wie ein Zirkusdirektor und sagt irgendwas Albernes über ein Kamel oder eine Kamera, und Stanley spuckt lachend den letzten Tabak aus, derweil Mad Mary nur eine Grimasse schneidet. Templeton lächelt, ohne die Zähne zu zeigen. Er ist wahrscheinlich alles andere als erfreut, Eugene zu sehen, sondern tut nur so, er tut ja immer nur so. Baxter zieht das Rouleau herunter. Als die beiden das letzte Mal zusammen Dienst hatten, hat Eugene in seinem schicken Strohhut Baxter einen *Marsianer* genannt, als wäre es was Schlimmes, vom Mars zu kommen.

Baxter schlingt das letzte Wurstbrötchen in zwei Bissen hinunter.

Auf dieser Tour wird ihm die Wäsche nicht ausgehen; er hat sie gezählt und ein weiteres Mal gezählt, hat vorwärts gezählt und nochmal rückwärts. Er darf auch nicht zu viele Handtücher bestellen, sonst gibt es Strafpunkte. Smithee wurde deswegen auf die Straße gesetzt. Das war eine Falle der Eisenbahngesellschaft! Die haben ihn aufs Kreuz gelegt! Neue Arbeit hat Smithee wahrscheinlich nur auf den Obstzügen in Ontario finden können. Oder in British Columbia. Pfirsiche und Birnen schleppen.

20:45 Uhr. Mad Mary gibt Baxter die Karte mit den Ausstiegszeiten der Fahrgäste, Baxter schaut sie durch und steckt sie dann zu dem blauen Büchlein mit den Dienstvorschriften in die Tasche. *Der Schlafwagendiener ist verpflichtet, vor der Abfahrt die saubere Wäsche zu zählen,* gibt ihm das Büchlein auf, der kleine Tyrann. *Wenn die Zahlen nicht mit den Angaben der Wäschekammer übereinstimmen, ist das umgehend dem Inspektor am Zielbahnhof zu melden, der überprüfen wird, ob die Behauptung des Dieners der Wahrheit entspricht.* Er sollte die Wäsche eigentlich nochmal zählen. Aber keine Zeit.

21:00 Uhr. Baxter stellt seinen Trittschemel auf, Uniform adrett, alle Goldknöpfe festgenäht und poliert.

21:00 Uhr. Einen Wagen weiter stellt Templeton seinen Trittschemel auf, Uniform adrett, alle Goldknöpfe festgenäht und poliert, Bulldoggenmund streng geschlossen. Mad Mary Magruders Onkel-Tom-Spion. Baxter grüßt mit einem Nicken, und Templeton presst die Kiefer zu einem gespielt freundlichen Lächeln zusammen. Templeton bekommt nie Strafpunkte, diese Mistkröte. So viele Kröten könnte Baxter gar nicht schlucken.

21:00 Uhr. Ein Schlafwagendiener, den er noch nie gesehen hat, stellt einen Wagen weiter seinen Trittschemel auf. Gesicht und Hände sind von Sommersprossen über Sommersprossen übersät, begleitet von einer Extraportion Sommersprossen. Er grüßt Baxter mit einem herzlichen Winken, garniert mit einem Sommersprossenschauer. Baxter sieht schon Gespenster.

21:00 Uhr. Zwei Wagen weiter stellt Eugene Grady mit großem Brimborium seinen Trittschemel auf. Er hasst diesen Job so sehr, dass der Hass aus seinem Körper dünstet wie Wasserdampf, der nach einem Regenguss von einem Blechdach aufsteigt. Baxter sollte ihm aus dem Weg gehen. Er sollte versuchen, ihn anzusprechen. Den Riss in ihrer Freundschaft kitten.

Eine gepflegte Erscheinung ist unerlässlich. Geputzte Schuhe, gebügelte Uniform, gerade sitzende Mütze und aufrechte Haltung machen einen positiven Eindruck.

21:01 Uhr. Ferdinand, den Baxter ebenfalls kennt, ist nur ein Fleck in der Ferne, zu viele Wagen weit weg. Er stellt seinen Trittschemel auf. Ferdinand ist ein eigentümlicher, ein anziehender Mensch, der auf Zwischenstopps gerne seinen Drachen steigen lässt, sogar an Sonntagen, statt in die Kirche zu gehen.

Baxter tippt sich an die Mütze, um Eugene zu grüßen, doch den umwabert seine Gereiztheit, Verachtung schwebt über seinem Gesicht, während er Fahrgäste begrüßt, ihnen die Koffer trägt und dies und das in den Wagen hievt.

Ein Passagier bläst missmutig die Wangen auf, weil er versehentlich seine Tasche umgestoßen hat. Papiere und Kleider quellen heraus, Münzen rollen über den Bahnsteig. Mad Mary ruft mit erhobenem Arm einen Bahnhofsdiener herbei, um das Chaos einzuhegen, und überlässt es Baxter, Fahrgästen seinen Ellbogen anzubieten, ihre ausgestreckten Hände zu ergreifen, wenn sie den Trittschemel erklimmen, und sie dem Schlund des Wagens zuzuführen.

Alle an Bord!

Zwischen 21:00 und 22:55 Uhr kontrolliert Mad Mary auf dem Bahnsteig weitere Fahrkarten. Baxter muss wieder dauernd an den *Skarabäus vom Jupiter* denken. Dem Roman zufolge gibt es das Sternbild Skarabäus mit dem Jupiter im Zentrum, aber er hat es noch nie gesehen. Das Buch hat er ganz unten in seiner Tasche verstaut. Seine Gedanken verknoten und verirren sich, während er die Fahrgäste nacheinander begrüßt und in das dunkle Zuggehäuse schleust. Welche Passagierin könnte statt eines Gehirns lauter Roboterrädchen im Kopf haben, welcher Passagier ein Skarabäus-Käfer sein, der getarnt als Flitterwöchner jederzeit bereit ist, Baxter zu töten und mit einem Happs zu verschlingen? Die Wärme und die Gerüche der Fahrgäste umrauschen ihn in rhythmischen Wellen, und er versucht, rechtzeitig zu erspüren, wer von ihnen ihn anbrüllen könnte, weil er einen Becher Wasser falsch serviert hat, oder wer ihn als Späher verdeckt beobachtet und dafür sorgt, dass man ihn wegen eines verirrten Augenbrauenhaars oder einer Spinnwebe am Wandleuchter entlässt. Noch zehn Strafpunkte, noch 101 Dollar.

Mad Mary, der Fahrkarten prüft und die Passagiere auf dem Bahnsteig mal hierhin, mal dorthin lotst, steht der Schweiß auf den käsebleichen Schläfen. Das Messingschild auf seiner Schirmmütze glitzert im Lampenlicht des Bahnhofs, vorne zischt die Dampflokomotive. Bahnhofsdiener be- und entladen rastlos Taschen und Koffer, bleiben kurz stehen, um vielleicht ein Zehncentstück oder drei Fünfcentstücke entgegenzunehmen. Oder ein paar ärgerliche braune Centmünzen. Einer der Bahnhofsdiener, unheimlich jung und sicher noch feucht hinter den Ohren, steht etwas abseits und bewegt sich so außerordentlich langsam, dass er neu sein muss, vielleicht auch krank. Wie ein

Fisch, der nicht wegschwimmt, auch wenn man ihm immer näher und näher kommt und ihn schließlich fängt. Ist er überhaupt echt? Nein. Er hat Kiemen auf beiden Seiten des Kiefers. Baxter wendet sich den nächsten Fahrgästen zu, die sich in der Schlange drängen, und der Bahnhofsdiener verschmilzt zu dem Stahlträger, welcher er natürlich in Wirklichkeit schon die ganze Zeit war.

Zwei Frauen, Mutter und Tochter, mit zigarrenfarbigem Haar, das der Tochter lockig unter einem Federhut, das der Mutter für eine ältere Frau überraschend kurz geschnitten, blockieren die Schlange vor dem Wagen Renfrew, weil die Tochter einen Streit mit ihrer Mutter begonnen hat und sich auf Baxters Trittschemel stellt, dann hinuntersteigt, hinauf und wieder hinunter. Er fürchtet, sie könnte jeden Moment samt Federhut stürzen, die Mutter stampft vor Zorn mit dem Fuß auf, die Tochter wirft wutentbrannt die Hände in die Luft, den Mund höhnisch verzogen. Hinter ihnen stauen sich die Fahrgäste in einer langen wogenden Schlange. Auf einer Hutschachtel steht der Name *Tupper.*

»Guten Abend, Mrs. und Miss Tupper«, sagt Baxter. »Ladys.«

Die Tuppers unterbrechen ihren Streit jäh, drehen sich voneinander ab und heften ihre Blicke stattdessen auf Baxter. Dann steigen sie unter einem Schwall damenhaft geflüsterter Flüche in den Vorraum, und Baxter prüft den Fahrschein des nächsten Passagiers.

Ein Mann mit langem weißem Bart, der aussieht wie der heilige Nikolaus.

Ein Mann namens *Bland*: Das Schild auf seiner Boston-Tasche posaunt den faden Nachnamen hinaus. Mr. Bland ist kaum in der Lage, den Kopf von seinen wichtigen Dokumenten zu heben.

Ein frischvermähltes Paar mit runden rosa Gesichtern. Dass sie frisch vermählt sind, erfährt Baxter, weil der Mann sein Frischvermähltsein öffentlich kundtut: »Das ist meine *Ehefrau*, Mrs. Lewington«, sagt er.

»Und das ist mein *Ehemann*, Mr. Lewington«, sagt sie mit Lachfältchen um die Augen.

»Nach dir, *Mrs.* Lewington, meine liebe *Ehefrau*«, sagt der Ehemann.

»Dankeschön, mein lieber *Ehemann*, Mr. Lewington.«

Der Ehemann verneigt sich entzückt und sie steckt ihre Hand in seinen gebeugten Ellbogen.

Als der letzte Fahrgast an Bord ist, räuspert sich Baxter, steigt die Trittstufen zum Vorraum hinauf und weist den Passagieren den Weg zu ihren exakt gefalteten Bettdecken, wie ein Verkehrspolizist, der Automobile, Fahrräder, Menschen und Pferde dirigiert. Den müde aussehenden Mr. Bland informiert er höflich darüber, dass er nicht das Salonabteil gebucht hat, sondern in Abschnitt 3 untergebracht ist, gemeinsam mit den anderen Halbgutsituierten, die nur für einen offenen Kojenabschnitt bezahlt haben, nicht für den Salon und auch nicht wie die Mittelgutsituierten für eins der beiden Abteile. Mr. Blands farbloses Gesicht läuft erst blutwurstlila an, als wolle er sich den Zugang zur teureren Unterkunft erstreiten. Doch dann trollt er sich zum anderen Wagenende, drückt sich in die Ecken, verbiegt sich im Korridor, streckt sich und geht seitwärts wie eine Krabbe, Stirn an Stirn mit anderen Fahrgästen, die ebenfalls gestreckt an ihm vorbeikrebsen. Mr. Bland ist ein armer Wohlhabender, der ärmste der Wohlhabenden in diesem Zug. Seine Boston-Tasche hat wahrscheinlich so viel gekostet wie das, was Baxter über Monate an Lohn und Trinkgeld einnimmt. Um die zweihundert Dollar vermutlich. Armer armer Mann.

In Abschnitt 4 nötigt der junge Ehemann Mr. Lewington seine junge Ehefrau Mrs. Lewington, die Leiter zur oberen Koje hinaufzuklettern, und macht es sich selbst in der unteren bequem. *Mein Rücken!*, sagt er. Mrs. Lewington hangelt sich auf der gepolsterten Leiter nach oben in den fensterlosen Luxussarg, der an Ketten direkt über ihrem frischgebackenen Ehemann hängt.

Ungehobelter Hundesohn, der hätte wirklich die obere Koje nehmen sollen.

Mad Mary Magruder ruft *Einsteigen bitte! Alle an Bord!* Und zieht das *ooo* in die Länge, bis es fast schwermütig klingt. Baxter verstaut den Trittschemel und wuchtet erst die Klappe und anschließend die Wagentür zu. Der Zug ruckelt, dann seufzt er. Baxter steht allein in der burgunderroten Stahlblase des Vorraums und schwankt mit dem Zug, der aus dem Bahnhof poltert. Er atmet tief durch.

Dann tritt er gegen die Metallwand. Kräftig.

Er bückt sich und poliert die Vorderkappe seines Schuhs mit dem Daumen, zieht einen grünen Staubwedel aus der Tasche und entfernt den Schuhabdruck vom Lack der genieteten Wand. Noch achtundachtzig Stunden und fünfundvierzig Minuten. Der Boden verdunkelt sich, bricht in die Tiefe, bäumt sich auf, gurgelt Licht. Baxter spürt, wie es ihm hochkommt, doch er legt die Hand auf den Mund und schließt die Augen, bis der Brechreiz nachlässt und sich die Wellen der Schläfrigkeit, die über ihn hereinbrechen, mit der Ebbe zurückziehen. Der Boden erstarrt wieder flach, fest und hart unter seinen Füßen.

Er zieht am untersten Knopf seiner Jacke.

Er streicht die Jacke glatt, rückt die Mütze gerade, betritt den Korridor. Wechselt die blaue Uniformjacke gegen die weiße Sommeruniformjacke. Während der Zug in der Dunkelheit Funken sprühend über die Schienen rast, schlendert Baxter am Damenwaschraum vorbei in den Schlauch, in dem rechts und links die Schlafkojen aufgereiht sind.

Die Fahrgäste verteilen sich emsig auf die von ihm hergerichteten weichen Betten, die aus Decke und Wänden sprießen; in den offenen Abschnitten verhüllen schwere Vorhänge die Schlafplätze. Die Leute richten sich auf den weichen Matratzen ihrer Kojen ein, mitsamt ihren Koffern und Schachteln, ihren Hüten, Nachthemden und Morgenröcken, ihren überflüssigen Ansichten und den unerschöpflichen Bedürfnissen und Scheinbedürfnissen der Gutsituierten:

»Diener, du musst mich rechtzeitig wecken! Der Diener im Zug aus Chicago hat das vergessen, weißt du noch, Willy? Wenn du mich fragst, war der nicht ganz richtig im Kopf.«

»Diener, hol mir ein neues Kissen. Aus dem hier stechen die Federn heraus.«

»Oh, Diener, sind wir auch pünktlich? Um wie viel Uhr kommen wir in Moosomin an?«

»George, wie weit ist es zum Clubwagen? Ich brauche einen Drink.«

Klick, denkt Baxter. Er ist ein klickender Roboter, erschaffen, um zu dienen. Er ist ein surrender Musikautomat, zusammengeschraubt, um andere zu bespaßen.

Während sich die Fahrgäste schlafen legen, erledigt er letzte Aufträge. Er schiebt die Leiter im Gang hin und her, damit jemand hinaufklettern oder hinuntersteigen, sich Wasser holen oder in den Waschraum gehen kann; zwei Passagiere schnarchen bereits.

Die ungeputzten Schuhe und Stiefel stranden an den Gestaden der vorgezogenen Vorhänge oder landen in den kleinen Metallschränken vor den Abteilen und dem Salon. In ihren mit Vorhängen abgetrennten Kojen oder hinter ihren luxuriösen Mahagonitüren flüstern die Passagiere und dösen ein, rascheln, schnarchen oder murmeln im Schlaf.

In achtundachtzig Stunden und fünf Minuten wird Baxter am anderen Ende des Landes ankommen. Diese Tour nach Westen ist so lang wie die Tentakel einer Portugiesischen Galeere, lang und schmerzhaft.

Baxter verschwindet fast vor der beflockten Tapete, ein bloßer Schatten, der durch den Korridor und an den Vorhängen vorbeischwebt. Er sammelt dabei immer zwei Paar Stiefel oder Schuhe gleichzeitig ein, genau, wie es in den Dienstvorschriften steht, obwohl das verteufelt umständlich ist. Er schmiert mit Seife die Abschnittsnummern auf die Sohlen und setzt sich im Raucherabteil in den grünen Ledersessel, um dort Schuhe zu putzen. Er ist nicht *verpflichtet*, Schuhe zu putzen, aber sein Arbeitgeber *erwartet* es von ihm. Schuhe putzen bedeutet Trinkgeld, Beschwerdelosigkeit, Joberhalt. Keine Schuhe putzen bedeutet Kündigung. So wie Diener James, ein freier freier Mann mit stark eingeschränkten Perspektiven. Das Letzte, was Baxter von ihm gehört hat, war, dass er als Kaminkehrer in Calgary arbeitet.

Er greift in die noch warmen Schuhe, bürstet, rubbelt, Stiefel, Schuh, Stiefel im immer gleichen üblen geübten Rhythmus.

Die Klingel läutet. Er springt auf, wischt sich die Stiefelwichse von den Händen. Einer der kleinen Metallpfeile auf seinem Klingelbrett zeigt auf den Salon.

Die Dame im Salon kann wegen der Temperatur nicht schlafen und möchte eine weitere Decke haben.

»Warum ist es nur so kalt?«, fragt sie.

Ist es doch gar nicht, würde er am liebsten sagen. Wir haben August, zum Henker! Baxter schmort in der Hitze des engen Zuges.

»Ich habe versucht, den Regler hochzudrehen, aber er funktioniert nicht«, sagt sie und zieht den Schal enger um die Schultern.

»Ich schaue mal, was ich tun kann«, sagt er.

Er schlängelt sich in den Salon und wird von der Kälte dort voll erwischt. Nun, da er in diesem Raum unbewegt dasteht, ohne Kissen in Hüllen zu stopfen oder Bettwäsche zu zählen, schnurrt er geradezu vor Kälte. Baxter fühlt sich an seine Kindheit erinnert, an sein Elternhaus, vor dem er immer in die heitere Wärme von Tante Arimentas Haus fliehen musste. Sie mochte das Haus seiner Eltern nie und teilte das seiner Mutter mit. Es sei kaltherzig, sagte Tante Arimenta. Der Salon hier ist auch kaltherzig. Das Herumfummeln am Temperaturregler nützt nicht viel in diesem Raum, in dem es sogar in einer sengend heißen Sommernacht noch zieht.

Baxter kniet sich so hin, dass er der Lady und ihrem Ehemann mit den Schultern den Blick verstellt, und klopft und schlägt mit den Schlüsseln gegen die Dampfleitung.

»So müsste es gehen, Madam«, sagt er.

Er sieht auf der Liste in seiner Jackentasche nach. Sie wird die ganze Strecke bis Vancouver im Zug bleiben, bis zum bitteren Ende. Sie wird an ihm haften wie ein Erdbeersamen, der in einem Molar feststeckt.

Baxter gibt ihr den Spitznamen Judy, nach dem Kasperlepaar Punch und Judy, weil sie und ihr Ehemann so glänzen, Judy mit ihren glänzenden roten Wangen und ihr Mann mit der glänzenden roten Nase, die hinter ihr im Dunkeln leuchtet. Weil ihre Lippen unbeweglich bleiben, selbst als sie ihn zum dritten Mal fragen, wann sie in Sicamous, British Columbia ankommen werden. Punchs Schwester lebt in Sicamous und wird auf dem Bahnsteig warten, um kurz Hallo zu sagen. Baxter hat seine Cousinen und Cousins seit fast zehn Jahren nicht mehr gesehen, es kam höchstens von beiden Seiten mal ein Geburtstagsbrief. Punch stößt, noch ehe Baxter die Tür hinter sich schließt, ein knurrendes Schnarchgeräusch aus. Für ihn ist die Kälte offenbar kein Problem.

Baxter holt die Schuhe aus dem Schränkchen neben der Tür und tupft Schuhcreme auf Punchs Schuhe: hellbraunes Leder mit Nähten wie von Feenfingern gemacht, die Sohlen sind indes dünn, fast löchrig, die Absätze an den Rändern abgelaufen. Schon oft hat er sich gewundert, wie abgenutzt manche Sohlen sind, die Schuhe dieser begüterten Leute lassen Geheimnisse erahnen. Er zieht den Putzlappen über seine eigenen Schuhe, bis die Vorderkappen im Dämmerlicht schimmern.

Die Schuhe bringt er zurück, sobald er sie fertig hat, schiebt sie vor der jeweiligen Koje unter dem Vorhang durch oder öffnet das Schränkchen und stellt sie hinein, Kappe nach vorn, Absatz nach hinten.

Er wichst Stiefel, poliert, bürstet, poliert.

Edwin Drew erzählte ihm und anderen Schülern einmal die Geschichte, wie er sämtliche Schuhe aus einem voll besetzten Wagen geholt hatte und, als er sie zurückbringen wollte, merkte, dass der Wagen mit den Fahrgästen beim Stopp im letzten Bahnhof vom Rest des Zuges abgekoppelt worden war und er nun mit einem Sack voller Schuhe, aber ohne Passagiere dasaß und die Passagiere ohne Schuhe.

Sie schüttelten sich vor Lachen, Baxter und die anderen Grünschnäbel, und Edwin Drew packte den wiehernden Baxter am Arm, um ihn zu stützen. Ihm wird ganz flau im Magen bei der Erinnerung an Edwin Drews zupackende Hand, die glühende Wärme und Kraft, die Baxter durch den Ärmel spürte.

Während er die Paare eins nach dem anderen zurückbringt, plagt ihn der Gedanke, die braune Schuhcreme könnte nicht für die Tour reichen. Eugene zwei Wagen weiter könnte welche übrig haben. Ja, Baxter könnte ihn um braune Creme bitten. Er wird über Eugenes kindische Launen hinwegsehen. Immerhin sind alle Schlafwagendiener Brüder, Eugene quasselt doch dauernd von ihrer *Brotherhood.*

Es gab mal eine Zeit, da behandelte ihn Eugene wie ein Mitglied der Familie: Wenn sich die beiden in einer ihrer Unterkünfte begegneten, brachte er Baxter ein neues Kartenspiel bei, um ihn dabei später in die Pfanne zu hauen. Er veralberte ihn wie einen kleinen Bruder, weil Baxter ständig die Nase in ein Buch oder eine Zeitschrift steckte und Bücher den Menschen vorzuziehen schien.

»Wenn du nicht so viele durchgeknallte Bücher lesen würdest, könntest du vielleicht eine Frau finden, Marsianer!«, war Eugenes Standardspruch. »Harhar! Gib mir mal die Karten. Ich kann dir noch ein Spiel beibringen, bei dem du garantiert verlierst.«

Eugene gab, den Matrosenhut in den Nacken geschoben, die Karten aus, ließ die knochigen Finger durch die Luft kreisen und tanzen, bis die Karten akkurat in geometrischer Formation auf dem Tisch lagen.

»Es ist nicht schlimm, vom Mars zu sein«, sagte Baxter immer, worauf Eugene kicherte. »Klar, Marsianer.«

Aber nach der Sache mit Edwin Drew zog Eugene, sobald er Baxter sah, ein Gesicht, als hätte er ein verkohltes Stück Fleisch vor sich. Urplötzlich. Leider. Baxter hat nie erfahren, wer es Eugene erzählt hat; es könnte Eugenes Schwester gewesen sein, Edwins Frau. Oder Edwin selbst.

Edwin würde so etwas niemals tun.

Baxter durchquert die Vorräume zwischen den Wagen und stolpert fast über ein Paar Männerschuhe, die im Weg liegen und so blank poliert sind, dass er sich im Oberleder spiegelt. Er sieht sein Gesicht und seine Finger langgezogen und verzerrt. Ehe er die Schuhe anfassen kann, merkt er, dass die Sohlen glühen wie Kohlen, die gehören niemandem in diesem Zug, deshalb steigt er darüber hinweg, um sich nichts einzufangen. Niemand würde sich mit solchen Hirngespinsten von Schuhen abgeben, sie auch nur beachten.

Der Schlafmangel, fürchtet er, wird ihn eines Tages noch ins Irrenhaus bringen.

Zuerst tut Eugene so, als hörte er Baxter gar nicht, putzt und dreht einen Schuh, die Ellbogen zu weit gespreizt, und wirft ihn anschließend neben den zweiten; seine Füße sind unter einem Haufen Schuhe begraben, genau so, wie ein Schlafwagendiener es *nicht* tun sollte.

»Hab nichts übrig«, sagt Eugene. Sein Mund dehnt sich zu einem enttäuschten Strich. Baxters Brust zieht sich zusammen. Eugene hat die längsten Wimpern, die er je bei einem Mann gesehen hat.

Eugenes Klingelbrett schellt. Beim Aufstehen faltet er seine Strichmännchenfigur auf, ein Körperglied nach dem anderen, ohne jede Eile. Er drängelt an Baxter vorbei, der sich aus der Türöffnung zurückzieht.

Baxter kehrt in seinen Wagen zurück, der Boden schwankt mit jedem Schritt. Er wird den sommersprossigen Diener bitten, seinen Wagen zu übernehmen.

»Buh!« Der sommersprossige Diener lugt aus dem Dunkel scheel in seine Richtung.

Sommersprossen sprenkeln sogar seine Augenlider.

»Hast du braune Schuhcreme für mich übrig?«, fragt Baxter. »Wie heißt du eigentlich?«

»Sprosse«, sagt der Sommersprossige. »Nein. Passt du auf meinen Wagen auf? Ich muss mich hinlegen.«

»Na gut.«

Sprosse schnippt mit den Fingern, zieht sich in die Finsternis zurück und hinterlässt eine Sommersprossenspur.

Baxter setzt sich auf einen harten Hocker am Ende des Gangs im Renfrew, kontrolliert die Vorhangwände auf irgendwelche Schamlosigkeiten und wartet, dass die Höllenklingeln für seinen *und* Sprosses Wagen losgehen. Sein Kopf wippt vor Müdigkeit.

Fünf Sekunden.

Sein Klingelbrett schellt. Der winzige Metallpfeil weist auf Abschnitt 6. Baxter läuft los.

Koje 6 oben braucht eine Leiter.

Auf dem Rückweg zu seinem Hocker nimmt Baxter das Buch aus seinem Spind mit. Er schlägt es auf. Dem Ägyptologen, der im Sarkophag eingeschlossen ist, ist soeben ein goldener Skarabäus in die Nase gekrabbelt!

Baxter hat diese Tour schon einmal gemacht. Irgendwo zwischen Regina und Moose Jaw wird er fix und alle sein, mit Brechreiz und flauem Magen aus Mangel an anständigem Essen und Schlaf. Er blinzelt. Kostet mit kratzenden Lidern das kurze Schläfchen hinter diesem Blinzeln aus. Sein Kopf fällt nach vorne.

Die Klotür knallt.

Sein Kopf ruckt hoch. Ein Mann schleicht, eine Melodie summend, an Baxter vorbei, gefolgt von einer Frau im Morgenmantel, der Mann ist vollständig bekleidet im Anzug, die Frau hält sich an den Hüften des Mannes fest.

Baxter sieht sie gar nicht.

Das gehört zu den vielen Dingen, die er nicht sieht, wenn er auf dem Hocker sitzt: Ein verheirateter Mann schleicht sich zu einer Frau, die nicht seine Ehefrau ist, in die Schlafkoje oder ins Abteil. Ein Krösus klaut Handtücher oder silberne Löffel wie der jüngste Bastard aus einer Familie von Hühnchenrupfern.

Baxter sieht weder Schweißflecken noch Spermaspuren auf dem Bettzeug, weder menschliche Exkremente noch Blutkleckse oder Urinflecken. Er spricht nicht von Sauferei, Hinfälligkeit, Ungeschicklichkeit oder gutem alten Mittelmaß, wenn er etwas aufwischt, abkratzt, abseift oder entsorgt.

Er hat schon Unterwäsche eingesammelt. Die vergessenen Strumpfhalter, Bindengürtel oder parfümierten Seidenstrümpfe einer Passagierin haben ihn früher noch erschüttert, doch mittlerweile reisen viele Frauen im Schlafwagen, und er fasst das alles an, ohne es zu sehen. Hauptsache, der Zug fährt rechtzeitig los, sodass Baxter ein bisschen Geld verdienen und bald wieder aussteigen kann.

Er hört sie gar nicht, die Gerüchte vom Eisenbahner, der in das Abteil einer Lady eingeladen wird, was so selten ist wie eine Qualle mit Zähnen. In den finstersten Stunden eines blauen Mondes hat ein Diener Baxter einmal gebeten, seinen Wagen zu übernehmen, damit er sich vergnügen kann, nachdem eine Lady ihn zu sich eingeladen hatte; dieser Schlafwagendiener war mit dem Schaffner befreundet, der beide Augen zudrückte. Baxter dreht sich der Magen um bei dem Gedanken, es könnte einer mit einer tödlichen schmuckbehangenen Weißen erwischt werden. Er hat schon mal gehört, dass weiße Frauen verdeckt als Späherinnen arbeiten.

Ein rollender Zug macht Frauen liebestoll, hat Edwin Drew einmal zu ihm gesagt.

Und in Baxter, der erschrak, blitzte das schreckliche Bild von Männern auf, die am Genick oder an den Füßen im Baum hängen, und von Weißen, die ihnen das Knie auf den Hals pressen, ihnen das Genick brechen. Von Männern, die durch die Gegend geschleift werden, bis sie völlig zerfetzt sind.

Die Klingel schellt. Baxter durchquert den Vorraum zu Sprosses Wagen, um einem sommersprossigen Rothaarigen ein aufgelöstes Bromo-Seltzer zu bringen. Der Mann hat die Sommersprossen eines Rotschopfs, nicht solche dunklen Sommersprossen wie Sprosse. Baxter schlängelt sich durch das Dunkel, durch die Falten des Vorhangs wie ein Skarabäus vom Jupiter mit übergroßen überscharfen Mundwerkzeugen. Genau.

Als er wieder auf seinem Hocker sitzt, blättert er in seinem Buch, aber er findet die Stelle nicht mehr, an der der Käfer dem Mann in die Nasenhöhle kriecht. Aus einem unerfindlichen Grund hat Baxter das Lesezeichen ganz hinten ins Buch gesteckt.

Wenn Baxter im Zug Dienst tut, übersieht er die besondere Rundung der Pobacken bei einem Fahrgast, den qualvoll verlockenden Adamsapfel eines anderen Schlafwagendieners, Oberarme, über denen sich die Hemdsärmel spannen. Sein Blick richtet sich nie auf den Schritt, egal, wie eng die Hosen sind, und er überhört das gelegentliche Keuchen eines Mannes, der auf der Toilette ist, allein mit dem Klosett.

Einmal im vergangenen Frühling hat Baxter den Zehndollarschein eines Passagiers nicht gesehen – ein Parlamentarier aus

Ottawa –, der in einem Abteil die Banknote lässig aus der Brieftasche zog und über eine Kommode zu Baxter hinschob. Und er hat nicht das gesehen, was er tun musste, um sich den Schein zu verdienen.

Aber er hat immer glänzende neue Zehncentstücke in der Tasche, und bald hat er das Geld für das Zahnmedizinstudium beisammen. Er schiebt seine Brille die Nase hoch. Blättert weiter. Er kann es nicht erwarten, endlich eine anständige Arbeit zu verrichten anstelle dieses Jobs, der eigentlich nur für den Sommer gedacht war. Tante Arimenta wäre nicht sonderlich glücklich, wenn sie wüsste, dass aus dem Sommerjob zur Finanzierung des Studiums ein Vierundzwanzig-Stunden-Herbst-Winter-Frühlings-Job wurde. Sie würde so kräftig ihre Tabakspfeife ausklopfen, dass sie zerbräche, wenn sie wüsste, dass er sich mit dem Putzen von Klosetts durchs Leben schlägt, obschon er dabei reisen kann. Für zwei Studienjahre konnte er sich einschreiben, doch dann folgte er vorübergehend Edwin Drews Rat und behielt den Job wegen des schnellen Geldes. Er wollte Edwin Drew *sein*.

Aber jetzt ist er zurück auf Spur. Vielleicht stellt er eines Tages Zahnprothesen her! Vielleicht streicht er mit einer Zahnprothesenerfindung zweihundert Dollar im Monat ein! Nie wieder wird er Klosetts putzen, sich nie nie wieder mit *George* anreden lassen.

Der Zug poltert über die Gleise, schießt durch die Dunkelheit. Wenn sich etwas so schnell bewegt, kann es die Zeitschranke durchbrechen und in der Zeit rückwärts reisen, deshalb dauert die Tour so lange.

Baxter blättert im Buch, bis er seine Stelle endlich findet. Während sich ein Goldskarabäus durch die chemischen Gehirnwindungen des im Sarkophag erstickenden Ägyptologen frisst, hat Ihre Hoheit, die Käferkönigin, die Spitze einer ägyptischen Pyramide erklommen, um dort ihre Eier abzulegen. Baxters Haut kribbelt, als Ihre Hoheit, die Skarabäuskönigin, mit ihren

Mundwerkzeugen einen Lichtblitz aussendet und einen Archäologen namens Cecil einäschert.

Trotzdem fallen Baxter die Augenlider zu. Er kann es nicht verhindern.

Kurz blitzt das Bild vor ihm auf, wie er eingerollt auf dem Sofa im Raucherabteil liegt, aber in der Sekunde, in der seine Wange den Lederbezug berührt, spaltet ihm das Kreischen der Klingel wie ein auf Stahlschienen quietschendes Eisenbahnrad den Kopf. Wenn ihn Mad Mary Magruder beim Schlafen erwischt, endet er wie dieser Diener James als Kaminkehrer. Oder er wird Hühnchenrupfer. Alles, nur kein Student der Zahnmedizin.

Er fischt nach seiner Uhr.

Er durchquert den Zugvorraum zwischen seinem und Sprosses Wagen, zwischen Renfrew und Redfern, um Sprosse zu wecken.

»Ich bin dran«, sagt Baxter.

»Uaaah«, sagt Sprosse und öffnet seinen Kiefer zu einem unglaublich weiten Gähnen. »Ja ja. Pass auf, dass dich das Bett nicht beißt. Dass das Bett nicht die Bettwanzen beißt.«

Baxter torkelt zurück in seinen eigenen Wagen, kippt im Raucherabteil seitlich auf den nach Tabakrauch und Gesäß müffelnden Sitz, ohne Matratze, ohne Decke, ohne Laken.

Seine Augen klappen zu. Er träumt, dass er ein Buch liest; es ist an der Stelle aufgeschlagen, an der er das Lesezeichen eingelegt hat, aber das Lesezeichen ist eine lange Zunge, und die Wörter fließen über die Seiten, weil das Buch weint.

Als Sprosse ihn wachschüttelt, würde Baxter auch am liebsten in Tränen zerfließen.

Alle fünf Minuten klingelt jemand wegen der Leiter.

Der Kellner Kuzyk steckt den Kopf durch die Tür. »Frühstück«, schnaubt er und hechtet weiter.

6:25 Uhr. Baxter wird hier gleich frühstücken, aber für das Abendessen unterwegs irgendwo an einem Bahnhofsimbiss etwas kaufen. Kann er sich Speck leisten? Und wenn er sich für Speck entscheidet, bekommt er dann guten oder verbrannten? Wird überhaupt Fleisch dran sein? Sein Hirn wirft sich auf die andere Seite, zieht sich Bettdecken über das Gesicht.

Der Zug nähert sich pfeifend einer Kreuzung. Eine Passagierin meckert im Schlaf.

Baxter steht von seinem Hocker auf: Eine Nacht ist fast vorbei, drei hat er noch vor sich.

Mit einem weiteren Pfiff rumpelt der Zug in den Morgen.

»Übernimm mal meinen Wagen«, sagt er zu Sprosse.

Sprosse täuscht einen Tritt an und scheucht ihn dann davon.

Die Schlafwagendiener essen ihr Frühstück und trinken ihren Kaffee im Speisewagen hinter einem Vorhang. Eugene und Templeton. Und noch ein Diener, den Baxter nicht kennt: »A. P. heiß ich«, sagt A. P. Er hat eine unnatürlich kratzige Stimme, als müssten ihm die Stimmbänder wehtun, weil sie ständig aneinanderreiben.

Templeton und A. P. amüsieren sich raunend und glucksend über einen Witz. Templetons Lachen ist geräuschlos, aber so heftig, dass ihm die Augen tränen. Eugene hält sich die Kaffeetasse vor den Mund, hinter dem Porzellan sind nur seine langwimprigen Augen zu sehen.

»Marsianer«, sagt Eugene und nickt in Baxters Richtung.

»Willkommen«, sagt Templeton mit gebleckten Zähnen.

Baxter schluckt trockene Brötchenbissen hinunter, schlürft einen Löffel verbrannter Bohnen, stopft sich ein ganzes hart gekochtes Ei auf einmal in den Mund.

Sein Magen blubbert befremdlich. Nie ist genug auf dem Teller, immer sind es nur halbe Portionen. Den Speck kann er sich nicht leisten.

Eugene ruft ihnen allen seinen Abschluss an der Howard University in Erinnerung. »Und vergesst nicht: Es ist ein *Jura*-Abschluss.«

Er wedelt mit der Serviette durch die Luft. Einmal.

Templeton stößt ein Lachen aus, aber es ist leer, der Mann lacht immer, besonders, wenn es nichts zu lachen gibt. Seine Wangen wabbeln, als er in sein letztes Stückchen Toast beißt.

Templeton besitzt einen Abschluss in Mathematik und wollte eigentlich für irgendein Unternehmen die Buchhaltung machen. Baxter würde sich gern die Ohren mit Kerzenwachs oder goldenen Käfern zustopfen, um sich die Prahlerei nicht anhören zu müssen. Er erzählt niemandem, dass er die Universität zwei Jahre lang besucht und wieder verlassen hat. Wie es aussieht, um in Zügen für Weiße Klosetts zu putzen. Er seufzt. A. P. jagt eine letzte Bohne über seinen Teller.

»Du hast Schuhcreme unter den Nägeln, Marsianer«, sagt Eugene und spreizt die eigenen Finger mit sauber geschrubbten Nägeln.

Da, ein Streifen Schuhcreme unter Baxters Daumennagel. Peinlich berührt pult er ihn rasch mit einem Zahnstocher weg.

»Die Passagiere sollen keine Spuren von der eigentlichen *Arbeit* sehen«, sagt Eugene, zieht ein langes Haar aus seinem Haferbrei und drapiert es in der Mitte des Tisches.

»Halt den Mund, Eugene«, sagt Templeton wie immer lächelnd. Er nimmt einen großen Schluck aus seiner Kaffeetasse.

»War schön, mit euch zu quatschen!«, krächzt A. P. Er flitzt davon, als gehe es um sein Leben, und lässt seine Schale mit Haferbrei halbvoll zurück.

»Warum sollte der Arbeiter auch für seine *Arbeit* bezahlt werden«, sagt Eugene mit spöttischem Grinsen.

»Ich hab's dir schon mal gesagt.« Templeton bleckt die Zähne, um mit einem Zahnstocher dazwischen herumzubohren. »Bleib mir weg mit diesem Brotherhood-Quatsch.«

Baxter lässt die Gabel fallen, mit der er die letzten Tropfen Soße aufgekratzt hat. Der Griff stößt klappernd gegen die Tasse.

»Also, wenn das mal nicht Stoff für unheimliche Geschichten ist, was, Marsianer?«, sagt Eugene und stupst Baxter mit seinem spitzen Ellbogen an. »Es sollte mal einer über einen Mann schreiben, der anständig für seine Arbeit bezahlt wird.«

Templeton zieht einen Mundwinkel nach oben. Er zielt mit dem Zeigefinger in Eugenes Richtung. »Ich hab dich im Auge«, sagt er.

»Dafür musst du deine Augäpfel erst mal aus deinem Mastdarm holen«, sagt Eugene.

»Und du solltest besser mal Manieren lernen. Wir wollen doch nicht, dass du wieder arbeitslos wirst, mit einer Ehefrau an jedem Endbahnhof, Eugene Grady.«

Eugene ballt eine Faust.

»Denk nicht mal drüber nach«, lacht Templeton und wischt sich den Mund mit einer Serviette ab. »Ich würde Hackfleisch aus dir machen. Nimm dich vor dem in acht«, sagt Templeton und deutet mit dem Daumen auf Eugene.

Baxter neigt den Kopf und kratzt mit einem neuen Zahnstocher unter seinem Zeigefingernagel herum.

Templeton stößt sich vom Tisch ab und stolziert davon, in die Tiefen des Zuges.

»Der führt sich auf wie der Kaiser von China«, sagt Eugene. »So ein Volltrottel.«

Er schlürft die letzten Tropfen Kaffee und betrachtet Baxter über den Rand seiner Tasse. Abgesehen von den gleichmäßigen Zuggeräuschen ist die Stille peinlich und unbehaglich.

Baxter würde ihn gern fragen, ob er Edwin Drew in letzter Zeit gesehen hat. Wie es Edwin Drew geht. Ob sich Edwin Drew nach ihm erkundigt hat.

»Du glaubst wohl, du kannst dich einfach so hinhocken und die schwere Arbeit uns anderen überlassen, was, Baxter?«, fragt Eugene.

Baxter lässt den Löffel in seinem grauen Kaffee kreisen.

Eugene wischt sich den Mund ab und schiebt den Stuhl zurück. »Er war nie dein Freund, weißt du«, sagt er. »Er hat sich gleich bei der ersten Gelegenheit bei meiner Schwester ausgeheult.«

»Wer?«

»Du weißt *genau*, wer.« Eugene schiebt sich durch den Vorhang, der die Diener von den Passagieren trennt und ins Flattern gerät, als habe er im Vorbeigehen hineingeboxt.

Baxter bleibt allein am Tisch sitzen, begleitet nur vom unablässigen Rumpeln und Ruckeln des Wagens. Ein trauriger Panzer legt sich um ihn, sein Herz ist bereits von einer dicken Kruste umschlossen. Eugene mit seinen Frauen und seinem Gerede von Arbeiterrechten und mittendrin Edwin Drew als leerer Fleck.

Baxter stützt sich auf den Tisch und steht auf. Er stampft mit den Füßen auf, rechts, links. Genau wie ein Roboter.

Tag Zwei

(Sudbury–Winnipeg)

Die Sonne bricht auf. Baxter kratzt einen Pflaumenbaum weg, der hinter seinem Ohr sprießt.

Eine Obstplantage rast am Fenster vorüber, die Bäume sind schwer behangen mit fluoreszierenden roten Früchten. Reihe um Reihe ticken die wunderlichen Bäume vorbei.

Der Zug tuckert noch meilenweit von Sudbury entfernt durch die Landschaft, als sich die Fahrgäste schon regen und aus ihren Kojen schwappen. Diese Tour ist noch nicht einmal einen Tag alt, da sind schon drei Handtücher geklaut. Baxter verkneift sich ein lautes Fluchen und tritt im Vorraum die Wand wie einen Maulesel, dreimal, ein Tritt für jedes Handtuch. Allein der Ersatz für die Handtücher wird sein gesamtes Trinkgeld verschlingen!

Er hechtet mit der Leiter im Gang hin und her, dorthin, wo Passagiere aus den Kojen rutschen, mit Zahnbürsten, Rasierern, Gesichtscreme und Kosmetiktäschchen durch die Falten der Vorhänge brechen, die Haut um die Augen in verschwiemelter Frühaufsteheroptik.

Um 7:00 Uhr steigen in Sudbury Fahrgäste zu, die Baxter in Abschnitt 2 setzt.

Wasser strömt in Becken, in luxuriöse Drei-Minuten-Duschbäder. Rasierklingen und Seifenstücke fallen auf den Boden. Baxter schirmt die Augen ab, um nicht etwa einen unglückseligen Blick auf Knie, Brustwarzen oder nackte Achselhöhlen der Damen zu erhaschen, die im Waschraum hin und her und um ihn herum segeln wie um ein Möbelstück.

Er *ist* nicht mehr als ein Möbelstück. Er ist nichts anderes als eine Kommode.

Fahrgäste torkeln umher, Amateure, die sich im unablässig rüttelnden und schüttelnden Zug auf wackligen Beinen durch den engen Gang bewegen. Passagiere aus anderen Wagen, weiße, ein schwarzer, preschen durch Baxters Revier, unterwegs in andere glamouröse, malerische, nahrungs- und wasserreiche Teile des Zuges.

»Erster Aufruf zum Frühstück«, schreit Kuzyk, der durch den Gang rauscht. »Erster Aufruf zum Frühstück. Erster Aufruf zum Frühstück.«

Kuzyk schwingt mit den Bewegungen des Wagens mit. Derweil plustert sich der Morgen zum Tag auf.

Baxter putzt mit einem Lappen den langen Waschtisch im Herrenbad, schrubbt mit Old-Dutch-Scheuerpulver einen verdächtigen, schon fast getrockneten Spritzer weg, wischt nochmal nach und poliert die Waschbecken, genau wie Edwin Drew es ihm während der Ausbildung in jenem ausgedienten Schlafwagen auf einem Abstellgleis der Union Station beigebracht hat.

»Zweiter Aufruf zum Frühstück!«, trällert Kuzyk.

Dann später: »Dritter Aufruf zum Frühstück!«

Baxter hetzt und schwitzt, klappt mit pochenden Schultermuskeln die Kojen hoch, während sich die Fahrgäste beim Frühstück mit gebratener Niere, Bergen von Eiern, Hollandaise- und Madeira-Sauce den Bauch vollschlagen. Bäume und Sträucher, grün wie reife Salatköpfe, wie Brokkoliköpfe, rauschen zu beiden Seiten des Zuges vorbei. Baxter stopft ein Kissen in einen sauberen Bezug.

Den Bäumen ist das egal.

Als ihm die Passagierin Judy mit ihren glänzenden Puppenbäckchen im Korridor begegnet, drückt er sich flach an die Wand. »Gehen Sie bitte weiter, Madam«, sagt er. »Gehen Sie.«

Die Hitze des Tages hat bereits eingesetzt. Baxter wird die Ventilatoren anstellen müssen.

Doch Judy geht nicht weiter, sie bleibt direkt neben ihm stehen, so nah, dass er ihren Heidelbeer-Ahornsirup-Atem riechen kann.

»Diener«, sagt sie.

»Ja, Madam?«

»Ich bin im Salonabteil. Die Temperatur in unserem Raum ist nicht gestiegen, seit ich dich gestern Abend darauf aufmerksam gemacht habe.«

»Das tut mir leid, Madam«, sagt er und schlägt sich in einer, wie er hofft, nach Zerknirschung aussehenden Geste mit der Hand auf die Brust. »Ich habe, nachdem Sie mich informiert haben, die Wärme umgehend hochgestellt.«

»Ich möchte mit dem Schaffner sprechen. Ich glaube, das mit dem Hochstellen der Temperatur ist gelogen.«

Angst schnürt ihm den Magen zusammen. Judys Tropfenohrringe zittern und klimpern vor Zorn.

»Jawohl, Madam.«

Zu viel Schweiß kriecht Baxters Rücken hinunter, das Hemd klebt an ihm, während sie, die schmuckbehängten Hände entschlossen zu Fäusten geballt, mit funkelnden Ohrringen von dannen marschiert. Ihr gut gefüllter Puppenkörper schiebt sich durch die Sonnenstrahlen, die in Fanfarenstößen durch die Fenster dringen. Baxter hält sich den Bauch. Sein Magen *schmerzt.*

Während Mad Mary mit seiner sanftesten Butter-Béarnaise-Stimme Judy beruhigt, versucht Baxter, gar nicht daran zu denken, für welches Vergehen sie ihn feuern lassen wird. In dem Büchlein mit den Dienstvorschriften, das er in der Tasche hat, stehen ja unendlich viele Möglichkeiten, wie man sich zehn Strafpunkte oder gleich die Entlassung einhandeln kann, siehe Seite 17: *Illoyalität, Unehrlichkeit, Unmoral, Unbotmäßigkeit, Unfähigkeit, grobe Nachlässigkeit, Unaufrichtigkeit.*

Ein Mann, dessen Gesicht Baxter in seiner blinden Panik nur verschwommen wahrnimmt, teilt ihm mit, man müsse sich mal um das Klosett kümmern. »Wenn du weißt, was ich meine«, fügt er aus dem Mundwinkel hinzu.

Mit gerümpfter Nase wischt Baxter die Klobrille mit einem Papiertuch ab, das er anschließend in das offene Loch wirft. Dann hebt er die Zeitungen rund um die Toilette auf, faltet sie und klemmt sie sich unter den Arm. Eine Tageszeitung, eine *Canadian Homes and Gardens*, ein *Manchester Guardian*. Die Toilette ist doch keine Bibliothek!

Judy könnte ihn für *Unehrlichkeit und Unaufrichtigkeit* drankriegen. Wenn sie einen Hang fürs Melodramatische hat, womöglich für *grobe Nachlässigkeit.*

Mit weiteren Papiertüchern macht Baxter hinter dem Klosett sauber. Da stößt sein Daumen auf die Kante einer gefalteten Karte, die zwischen Wand und Fußleiste klemmt.

Eine Postkarte. Einmal gefaltet. Er zieht sie heraus, die Hände noch feucht vom Putzen, die Naseninnenwände angewidert zusammengezogen. Er öffnet die Karte. Hält sie mit dem Daumen auf.

Zwei nackte Männer, einer schwarz, einer weiß, im Bettlakengewühl ineinander verschlungen, den Mund angedockt am Schwanz des jeweils anderen.

Baxters Penis hebt sich panisch zum Salut.

Schnell stopft er das Foto hinten in den Hosenbund.

Er müsste das Ding gleich mit dem Putzwasser ins Klo kippen.

Beim nächsten Halt wird er es entsorgen. Fort William. Er wird es Mad Mary melden.

Baxter putzt noch fertig, mit zitternden Händen und einem Engegefühl in der Brust. Die Klobrille glänzt, genau wie Edwin Drew es ihm beigebracht hat.

Er zieht die Postkarte aus dem Hosenbund und steckt sie in die Innentasche seiner Jacke. Schon diese Berührung bringt sein Blut in Wallung. Rumpelnd schwingt er den Besen und tritt in den Gang, schon knallt hinter ihm ein Passagier die Klotür zu.

Mit zitternden Fingern fegt Baxter weiter, wischt weiter, sein Hirn ist ausgehakt und freischwebend. Die Postkarte versengt ihm die Innentasche seiner Jacke. Sie glüht ungestüm, verbrüht ihm die Brust.

Seine Klingel läutet, der kleine Metallpfeil zeigt auf den Salon. Judy. Und Punch.

»Diener«, sagt Judy. »Mir ist *eiskalt.*«

Sie hat sich in zwei Decken gehüllt und verlangt eine dritte, und sie verlangt, dass die Wärme hochgedreht wird.

»Diener«, sagt sie, »die Kälte hier drin ist empörend. Hör mal, wie meine Zähne klappern. Sieh dir die Gänsehaut auf meinem Arm an.«

Baxter steht in der Türöffnung, wiegt sich im Rhythmus des rüttelnden Wagens, ein Luftzug strömt aus Judys Abteil. »Sie könnten sich vielleicht zum Aussichtswagen begeben, Madam«, sagt er. »Dort gibt es reichlich Sonne. Es ist da wirklich herrlich, Madam, eine der schönsten Attraktionen dieses Zuges.«

Sie streckt ihm den nackten Unterarm hin, Gold- und Silberarmreife klimpern an ihrem Handgelenk. Er zuckt zurück. Er kann nicht fassen, dass er zurückgezuckt ist. Hoffentlich hat sie nichts bemerkt. Hoffentlich beschwert sie sich nicht auch darüber.

»Oh, ich habe dich erschreckt«, sagt sie, und eine goldene Uhr, die sie an einer Kette um den Hals trägt, hüpft gegen ihren Busen. »Vergiss meinen Wutanfall von vorhin. Du brauchst dir wegen mir keine Gedanken zu machen. Ich stamme aus einer langen Linie von Abolitionisten. Ich liebe meine schwarzen Brüder und Schwestern und bete täglich für sie.«

Judy wirft ihm ein großmütterliches Hochglanzlächeln zu, das ihm direkt in die Lungen krallt.

Sie beugt sich zu ihm, so nah, dass er spürt, wie sich der warme Dunst ihres Atems auf seiner Wange niederschlägt.

»Ich habe eine ganze Ausgabe *The Messenger* von vorn bis hinten gelesen«, flüstert sie. »Ich habe auch eine halbe Ausgabe von *The Crisis* gelesen, aber dann wurden mir die Texte ein bisschen zu schwülstig, muss ich zugeben. Mr. Randolph hat *Wunderbares* geleistet. Genau wie *Mr. Robinson* und seine Freunde. Und dann die *Order of Sleeping Car Porters*. Siehst du? Ich weiß alles über deine Leute.«

Ihr linkes Augenlid schließt sich zu einem schaurigen übertriebenen Zwinkern. Am liebsten würde er ganz schnell aus seiner Haut fahren, um vor ihrem riesigen rosa Puppen-Ich zu fliehen.

»Ich stelle die Temperatur noch einmal hoch, Madam«, sagt Baxter. Er tut, als kratzte er sich an der Schläfe, wischt aber stattdessen unauffällig einen Schweißtropfen weg.

Punch sitzt in seinem Sessel am Fenster, an dem Brokkolibäume und Petersiliensträucher vorüberflitzen. Er ignoriert Baxter und raschelt beim Umblättern laut mit der Zeitung.

»Judith«, brummt Punch missbilligend (*Judith!*, denkt Baxter), »die Temperatur hier ist völlig *normal*.«

»Warum hast du dann einen Pullover an?«, gibt Judy zurück.

Wer war eigentlich der Passagier, der Baxter gebeten hat, das Klo zu reinigen, *wenn du weißt, was ich meine?* Vielleicht hat ja Punch die Postkarte hinter die Fußleiste geklemmt. Vielleicht ist Punchs Jackentasche vollgestopft mit solchen Postkarten.

Vielleicht wird die Polizei den Zug durchsuchen und Koffer über Koffer voller Postkarten aufreißen. Und all die vielen nackten Männer werden im Wind flattern und fortsegeln. Vielleicht kann sich Baxter noch so eine außergewöhnliche Postkarte anschauen, aus reiner Neugier.

Judy wird ihm mit ihren gefährlichen Sympathien auf dieser Tour noch das Genick brechen.

Der Korridor schlägt in der Augusthitze buchstäblich Blasen. Das Sonnenlicht spiegelt sich grell, und es scheint jedes Mal, wenn Baxter einen Strahl durchquert, ein Geräusch von sich zu geben.

Doch die kalte feuchte Luft in Judys Abteil, die seine Wange streift, erschreckt ihn. Wie sie ihm um die Ohren kriecht, während der Zug durch eine sonnige Spätsommerlandschaft rast und andere Passagiere ihre Schals und Jacken ausziehen und wegen der zunehmenden Hitze in diesem Luxuszwinger auf Rädern nörgeln.

Er macht sich davon, fort von Judy und der Kälte ihres Abteils, gibt vor, den Hebel für die Heizung betätigen zu wollen.

In den Bädern ersetzt er schleimige halb verbrauchte Seifenstücke durch neue, putzt Waschbecken und Spiegel, legt eine Rolle Klopapier nach.

Im Vorraum entdeckt er die fehlenden Handtücher, alle drei klatschnass auf einen Haufen geworfen von einem Fahrgast, der sich hier offenbar wie zu Hause fühlt und meint, Handtücher kosteten kein Geld.

Entgegen den Vorschriften stopft Baxter alle Handtücher in einen schmutzigen Kissenbezug. Seine Verärgerung nähert sich dem Siedepunkt, seine Geduld ist erschöpft. Dann packt er alles unten in den Wäscheschrank, gleich neben den Mann, der zu einem Ball zusammengerollt daliegt und schlottert, obwohl er glüht wie Kohlen im Feuer. Das ist zweifellos der Besitzer der glänzenden glühenden Schuhe im Vorraum. Baxter macht die Tür zu. Schließt sie ab, schließt mit einer forschen Drehbewegung das Hirngespinst von Mann weg.

Er schlägt sich die Hand vor den Mund, um ein Gähnen zu verbergen. Sie riecht nach Urin. Nach heißem Eis.

Im Wagen Redfern stößt er fast mit Templeton zusammen, der ein Silbertablett mit einer Flasche edlen Whiskeys und einem Glas trägt. Auch nach sechs Monaten, sieben Monaten, acht Monaten, acht Jahren Arbeit könnte sich Baxter diese Flasche Whiskey nicht leisten. Sie kostet bestimmt über zweihundert Dollar. Baxter will eigentlich nicht fragen, will nicht mehr als nötig mit Templeton zu tun haben, aber er kann nicht widerstehen.

»Für wen ist *das* denn?«, fragt er.

»Berühmter Schriftsteller«, sagt Templeton mit schwabbelnden Hängebacken.

Baxter klemmt sich vor Aufregung die Zunge zwischen die Zähne. Sattes Strauchwerk schwirrt am Fenster vorüber.

»Wer denn?«, fragt er.

»Jules Verne«, sagt Templeton.

»Jules Verne ist tot.«

»Oh. Dann kann er es wohl nicht sein. Hahaha!«

Templeton rennt, weiter vor sich hin glucksend, mit seinem Luxus-Whiskey davon. Baxter würde die Flasche am liebsten am Hals packen, leer trinken und durch eins der penetrant floralen Fenster pfeffern.

Während sich Baxter zu seinem Wagen zurückschleppt, krampft sich alles in ihm zusammen. Vielleicht hat auch Templeton die Postkarte in die Fußleiste gesteckt, um ihn hereinzulegen, ihn in die Falle zu locken. Nein. Das wäre eher *Eugenes* Stil. Eugene würde sich an seinem Unglück ergötzen.

Baxter hat keine Bezeichnung für das Gefühl, das diese Karte und dieser Job in ihm auslösen. Wenn er könnte und wenn Tante Arimenta noch lebte, würde er es ihr beschreiben, und sie würde ihm sagen, wie das heißt, wenn man sich innerlich fühlt wie ein großer Obstgarten mit lauter mehltaubefallenen Bäumen. »Wir schneiden die schlechten Stellen einfach weg«, sagt Arimenta und entfernt die schwarzgefleckte Schale der obersten Mango aus einer Schüssel voller mehliger Mangos. »Wir schneiden die schlechten Stellen weg und essen die guten.«

Der erste Mangobissen schmeckt bitter, aber Baxter kaut und schluckt und isst trotzdem weiter, weil es Arimenta ist, die die Mangos für ihn schält und schneidet; der Saft tropft ihm von den Fingern und rinnt in Ranken über seinen Unterarm. Arimenta kaut auch, grimassierend.

»Ich glaube, es gibt Sachen, die kann man einfach nicht ins Lot bringen. Tja«, sagt sie und schmatzt ihm einen dicken fruchtigen Kuss auf die Wange.

Sie nimmt noch einen Bissen, kaut weiter.

»Verrat es nicht deiner Mutter.« Sie blickt über die kranken Bäume. »Aber ich werde dir Geld vermachen, wenn ich sterbe.«

Sie pikst noch eine Mangospalte auf und steckte sie sich in den Mund. Plötzlich lacht sie auf. »Oh«, sagt sie, »die ist gut!«

Und sie gibt ihm den Rest der Mango.

Als nach dem ersten Aufruf zum Abendessen die Passagiere nach und nach verschwinden, beginnt Baxter, die Schlafplätze herzurichten.

Zwei nackte Männer, ineinander verschlungen.

Baxter quetscht sich den Finger zwischen Wand und herunterklappender Koje ein. Er unterdrückt einen Schrei. Tränen schießen ihm in die Augen.

Die Fahrgäste kehren von der Schlemmerei zurück, im Schlepptau den Duft von Schweinebraten, gedünstetem Fisch und Erdbeerkuchen, und betten ihre aufgeblähten Bäuche für die Nacht in die Plüschkojen. Baxter könnte jetzt sofort ein ganzes Spanferkel vertilgen.

»Ich habe seit Ewigkeiten nicht mehr so viel gegessen!«, sagt Miss Tupper, die hinter ihrer Mutter zu ihrer Koje trottet, eine Hand auf dem Bauch, den Federhut noch auf dem Kopf. Mit dem

Po voran schiebt sie sich in die Koje hinter dem Vorhang. Ihre Mutter klettert in ihrem Seidenkimono die Leiter hinauf, bleibt oben kurz stehen, um einen Blick über den Wagen zu werfen, und taucht dann ab ins Bett, die Seide hinter sich her ziehend.

Templeton bittet Baxter, seinen Wagen zu übernehmen, während er sich hinlegt.

Baxter zögert kurz, bevor er einwilligt. Templeton, der lachende Speichellecker. Der Lieblingsdiener des Schaffners.

In der Männertoilette leert Baxter einen Spucknapf auf die unter ihm dahinrasenden Gleise aus, glitschige durchgekaute Tabaksklumpen, schmierige Asche und Zigarrenenden. Er klopft, bis sich der Napf leer anhört, löst den verbliebenen Mansch mit Desinfektionsmittel und schüttet ihn auf die Gleise.

Er setzt sich aufs Klo. Sieht nochmal nach, ob die Tür verriegelt ist. Dann zieht er ganz langsam die Postkarte aus der Jackentasche und faltet sie auf. Körper im Dämmerlicht. Wer sind diese Männer? Seine Hüften wiegen im Rhythmus des Zuges. Er putzt sich den Po ab, die nächtlichen Gleise jagen unter seinem nackten Hinterteil dahin. Er sieht nach dem Klingelbrett. Setzt sich auf seinen Hocker, sackt ein wenig zur Seite, rafft sich wieder auf.

Es schellt, der Salon.

»Bist du sicher, dass du die Wärme hochgedreht hast?«, fragt Judy. »Das kann doch nicht so weitergehen.«

Punch stößt einen gurgelnden Schnarcher aus, ein nacktes behaartes Bein mit schwieligem Fuß hängt seitlich aus dem Bett.

»Ich schaue nochmal nach«, sagt Baxter. Er unterdrückt ein Zittern, ignoriert das heftige Pochen, mit dem ihm sämtliche Adern unter seiner Haut deutlich zu verstehen geben, dass er es ihr sagen müsste: Das Problem lässt sich nicht beheben, manche Orte bringen Glück und andere Pech, und sie hat das Pech, in diesem Abteil untergebracht zu sein.

Er klopft gegen das Thermostat, dreht am Pfeil, vollführt sinnlose Zaubertricks für die arme Frau.

»Das müsste funktionieren«, sagt er.

»Bestimmt funktioniert es diesmal!«, sagt sie. Sie zieht sich den Schal enger um die Schultern.

Er wünscht ihr gute Nacht, kehrt zurück zu seinem Hocker und reibt die Hände aneinander, um sie zu wärmen.

In diesem Moment steckt Mad Mary den Kopf um die Ecke. Grummelt enttäuscht, weil er Baxter nicht beim Schlafen erwischt hat.

»Im Salon gibt es Probleme mit der Heizung«, sagt Baxter.

»Heizung? Spinnst du?«, fragt Mad Mary. »Hier ist es so heiß wie im Backofen.«

»Ich wiederhole nur, was die Passagierin gesagt hat.«

»Mir gefällt dein Ton nicht.«

»Ich bitte um Entschuldigung, Mr. Magruder.«

»*So* ist es recht«, sagt Mad Mary. Er klickt mit dem Fahrkartenlocher in Baxters Richtung und stapft davon.

Baxter blättert in *Der Skarabäus vom Jupiter*, um nicht über die Postkarte nachzudenken, die genau über seiner Brustwarze in der Innentasche seiner Jacke steckt. Er liest immer wieder dieselbe Seite. Versucht, die Wörter von hinten nach vorn zu lesen, vom Kapitelende zum Kapitelanfang, aber sie mutieren dauernd in nackte Männer und Schwänze auf weißen Laken im bequemsten Bett des Universums.

Um 3:00 Uhr rüttelt Baxter Templeton an der Schulter. Templeton verpasst ihm einen gepfefferten Fausthieb, ehe er aufwacht.

Baxter rollt sich im Dämmerlicht des Raucherabteils auf dem Sofa ein, die Knie von einer höheren Macht, die er nicht beeinflussen kann, bis zur Brust hochgezogen, das Gesicht schnüffelnd und sabbernd in die dünne Matratze gedrückt, während draußen die Klotür in unregelmäßigen Abständen kreischend auffliegt und zuknallt.

Er träumt, dass der Mann aus dem unteren Fach des Wäscheschranks mit den Fingernägeln ein Loch in die Schranktür gekratzt hat und den Gang entlangkriecht, dass er auf Baxters Hände und Knie zukrabbelt und ihm die Zähne ins Fußgelenk schlägt, dass er sie fester und immer fester durch Hosenbein und Socke bohrt, bis er seine Knochen quetscht und bricht. Baxter tritt in die Luft, schüttelt den Mann von seinem Bein ab, setzt sich auf.

»Aua«, sagt Eugene und hält sich die Leistengegend. »Pass doch auf. Du hättest mir fast in die Wurstauslage getreten.«

Eugene.

»Steh auf!«, sagt Eugene und wirbelt mit den Armen. »Du musst meinen Wagen übernehmen.«

Eugene redet plötzlich wieder richtig mit ihm!

»Ich kann nicht«, lallt Baxter.

»Dich kann man wirklich für nichts gebrauchen.«

Dich kann man wirklich für nichts gebrauchen.

Aber auch das ist ein Traum. Baxter müht sich, seine Augenlider aufzureißen, sie flattern vor Anstrengung.

»Muss mal«, sagt eine Stimme.

Baxter springt auf, so hoch, dass er fast die Decke berührt. Jetzt ist er tatsächlich wach.

Mad Mary steht nicht in Uniform, sondern im zerknitterten Nachthemd unsicher in der Tür und hält sich am Rahmen fest.

»Mr. Magruder!«, sagt Baxter.

Mad Mary schwankt von einem Bein aufs andere, seine Haare stieben in alle Richtungen wie die Flammen einer explodierenden Lokomotive.

»Mr. Magruder?«, fragt Baxter.

»Muss …«

»Sie müssen mal?«

»Muss meinen Kumpel Lou finden.« Mad Mary schnieft, Tränen glitzern in seinen Augen. »Dem stehen die Beinknochen aus der Brust, aber die Krankenschwester, die mit den drei Haaren am Kinn, die hat gesagt, ich soll mir keine Sorgen machen. Ich will sie heiraten.«

Mad Marys Haut hat die Farbe gedünsteten Fisches, er wischt sich mit zitternden Händen über die Augen, schnappt nach Luft, bohrt in seinen tränenden Augen herum, an einem Finger fehlt ein Glied.

Mad Mary ist von den Schlachtfeldern des Ersten Weltkriegs heimgekehrt, mit einer kapitalen Entgleisung im Kopf. Edwin Drew war auch ein Heimkehrer. Hatte in der Infanterie gedient und konnte es mit einem Orden beweisen, der Victory-Medaille mit einem Band in überraschenden Regenbogenfarben.

»Aha, *Lou*«, sagt Baxter.

Er mustert Mad Marys bestürztes, aufgelöstes Gesicht.

»Wo sind wir denn, Mr. Magruder?«, fragt er.

»Hügel 70.« Mad Mary ringt zwischen Schluchzern wieder nach Luft.

»Gut«, sagt Baxter. »Suchen wir uns einen ruhigeren Hügel.«

»Ich will nach Hause.«

»Wir bringen Sie nach Hause.«

Baxter führt ihn in seinen Wagen am anderen Ende des Zuges und hilft ihm, sich wieder in seine Koje zu legen, tief hinein in sein Nest aus Decken.

Tag Drei

(Winnipeg–Calgary)

Am frühen Morgen tippt Templeton Baxter zweimal auf die Stirn. Baxter rappelt sich im Halbdunkel zum Sitzen auf, aber sein Kopf baumelt noch zwischen den Beinen, bis er die Handflächen auf die Kniescheiben stemmt und den Oberkörper durchstreckt. Er verschränkt die Arme, krümmt die Finger und krallt sich, um wach zu werden, die Nägel in die Unterarme. Er katapultiert sich auf die Füße und trotzt sich fünfzehn Kniebeugen ab, ehe die Klingel läutet und ein Pfeil die Kojenleiter anzeigt.

Krumm wie eine Krabbe putzt er sich am Waschbecken die belegten Zähne, wäscht sich das belegte Gesicht. Tauscht sein altes Hemd gegen ein neues. Im Spiegel sind einzelne Haarsträhnen zu erkennen, die sich hinter dem Ohr ringeln. Er wirft den Kopf zurück, streckt Rücken und Arme, um die Erinnerung an das harte enge Sofabett zu zerbröseln. Dann stolpert er über die teppichbelegten Gänge zum Frühstück, und als er im hüpfenden, schubsenden Speisewagen die Tür hinter sich schließt, ist er schon wieder zu Krabbengestalt zusammengesunken. Eugene und Templeton kauern über ihren Tellern und stechen mit Messer und Gabel auf ihr Essen ein. Templetons silbergraues Haar ist hinten und an den Seiten sauber geschnitten. Eugenes Augen wirken zu groß für sein schmales Gesicht, genau wie bei Buster Keaton, nur kein bisschen komisch.

»Ich nehme dir nicht ab, dass du einen berühmten Schriftsteller in deinem Wagen hast«, sagt Eugene zu Templeton.

Templeton versenkt einen Finger in einem seiner feuerbohnengroßen Ohren, die aussehen wie an den riesigen Mannskopf angeklatschte Kinderohren, und gräbt nach Gold, während er mit der anderen Hand die leeren Zinken seiner Gabel aus dem Mund zieht und mampft.

»Habe ich aber«, sagt Templeton mit vollem Mund. »Das ist der, der das Buch mit dem Pferd geschrieben hat.«

»Also *gibt* es ihn wirklich, den berühmten Schriftsteller?« Baxter verschluckt sich am Haferbrei, den er sich in den Mund gestopft hat, das billigste Gericht auf der Speisekarte.

Er hustet, ringt nach Luft und wirft die Hände hoch, um vor dem Mund die Haferflocken aufzufangen, aber vor allem, um die in ihm auflodernde Erregung zu verbergen. Als er zu schlucken versucht, spritzt ihm der Haferbrei in den Mundvorhof.

Templeton schiebt sich die Gabel in den Mund und steckt gleich wieder einen Finger ins Ohr.

»Was für ein Buch?«, fragt Baxter.

Templeton schnuppert an den Ohrenschmalzkrumen auf seinem Finger, ehe er sie abwischt. »*Auf dem Rücken der Wildpferde*?«, fragt er in die Luft, die Gabel erhoben wie einen Taktstock. »*Lasso, der Naturbursche*? Weiß nicht mehr.«

Eugene reibt sich ein Auge, grummelt vor sich hin und klatscht dann ohne erkennbaren Grund in die Hände.

»Was denn?«, sagt Templeton. »Wolltest du was sagen?«

Eugene schiebt sich eine volle Gabel in den Mund. »Nein, nichts«, sagt er kauend.

Mit den Zinken seiner Gabel kratzt er quietschend in dem überschaubaren Häufchen Kabeljaumatsch auf seinem Teller herum. Er brabbelt weiter vor sich hin, sodass Baxter das gekaute Essen sehen kann, das ihm weit hinten auf der Zunge klebt, aber nur auf einer Mundseite. Eugene kaut sein Essen einseitig, was auf einen kariösen Zahn hindeutet. Er sollte ihn ziehen lassen. Baxter würde ihm den Zahn gern ziehen.

Haferbreistreifen ziehen sich über die Krümmung seiner Schale, ehrlich gesagt, ist es nicht genug. Baxter wollte eigentlich ein Ei essen, doch das war ihm zu teuer. Er löffelt die letzten Reste heraus und kaut auf den halbgaren Haferflocken herum.

»Wie *heißt* er denn?«, fragt Baxter.

»Was?«, fragt Templeton.

»Wie er *heißt*, habe ich gefragt.«

»Julian Vine«, sagt Templeton, räuspert sich und beugt sich blinzelnd vor, um an seinem Kaffee zu nippen. »Warte mal«, widerspricht sich Templeton selbst mit erhobener Hand. »Oder war es Jack Venable? Frederick Vellum? Ich weiß es nicht mehr. Ich hatte *viel* zu tun«, sagt Templeton. Er lacht, aber es ist kein fröhliches Lachen.

»Fängt der Name wirklich mit V an?«, fragt Baxter.

»Das Essen reicht einfach nicht«, erklärt Eugene, schiebt den Stuhl zurück und klatscht erneut in die Hände. »Das ist eine Schande. Der Marsianer beißt auf rohen Haferflocken herum, und ich esse Fischköpfe. Das sind die Brosamen und Reste von gestern.«

Er schleudert seine Serviette auf den Boden.

Baxter sträuben sich die Nackenhaare. Eugene mag das Wort *Brosamen*. Er mag das Wort *Arbeiter*, er mag Wörter wie *Gewerkschaft*, *Bruderschaft* und *fünfzig Prozent Zuschlag*. Er holt zu einer seiner politischen Reden aus, Baxter hat das schon erlebt, wie er das Gesicht verzieht, bevor er anfängt zu schwadronieren, wie er abwechselnd in die Hände klatscht und die Arme ausbreitet, als stünde er auf der Kanzel, und bestimmt wird er vor Templeton ausspucken. Baxter muss *sofort* raus aus diesem Affenstall. Er stopft sich noch einen Löffel Haferbrei in den Mund und kaut wie verrückt, kippt Kaffee hinterher, verbrüht sich Gaumen und Zunge.

»Wir sind doch erwachsene Männer«, sagt Eugene. »In einer Stunde habe ich schon wieder Hunger. In einer halben Stunde. Wenn ich alle drei Mahlzeiten hier essen würde, wäre ich das ganze Geld los, das ich an einem Tag einnehme. Von den Brosamen, die einem so eine gierige Eisenbahngesellschaft hinwirft, kann man nicht leben.«

»Der Nachname könnte auch Vincent sein, jetzt, wo ich darüber nachdenke«, sagt Templeton und schaufelt sich den letzten

Happen der gummiartigen Eier in den breiten Mund. »Das Frühstück ist reichlich, Eugene. Ich jedenfalls bin satt«, sagt er und wischt sich den Mund mit der Serviette ab.

Noch nie hat Baxter im Inhaltsverzeichnis einer Zeitschrift die Namen Julian Vine oder Venable oder Vellum gelesen. Oder Vincent. Man kann sich wahrlich darauf verlassen, dass Templeton alles vergisst, was irgendwie aufregend sein könnte.

»Klar bist du satt«, sagt Eugene. »Du hast dich ja auch mit Mad Marys Resten vollgestopft. Wenn uns die Eisenbahngesellschaft nichts Anständiges zu essen gibt, ist das auch nur ein weiterer Trick, um die Arbeiter zu bescheißen. Das kapiert sogar der Marsianer hier, stimmt's, Marsianer?«

»Nein, Vincent war es nicht.« Templeton legt den Kopf schief, mit einem Lächeln auf den Lippen, aber etwas Boshaftigkeit in den Augen.

Baxter pfeffert seinen Löffel in die Schale. Templeton und Eugene plustern sich auf, scharren im Sand. Eugene wird auf alle Fälle verlieren. »Verstehst *du*, was Eugene da redet, Baxter?«, fragt Templeton.

»Nein.«

»Könnte sogar sein, dass der Name des Passagiers mit einem E anfängt«, sagt Templeton. »Ich glaube, es ist ein E. Wir arbeiten für die beste Eisenbahngesellschaft auf dem Kontinent, ja, in der ganzen Welt. Stimmt's, Baxter?«

»E. E. Smith?«, fragt Baxter.

»Ja, Smith!«, sagt Templeton.

»Der den Roman *Die Abenteuer der Skylark* geschrieben hat?« Baxter muss sich beherrschen, nicht zu schreien. Denn was, wenn das wahr ist?

Templeton rubbelt sich mit der Serviette den Mund ab. »Was hältst du denn von Gewerkschaften, Baxter?«

Eugene wendet sich Baxter zu und verengt die Augen zu Schlitzen. »Die Abenteuer der *was*? Was quasselst du da?«

Templeton rülpst, stützt die gespreizten Finger auf den Tisch und steht auf. »War nur ein Witz. Ich habe keinen berühmten Schriftsteller im Wagen. Nur den üblichen reichen Suffkopp, der sich einen horrend teuren Rausch antrinkt.«

»Na und?«, sagt Eugene. »Wer Geschichten übers Weltall schreibt, ist sowieso ein Lügner, ein Feigling, ein Waschlappen. Witzlos. Dieser Kram ist was für kleine Jungs.«

»Ein besoffener Passagier und ein Eisenbahner, der Gewerkschaftsparolen schwingt. Oder *mehrere* Eisenbahner.«

Templeton schielt Baxter von der Seite an.

»Sieht Eugene nicht genauso aus wie Buster Keaton?«, sagt Baxter. »Die könnten Zwillinge sein.«

Er schüttet sich den restlichen Kaffee in die Kehle, das Porzellan gibt unter seinen Zähnen nicht nach, egal, wie stark er zubeißt.

Winnipeg. 10:15 Uhr

»WINNIPEG, DREISSIG MINUTEN AUFENTHALT. HIER AUSSTEIGEN, BITTE«, verkündet Baxter.

»BITTE NEHMEN SIE DAS RICHTIGE GEPÄCK MIT«, sagt er.

Er klopft den aussteigenden Fahrgästen die Jacketts ab und kämmt mit der Holzbürste über Hüte, schlägt sich beim Schleppen der Koffer Schienbein und Knie an, landet mit nur leicht wabbeligen Beinen auf der plötzlich unbewegten Erde, umgeben vom Radau, Geplapper und Getöse des Bahnhofs von Winnipeg. Fünf Dollar und fünfundsechzig Cent umschließt seine Hand, das Kleingeld landet klimpernd in seiner Hosentasche. Rechts von ihm im nächsten Wagen macht Templeton ebenfalls viel Wind um die aussteigenden Fahrgäste, mit einem Lächeln, das aufdringlicher ist als nötig und ins Unterwürfige abgleitet. Edwin Drew fände es erbärmlich. Zu Baxters Linken, einen Wagen hinter Sprosses, reicht Eugene den Fahrgästen die Hand, ohne ihnen Kleidung oder Hut abzubürsten, als wäre es die Mühe nicht wert. Als Mad Mary auf ihn zu marschiert, versteinert sein Gesicht. Langsam stellt er einen Koffer ab, den ein Bahnhofsdiener übernimmt, ehe Mad Mary Eugene am Arm zur Seite zieht. Über dem Dampfen, Klappern und Kreischen der Lokomotiven, den Rufen und Schreien der Verkäufer und Schaffner, dem Hallo, mit dem aussteigende Fahrgäste begrüßt, und dem Schluchzen, mit dem abfahrende verabschiedet werden, kann Baxter die beiden nicht hören. Aber er sieht Eugenes erst bestürzte, dann wütende Buster-Keaton-Miene und kann seine Verbitterung geradezu riechen; zu seiner Rechten steht Templeton neben seinem Trittschemel mit einem breiten zufriedenen Grinsen auf dem Mondgesicht.

Baxter schleppt Säcke mit schmutziger Bettwäsche weg, stockt saubere Wäsche auf, übergibt Mad Mary Telegramme und Briefe. An den Imbisswagen auf dem Bahnsteig tauscht er Münzen gegen Brathähnchen und Piroggen ein, das heutige Abendessen und das morgige Mittagessen und vielleicht noch ein Abendessen.

Er hat mal in Winnipeg gewohnt, in der Nähe der Sutherland Avenue, zur Untermiete bei einer Mrs. Lesiuk und ihrem Sohn Nicholas.

Wenn ihn nicht gerade ein Zug entführte, wo ihn die Leute *George* nannten, verschlang er in seinem kleinen Zimmer unweit der Sutherland Bücher. Immer wieder las er das Kalisthenie-Heftchen *Leibesübungen für gesunde Männer*. Er kannte alle Fotos auswendig, sämtliche Muskeln, jede Übung. Er studierte die stark bemuskelten Schultern, die gewölbten Oberschenkel. An manchen Tagen half er Mrs. Lesiuk, Holz zu tragen, Kohle zu schleppen und Konserven aus dem Keller zu holen oder hinunterzubringen. Na ja, nicht gerade *half*. Er trug das Holz, während Nicholas Lesiuk unter dem Apfelbaum Pall-Mall-Zigaretten rauchte und ihn anstarrte, als wolle er ihn gleich erwürgen. Baxter wollte sich kein anderes Zimmer suchen, in einem lausigen Hotel beim Bahnhof oder einem elenden Wohnheim, vollgestopft mit Leuten, die auf dem Dachboden oder in einem feuchten zugigen Saal furzten und schnarchten. Begleitet von Bettwanzen, Ratten und Mäusen.

Einmal erzählte ihm Mrs. Lesiuk, als er sich gerade für sie einen Korb Äpfel auf die Schultern setzte, Nicholas sei im Lebensmittelgeschäft entlassen worden, weil die Polizei ihn beim Alkoholschmuggel erwischt hatte.

»Es ist mir nicht peinlich«, sagte sie und schob sich ein paar schweißnasse Haarsträhnen aus dem Gesicht. »Nicholas ist ein guter Junge. Bier ist gesünder als Wasser.«

Baxter konnte sich das recht gut vorstellen: Nicholas, Fluppe im Mundwinkel, die Augen in den Zigarettenschwaden zu

Schlitzen verengt, wie er Schnapsflaschen in Fleischerpapier wickelte und *Wurst* auf die Kiste schrieb. Nicholas Lesiuk hatte kräftige, weit auseinanderstehende Zähne.

Abends streifte Baxter durch die Wälder, wanderte am Assiniboine und Red River entlang, und vor dem Schlafengehen legte er auf dem sauberen kleinen Bett in Mrs. Lesiuks Haus die Arme hinter den Kopf und lernte ein Kapitel aus seiner zerfledderten Ausgabe von *Praxis der Zahnmedizin* auswendig.

An einem der letzten Abende, die er in Mrs. Lesiuks Haus verbrachte, war er früh mit seinem Kapitel fertig und ging deshalb, nach den Stechmücken schlagend, nochmal ein bisschen am Wasser entlang. Im Wald machte er Kniebeugen und Hüpfübungen aus seinem Kalisthenie-Heft und sagte die Namen sämtlicher Zähne im menschlichen Mund auf, einen nach dem anderen in der richtigen Reihenfolge. Die Prämolare mochte er am liebsten.

In jener Nacht blieb er länger draußen, trainierte seine Muskeln, absolvierte schwitzend und keuchend seine Übungen.

Baxter bahnte sich seinen Weg durch Bäume und Unterholz, sprang über Wurzeln und kniehohen Farn, Wasser quoll aus dem schwammigen Boden. Um ein Haar wäre er anderen Männern begegnet, die, mit privaten Dingen befasst, in der Finsternis einzeln spazieren gingen. Baxters Brust bebte vor Angst um seine Sicherheit – ein schwarzer Mann, im Dunkeln allein unterwegs.

Am Fuß eines Baumes hätte er fast die rote Glut einer Zigarette ins Auge bekommen. Nicholas Lesiuk.

»Du«, sagte Nicholas Lesiuk.

Er blies den Zigarettenrauch zu beiden Mundwinkeln hinaus.

»Ich«, sagte Baxter.

Sie standen da. Das Wasser im Fluss rauschte und sammelte sich am Ufer in kleinen Tümpeln.

»Na dann«, sagte Baxter. »Gute Nacht.«

»Gute Nacht«, sagte Lesiuk und drückte seine Zigarette aus.

Baxter rannte durch das Dickicht zu dem Pfad zurück, den er sich gebahnt hatte.

Es erstaunte ihn, dass auch Lesiuk im Wald spazieren ging. Und es erstaunte ihn auch wieder nicht, denn Lesiuk schien ein sonderbarer zorniger Trottel zu sein. Baxter beeilte sich besser, dass er vor ihm zu Hause war.

Er streifte durch Bäume und Büsche, seine Haut erblühte wie eine Blume, zu seinen Füßen raschelnde kleine Tiere, hoch über ihm hier und da die Silhouette einer Fledermaus, der Ruf einer Eule, dazu die Stechmücken, nach denen er schlug, wenn sie sich in Scharen auf seine nackte Haut setzten.

Hinter ihm räusperte sich jemand.

Ein großer Mann lehnte an einem Baum. Seine Haut wies im Dunkeln eine unbestimmte Farbe auf.

Lesiuk hatte ihn aufgespürt. Baxter ballte kampfbereit die Fäuste. Lesiuk schlenderte auf ihn zu.

»Hast du mal ein Streichholz?«, flüsterte er, die nächste Zigarette schon zwischen den Fingern.

Baxter fischte eine Streichholzschachtel aus seiner Hosentasche. Lesiuk nahm sich ein Streichholz heraus, zündete die Zigarette aber nicht an, sondern drehte und wendete es, schwer atmend, zwischen den Fingern hin und her. Baxter hielt die Luft an, er stand zu dicht vor Lesiuk, seine Nase war auf Höhe von Lesiuks Kinn, er musterte ihn, und beide segneten ihren stillschweigenden Vertrag ab. Lesiuk presste die Kiefer zusammen, steckte sich die Zigarette hinters Ohr, beugte sich zu ihm hinunter und küsste ihn geradewegs auf die Lippen, kollidierende Gesichter, hungrige offene Münder. Männer in Wäldern, Männer in Gassen, das sind gierige stille Kreaturen. Nicht, dass Baxter viele solcher Begegnungen gehabt hatte, genau genommen vier vor Lesiuk: einmal im Wald, einmal auf der Toilette, zweimal in der Gasse, immer im Dunkeln. Vielleicht noch ein paar Male, an die er sich lieber nicht erinnerte.

Baxters Körper stürzte sich auf sämtliche Körperteile Nicholas Lesiuks. Als Erstes stieß seine Zunge in Lesiuks Mund, um die Zähne, den harten Gaumen abzulecken. Unbeholfen befummelten und begrapschten sie Pobacken und Penis des anderen. In völliger Stille küssten und penetrierten sie sich, berührten einander mit dem Mund, den Fingern, mit allem. Zwei Gestalten, die zuckten, dann im Dunkel verglühten.

Die hohen Sträucher, das Wasser, das unablässig ans Ufer des dunklen Flusses plätscherte.

Kaum waren sie fertig, trennten sie sich glitschig und keuchend, gingen in der Dunkelheit auseinander. Nicholas' nicht angezündete Zigarette war vom Ohr gerutscht und hing zerbrochen zwischen den geschürzten Lippen, sein langer schlaksiger Körper verschwand mit schlabbernder Hose zwischen den Bäumen. Baxters Finger mühten sich fahrig und konfus, seine Hose zuzuknöpfen, sein Entzücken zuzuknöpfen. Lesiuk war ein herrlicher dünnbeiniger Mann, der im Wald am Ufer des Red River Zigaretten rauchte.

Nun konnte Baxter *wirklich* nicht schlafen, sämtliche Venen und Arterien standen noch unter Dampf. Er zog die Decke hoch, knüllte das flache Kissen zu einem Klumpen, verscheuchte den Gedanken an Lesiuks ruckelnde Pobacken, den breiten Brustkorb und die Brustwarzen, die langen Gliedmaßen, die sich im Dunkeln beugten und streckten.

Als Baxter die Lampe ausblies, erlosch flackernd die Flamme. Er lag in seinem Mausoleum und spielte innerlich noch einmal durch, wie er Lesiuks Schwanz lutschte. So ein außergewöhnliches erregendes Erlebnis, Lesiuks Haut an seine Haut gepresst, sie beide, wie sie in Schweiß und Sperma miteinander verschmolzen. Die Zungen und so viele Küsse auf Penis und Lippen, das Klackern von Zähnen. Der Schlaf schäkerte mit ihm, streifte ihn, schnippte ihn an der Nase und schwebte wieder davon. Um endlich einzuschlafen, sagte Baxter sämtliche bleibenden Zähne des menschlichen Gebisses auf, *dritter Molar, zweiter Molar, erster Molar, zweiter Prämolar, erster Prämolar, Caninus, äußerer Incisivus, mittlerer Incisivus, mittlerer Incisivus, äußerer Incisivus, Caninus, erster Prämolar, zweiter Prämolar, erster Molar, zweiter Molar, dritter Molar,* ehe er sich den Okklusionen zuwendete, um Nicholas Lesiuk und eigentlich auch alle anderen aus seinem Gedächtnis zu verbannen. *Der obere mittlere Incisivus steht in Okklusion mit der gesamten Schneidekante des unteren mittleren Incisivus und dem mesialen Drittel der Schneidekante des unteren äußeren Incisivus. Der obere Caninus steht in Okklusion mit der distalen Schneidekante des unteren Caninus und mit zwei Dritteln des mesialen* Lesiuk, wie er seine Eichel küsst *Bukkal-Höckers des unteren ersten Prämolars.* Umgeben von tiefer Nacht schlug und wendete Baxter das Kissen wie Mrs. Lesiuk ihren Brotteig. *Der obere erste Prämolar steht in Okklusion mit den übrigen …*

Dann stürzte er in den Schlaf wie ein Kormoran, der mit dem Schnabel voran hinter einer abtauchenden Wasserschlange in den Fluss hechtet. Besser hatte noch nie ein Mensch auf Erden geschlafen.

Am nächsten Morgen schnappten Baxters Augen freiwillig auf, sein Kopf war klar. Er ruhte zwischen den Laken in einem Körper, der nicht seiner war, fassungslos, so viel geschlafen zu haben, im Mundwinkel eine Kruste aus Spucke.

Als er seine Tasche packte, die zusammengelegten Hemden hineinlegte, die Mrs. Lesiuk für ihn gewaschen und er selbst gebügelt hatte, beschloss er, Nicholas Lesiuk das nächste Mal, wenn er in Winnipeg war, wieder im Wald zu besuchen. Mrs. Lesiuk hatte ihm Teigtaschen mit Hackfleischfüllung auf den Küchentisch gelegt und Kaffee auf den Herd gestellt. Als er durch den Vorgarten schlenderte, kam Mrs. Lesiuk gerade mit Eiern in den Händen aus dem Hühnerhäuschen.

»Du gehst jetzt?«

»Ja.«

»Nicholas ist ein guter Junge.«

»Auf Wiedersehen, Mrs. Lesiuk«, sagte er. »Danke für die hervorragenden Teigtaschen.«

In Nicholas Lesiuks Zimmer erlosch blinzelnd das Licht.

Bei Baxters nächstem Zwischenstopp in Winnipeg erzählte ihm Mrs. Lesiuk, Nicholas sitze wieder im Gefängnis. Schweigend fegte sie die Ecken des Hausflurs, schweigend grub sie rote Rüben und Kartoffeln aus.

Winnipeg.

Der Bahnhof, der sich sanft in die grüne Landschaft der Forks schmiegt.

Der Zug steht in der Union Station von Winnipeg, und Baxter steigt aus, steigt ein, tauscht Säcke schmutziger Bettwäsche gegen saubere aus, derweil Passagier Punch und seine rote Nase über seinen Schultern schweben. Punch verfolgt ihn und fragt ihn auf siebzehnerlei verschiedene Art, ob der Zug rechtzeitig in Sicamous ankommen wird, sie freuen sich ja so auf Sicamous und das Wiedersehen mit seiner Schwester, freuen sich auf die Tage am Meer in Vancouver mit anderen Familienangehörigen, unter ihnen der Sohn seines ältesten Bruders, ein spaßiger Kerl und ein hervorragender Schwimmer.

Judy geht unterdessen vermutlich Templeton, Ferdinand oder Sprosse auf die Nerven.

Baxter bietet den Fahrgästen seinen Arm an und hilft ihnen in den Zug, Mad Mary hat sich verdünnisiert, Baxters Lächeln ist breit, aber nicht zu breit.

Unter den zusteigenden Fahrgästen befindet sich eine blonde Dame mit Grübchen, die ohne jegliche Begleitung für Abschnitt 5 gebucht hat, was Baxter beunruhigt – sie sieht nicht nach einem leichten Mädchen aus mit ihren polierten Schuhen und dem elegant gemusterten Kleid, das so perfekt sitzt wie das einer Dame. Sie hat auch einen damenhaften Gang und einen Seidenmantel über dem Arm. Kurz tastet sie nach dem blonden schimmernden, zu einem kurzen lockigen Bob geschnittenen Haar, in dem eine glitzernde Spange in Form einer Spinne prangt, besetzt mit Strasssteinen oder vielleicht sogar Diamanten. Nicht, dass Baxter Diamanten von Strasssteinen unterscheiden kann. Sie könnte eine Späherin sein, was erklären würde, warum sie als Dame allein reist. Das letzte leichte Mädchen, das Baxter unter Verdacht hatte, ließ er in Ruhe. Er hätte sie nicht sich selbst überlassen sollen, aber er tat es, und am Schluss gab sie ihm einen parfümierten Eindollarschein Trinkgeld.

Baxter hilft der Passagierin mit der Glitzerspinne im Haar die Trittstufen hinauf, hält in der Wolke aus Mottenkugeln und Medikamenten die Luft an. Sie riecht viel älter, als ihre Grübchen und ihr schimmerndes Haar es vermuten lassen.

Der Mann, der eingeigelt im Wäscheschrank liegt, zittert weiter vor sich hin, mit breitgezogenen Lippen, glühendem Ich und zusammengebissenen Zähnen. Einmal öffnet Baxter den Schrank, und die Fächer gähnen ihn an, keine Wäsche, kein Fädchen, kein Falz, fast geben die Füße unter ihm nach, da taucht die Bettwäsche vor seinen Augen wieder auf, erst grau, dann weiß erblüht sie im Dunkeln, füllt die Fächer und verbirgt den Mann samt seinem Ungemach. Passagiere flanieren vorüber, schwenken Koffer, Taschenuhren, Zeitungen, Ethel-Dell-Romanzen und Zane-Grey-Wildwestromane. Baxter steigt im Vorraum über die abgelegten leuchtenden Schuhe des Mannes, geht seelenruhig daran vorbei.

Er bringt die Spinne zu ihrem Sessel gegenüber von einem runzligen alten Geschäftsmann, der in einer Aktenmappe blättert, ohne aufzublicken. Sie sitzt gegen die Fahrtrichtung, hat die obere Schlafkoje.

»Was für ein herrlicher Morgen«, sagt sie mit silbrig heller Stimme zu dem Geschäftsmann. »Ich sagte, was für ein herrlicher Morgen!«

Er steckt die Nase noch tiefer in seine Unterlagen. Sie lächelt seine Unhöflichkeit weg, die Lippen schmerzlich verzogen, und zieht einen runden Stickrahmen heraus, den sie mit ihrer Nadel bearbeitet. Der riesige Rahmen ist größer als ihre Tasche, was für ein Zauberkunststück.

Zwei Männer in identischen graubraunen Anzügen steigen zu, sie sind auf dem Weg zu Abschnitt 1. Baxter folgt ihrer genuschelten Unterhaltung gerade lang genug, um sie der Produktion von Pappe und Papier zuzuordnen und zu erfahren, dass ihr Bericht in zwei Tagen fällig ist, ein detaillierter Finanzplan weitere zwei Tage später. Papier ruft Pappe in Erinnerung, dass er Hendersons Zahlen noch korrigieren muss.

»Ich habe doch gesagt, ich mache das«, sagt Pappe zu Papier. »Habe ich das nicht gesagt? Kein Grund zur Aufregung.«

Papier grummelt und wechselt seine bauchige Ledertasche von der linken in die rechte Hand.

Abteil A steigt zu. Baxter mustert kurz das Gesicht des Passagiers, der Abteil A gebucht hat, Schal bis zur Nase, Hut tief ins Gesicht gezogen, das Haar pechschwarz, Augenbrauen und Wimpern jedoch blass und blond, sodass er aussieht wie aus Pudding geformt. Die harten Sohlen seiner Schuhe hämmern, als er die Trittstufen hinaufsteigt und in den Zug abtaucht. Baxter fragt sich, ob er sich soeben einen Strafpunkt eingehandelt hat, weil er diese Schuhe lauter wahrgenommen hat als alle anderen.

Er bietet seinen Arm einer dürren Dame an, deren graues Lockenhaar in alle Richtungen sprießt. Ihr Mund ist vollgestopft mit Zähnen, vierundsechzig statt zweiunddreißig, unglaublich viele überzählige Zähne, glaubt Baxter. Sie versucht, mit einem kleinen Mädchen an der Hand in den Wagen zu steigen, mit der anderen Hand umklammert das Mädchen ein Porzellanpferd, dessen Farbe abgegriffen ist und um Maul und Beine abplatzt, eins der Ohren ist angestoßen. Ein Bahnhofsdiener stellt die Taschen der beiden unter den Trittstufen ab.

»Wie ich sehe, reitest du mit deinem Freund aus«, sagt Baxter zu dem kleinen Mädchen und tupft sich in der Sonnenhitze die Stirn mit einem Taschentuch ab.

»Esme«, sagt die Lady, »würdest du meine Hand kurz loslassen? Ich kann dich nicht hochheben. Weißt du noch, die Oma hat dir doch gesagt, dass in ihrem Rücken manchmal Nadeln stechen, wenn sie Esme hochheben muss?«

Sie versucht, Esmes Finger von ihrer Hand zu lösen.

Esme widersetzt sich schweigend und umschlingt die Hand ihrer Großmutter wie ein Seestern, der sich eine Auster einverleibt.

»Esme, bitte lass kurz los. Nur kurz. Nur ganz kurz.«

Das Gesicht der alten Frau läuft rot an, ein Schweißtropfen rinnt unter der Hutkrempe hervor, tropft über die lockigen Haare auf die Wange.

»Gehen Sie nur hinauf, Madam«, sagt Baxter, »ich trage sie hinter Ihnen her.«

Er pflückt das kleine Mädchen vom Bahnsteig, ihr Brustkorb fühlt sich an, als bestünde er aus Vogelknöchelchen. Baxter lässt sie neben ihrer Oma nach oben schweben, die jeden Schritt ausbalanciert, um nicht zu stolpern, die Hand im Würgegriff von Esmes Fingern.

Das Gesicht der Großmutter ist merkwürdig ausdruckslos. Esme klemmt sich rasch das Pferd unter den Arm, dreht sich ruckartig um und schnappt sich erst einen Zipfel von Omas Rock, dann Omas Hand.

Einhändig bahnt sich Oma mühsam den Weg durch den Gang, bringt ihre Sachen unter, nimmt ihren Platz ein.

»Möchtest du dich ans Fenster setzen, Esme?«, fragt Oma. »Damit du draußen alles sehen kannst? Du musst nur meine Hand loslassen, damit du dich auf die andere Seite setzen kannst. Dann darfst du meine Hand wieder haben.«

Esmes Finger verkrampfen sich.

Oma nimmt Baxter in den Blick, sieht ihn, sieht durch ihn hindurch.

»Ihre Mutter ist kürzlich verstorben«, sagt Oma. »Ich bringe sie zur Familie ihres Vaters in Vancouver.«

Die Spinne dreht sich blitzartig zu ihr um.

Esme zeichnet mit einem der spitzen Porzellanbeine ihres Pferdes eine hoch aufgeschossene Blume auf der Jacke ihrer Großmutter nach.

Baxter knipst sein Lächeln an. Hilft Passagieren an Bord, verstaut ihre Taschen, Mäntel und Hüte. Beantwortet Fragen zur Geschwindigkeit des Zuges, *Ja*, sagt er zum siebenhundertdreiunddreißigtausendachtundfünfzigsten Mal, *das ist die schnellste Überlandbahn des Kontinents.*

Während der Zug Winnipeg rauchend und pfeifend mit Ziel Saskatchewan verlässt, jagt Baxter hinter neu zugestiegenen Fahrgästen her, und als diese in Schüben zum Mittagstisch schlendern, staubt er forsch die Flurwände ab, um sich wach zu halten und zu verhindern, dass sich die staubige Prärie im Wagen einschleust. Schließlich klappt er auf seinem Hocker im Raucherabteil in sich zusammen. Der Schlaf pikst ihm in die Rippen. Baxter kippt hin, kippt her im gleichmäßig-ungleichmäßigen Rhythmus des über die Metallschienen schnaufenden und schaukelnden Zuges, versucht an Bord dieses heimlichen Schlafverschluckers das unablässige Hämmern auszublenden, die grelle Sonne, die ihm auf die Augen drückt, nur noch zwei Nächte, zu beiden Seiten des Zuges ruckeln Getreidespeicher vorbei, und plötzlich sticht die Sonne noch intensiver, noch aggressiver. Baxter sitzt da, der Schlaf kriecht über sein Gesicht. Er tastet sich zu seinem Spind vor, stopft sich eine ganze Pirogge in den Mund und kaut, bis sie weg ist. Die Postkarte mit den nackten Männern steckt gefaltet über seinem Herzen. Im Lauf des sich hinziehenden Nachmittags schellt mal die Klingel, mal winkt ihn ein Fahrgast heran, Baxter steht wankend auf, um Bonbons, Kekse und Sandwiches zu holen und sich Monologe über den Bruder anzuhören, den Urgroßonkel, die Automobilfabrik, Reisen nach Italien, China, Miami, Churchill, Nassau. Ach, und ist der Zug auch pünktlich?

Woher soll er das wissen? Er ist doch nicht der Lokführer, verflucht nochmal. Er ist nicht der Herr über die Zeit.

»Die schnellste Überlandbahn des Kontinents«, sagt er, in seinem Hirn surrt und qualmt das Räderwerk des Schlafs.

Er hilft bei der Suche nach einer Armbanduhr, einem Zigarettenetui, einem Wollhäschen, das ulkigerweise auch den Namen Baxter trägt und einem Kind in einem völlig anderen Wagen gehört.

Und er sitzt. Er sitzt und sitzt und sitzt und sitzt und sitzt. Er sitzt. Er stibitzt Häppchen aus seinem Spind. Dann inspiziert er für alle Fälle die offenen Plätze. Um wenigstens so zu tun, als wäre er wach.

Die Spinne mit dem Stickrahmen in der Hand ist fasziniert von Esme und Oma, die auf der anderen Seite des Mittelgangs sitzen. Als Baxter vorbeikommt, pikst sie die Nadel durch den Stoff und zurück, ohne den Blick von Oma und Esme abzuwenden, die Nadel macht beliebige Stiche und Muster. Wie kann sie sticken, ohne hinzusehen? Judy trudelt durch den Mittelgang und bleibt neben der Spinne stehen.

»Kenne ich Sie?«, fragt Judy.

Die Spinne hebt überrascht den Kopf und sticht sich in den Finger. Schnell steckt sie die blutende Fingerkuppe in den Mund.

»Kenne ich Sie!«, erwidert die Spinne.

»Ich *kenne* Sie«, sagt Judy.

Die Spinne tupft sich mit einem Taschentuch den Finger.

»Ihr Foto ist in der Zeitschrift meines Mannes! Sie sind berühmt.«

Judy lässt sich auf den Platz neben der Spinne fallen. »Wie aufregend! Wofür sind Sie denn berühmt?«

Der schrumpelige Mann gegenüber blickt finster drein; er hat Aktenmappen und Unterlagen weggepackt und blättert nun in einem dicken Wälzer über Napoleon, den er sich direkt vor die Nase hält, und wie es aussieht, quasseln ihm diese Frauen zu viel, stören seine Zeit mit dem Kaiser. Er schlägt das Buch zu, steht ächzend auf und taumelt im Takt des schaukelnden Wagens davon.

In Broadview, Saskatchewan steigen die Spinne und Judy kurz aus. *Um uns auf festem Boden mal die Beine zu vertreten*, sagt Judy. Sie gleiten wie Schwäne über den Bahnsteig, dicht gefolgt von Mrs. Tupper und ihrer Tochter, Judy schwatzt, während die Spinne die Hände hinter den Rücken verschränkt, nickt und je nach Anlass lacht oder die Stirn runzelt.

Als die Frauen wieder in den Wagen steigen, flüstert Judy inmitten des Trubels Baxter zu: »Was für Abführmittel haben Sie an Bord?«

Die Lokomotive faucht.

Mad Mary marschiert mit seinem Fahrkartenlocher an Baxter vorbei. Keiner von ihnen erwähnt Lou, keiner erwähnt Hügel 70. Sie haben es beide nur geträumt.

Auf dem kurzen Halt in Broadview nimmt Mad Mary die Fahrkarten entgegen, und Baxter nickt einem Passagier zu, der sich Mad Mary vorstellt: »Dr. Hubble, Professor für Medizin.« Baxter fordert er auf: »Halt mal meine Tasche, Diener.«

Dr. Hubble, Professor für Medizin, geht ein paar Schritte rückwärts, nimmt Anlauf und macht einen Satz vom Bahnsteig direkt auf das oberste Trittbrett. »Tadaaa!«, sagt er und verbeugt sich.

Baxter und Mad Mary klatschen höflich. Baxter reicht Dr. Hubble, Professor für Medizin, seine schwarze Tasche hinauf.

Im Raucherabteil fragt Pappe von Pappe und Papier mit der Zigarette in der Hand Baxter, ob er singen kann, ob er irgendwelche Lieder kennt. Papier schmaucht seine Pfeife.

»Leider hat Gott es nicht für nötig befunden, mir eine Begabung für die Sangeskunst zu schenken«, sagt Baxter.

»Ja, dann tanz doch ein bisschen für uns.« Pappe klatscht in die Hände und pudert den Sessel mit Asche.

»Das würde ich gern«, lügt Baxter, »aber ich habe mir in Toronto den Fuß verletzt. Mir ist ein Überseekoffer auf den Zeh gefallen.«

»Wofür bist du überhaupt gut?«, fragt Pappe, und Papier klopft seine Pfeife in den Aschenbecher, kratzt den Pfeifenkopf aus, wendet sein granatapfelrot angelaufenes Gesicht von Baxter ab und konzentriert sich auf seine Pfeife, klopft und kratzt und klopft und kratzt.

»Kann nicht singen, kann nicht tanzen«, sagt Pappe und lacht. »Kannst du einen Drink einschenken?« Pappe gluckst lauter, spreizt die Beine in seinem Sessel noch weiter.

»Du hattest zum Mittagessen schon vier Gläser Portwein«, sagt Papier und steht auf. »Lass uns wieder an die Arbeit gehen.«

»Ave Cäsar.« Pappe wirft Baxter mit krauser Nase einen Blick zu, als wären sie Freunde, und drückt die Zigarette im Aschenbecher aus.

Miss Tupper tauscht ihren Federhut gegen einen anderen Federhut ein, der nach vorne abfällt wie bei einem Piraten und sich hinten aufbläht wie ein Schiffssegel. Ein rosa Federpompon streift Baxters Nase und streichelt ihn am Kinn, als sie an ihm vorbei zu ihrem Sessel hüpft, und er muss sich das Niesen dermaßen verkneifen, dass es ihm fast das Gehirn durch die Ohren treibt.

»Solltest du dir den nicht für die Flitterwochen aufheben?«, fragt die Mutter.

Mrs. Tupper hat ihren Hut an den Haken neben ihrem Kopf gehängt und macht vor dem Spiegelchen zwischen den Fenstern einen Schmollmund. Ein Schleier aus Eau de Toilette und Seide umweht die Frauen.

Baxter bietet Miss Tupper an, den Hut an ihren Haken zu hängen oder in eine Schachtel zu legen, aber sie sagt: »Nein, ich behalte ihn auf.«

»Es ist brütend heiß hier drin«, sagt ihre Mutter und tupft sich mit einem Taschentuch Hals, Nase und die Furche über der Oberlippe. »Du brauchst doch keinen Hut, jetzt, wo wir im Zug sitzen.«

»Er ist neu. Ich mag ihn. Du bist diejenige, die hier schwitzt.«

Lockige Haare kleben an Miss Tuppers Stirn. Mutter und Tochter beginnen einen Streit über die Spitzenborte an den Ärmeln von Miss Tuppers Hochzeitskleid.

Judy lässt sich in den Sessel gegenüber der Spinne fallen. »Was für ein Tag«, sagt sie. »Ich brauche dringend eine Tasse Tee. Möchte jemand auf eine Erfrischung mitkommen?«

Die Spinne wendet sich von Oma und Enkelin wieder ihrer Stickerei zu. Sie dreht den Stickrahmen um und zupft an einem furunkelgroßen Knoten, spitzt aber eindeutig die Ohren, um zu erhaschen, was die Tuppers reden.

»Du magst diesen Hut nicht einmal«, sagt die Mutter. »*Gerald* mag ihn.«

»Soll heißen?«

»Damit will ich nicht sagen«, sagt Judy, »dass *Sie* eine Tasse Tee trinken müssen. Sie könnten auch eine Limonade nehmen.«

»Soll heißen«, sagt Mrs. Tupper, »wer heiratet schon einen erfolglosen Hutmacher? Wer? Mir wäre es lieber, du würdest einen Fischhändler heiraten. Da würde wenigstens mal ein Schellfisch- oder Heilbuttfilet für uns herausspringen.«

»Du bist so ungerecht«, sagt Miss Tupper. »Er hat den Hut extra für mich entworfen.«

»Oder ein Ginger Ale?«, fragt Judy, deren glasierte Wangen immer mehr glänzen.

Mrs. Tupper sagt: »Nun, wir könnten ihn besser verstehen, wenn er uns erklären würde, wie sein erfolgloses Geschäft zu einem Mann passen soll, der eine Familie gründen will.«

»Was gibt es denn da zu erklären? Er macht *Hüte.*«

Mrs. Tupper zerrt an der Reisetasche unter ihrem Sitz. »Hässliche Hüte«, flüstert sie.

»Hätten *Sie* Lust auf ein Ginger Ale?«, fragt Judy Miss Tupper. »Im Aussichtswagen habe ich eine Lady sagen hören, dass ein berühmter Schauspieler im Zug ist. Wissen Sie, wer das sein könnte? Sollen wir versuchen, ihn aufzuspüren?«

»Diener, ich bräuchte mal Hilfe«, sagt Mrs. Tupper.

Baxter zieht die Tasche unter dem Sitz hervor. Ist da ein Amboss drin?

»Nein«, sagt die Spinne. »Aber gehen Sie ruhig.«

Mit der Nadel hoch in der Luft über ihrem Stickrahmen beugt sich die Spinne vor, um dem Geplänkel der Tuppers weiter zu lauschen.

»Na, dann gehe ich wohl allein«, sagt Judy. »Ich werde einsam sein. Vielleicht bekomme ich ja den weltberühmten Schauspieler zu Gesicht. Es wäre doch eine Schande, wenn ich da allein wäre.«

Aber Judy bleibt im Sessel gegenüber der Spinne hocken.

»Tja«, sagt Mrs. Tupper, die Schächtelchen aus ihrer Tasche zieht, flauschige und spitzenbesetzte Textilien, Zeitschriften, einen Bauernkalender, zwei schmiedeeiserne rosa Buchstützen in Schweinchenform und diverse Bücher, eins nach dem anderen. »Zum Schlafen musst du den Hut jedenfalls abnehmen, Carlotta. Das ist eine schlichte Tatsache. Ich freue mich darauf, deinen Kopf wieder zu sehen, nachdem ich dich geschlagene drei Tage nicht mehr ohne Hut zu Gesicht bekommen habe.«

Sie lässt den Verschluss der Tasche zuschnappen. Dann öffnet sie eins der Bücher an einem mit gepressten Stiefmütterchen beklebten Lesezeichen und streicht die Seiten glatt.

»Wir werden sehen«, sagt Miss Tupper. »Vater hat gesagt, er will nicht, dass du Alkohol trinkst. Er hat sogar gesagt –«

»Es war doch nur ein Cocktail! Außerdem herrschen im Zug andere Regeln. Stimmt's, Diener?«

»So heißt es, Madam«, sagt Baxter.

»Ha!«, sagt die Mutter. »Siehst du? Was habe ich gesagt? Die Bahnregeln. Dein Vater kann mir gestohlen bleiben.«

Sie wirft einen Blick in den Spiegel ihres Abschnitts und klopft eine Locke an ihrer Schläfe platt. »Ich könnte diesen Hut glatt aus dem Fenster werfen. All dieses *Gerald*-Gerede. Gerald tut dies, Gerald denkt das. Du hast die Verlobung nicht erfunden, weißt du. Diener, kannst du mir helfen, das Fenster hier ein bisschen zu öffnen? Es haben sich schon mehr Leute verlobt in dieser Welt. Die Ehe macht dich nicht zu etwas *Besonderem*. Ich war auch mal verlobt und frisch vermählt, weißt du. Einen Tag lang, vielleicht zwei, bist du die Königin deiner Hochzeit, aber wenn alles vorbei ist, kräht kein Hahn mehr nach dir, und du hast für den Rest deines Lebens und bis in alle Ewigkeit deinen *Gerald* am Hals. Oder ich in meinem Fall deinen Vater. Ich wette, dein komischer Gerald hat in seinem schwerfällig-betulichen Leben noch kein einziges Buch gelesen.«

»Hat er doch.«

»*Hat er doch*«, äfft die Mutter die Tochter nach und zwinkert Baxter zu. »*Du* hast früher auch Bücher gelesen. Du hast sie geliebt.«

Baxter zerrt ein Fenster auf, am liebsten würde er hinausspringen, seine Fingernägel kratzen über die Brüstung. Muss er sich Sorgen machen, weil sie ihm zugezwinkert hat? Die Postkarte ruht auf seinem Brustkorb.

»Na und?«, sagt Miss Tupper. Sie bauscht den Pompon auf. »Es gibt im Leben noch anderes als *Bücher*. Gerald sagt, Romane sind nur Lüge und Ablenkung.«

»Na, dann kann mir Gerald gestohlen bleiben«, sagt ihre Mutter. Baxter schiebt die Tasche tiefer unter den Sitz und springt zurück.

»Diener, wie lange dauert es noch bis Banff?«, fragt Miss Tupper. »Sind wir bald in Banff?«

Er erwidert, sie müssten Banff morgen um 10:55 Uhr erreichen, aber Miss Tupper ist schon wieder mit ihrer Mutter beschäftigt.

»Du willst doch nur darüber schreiben, stimmt's?«, sagt sie zu ihrer Mutter. »In einer deiner *Geschichten*.«

»Meine *Geschichten* haben dein Mädchenpensionat finanziert. Mit meinen *Geschichten* bezahlen wir deine hübschen Kleider, dein hübsches Haus, deine hübschen Urlaube, deine Hochzeit mit *Gerald*. Glaubst du etwa, wir könnten uns das Hochzeitsessen vom Gehalt deines Vaters leisten? Vom Herumlungern in Herrenclubs werden keine Rechnungen bezahlt. Wann gibt es Abendessen, Diener?«, fragt Mrs. Tupper.

»Sie sind *Schriftstellerin*!« Judy beugt sich zu ihr herüber. »Es tut mir leid, ich habe es zufällig mitgehört.«

Die Spinne lehnt sich mit glitzernder Haarspange über Judys Schulter. »Habe ich vielleicht schon etwas von Ihnen gelesen? Unter welchem Namen?«

»Sie schreibt Liebesromane«, sagt Miss Tupper.

»*Thymian und Salbei*«, sagt Mrs. Tupper. »*Muskat und Zimt. Nelken und Kardamom*.«

»Oh, die Hiram-Hart-Romane! Wie aufregend!« Judy reißt den Mund so weit auf, dass Baxter ihr Zäpfchen sehen kann, bemerkenswert. »Sie sind Hiram Hart! Ich denke auch darüber nach, einen Roman zu schreiben.«

Miss Tupper verschränkt die Arme und lässt sich wieder in den Sessel plumpsen.

»Wann gibt es Abendessen, Diener?«, fragt Mrs. Tupper.

»Der erste Aufruf kommt in eineinhalb Stunden«, sagt Baxter.

»Hast du *schon* Hunger?«, fragt Miss Tupper und fächelt sich Luft zu.

»Diener«, sagt Mrs. Tupper. »Ich hätte gern ein Glas Himbeerwein.«

»Du weißt, dass Vater das nicht gutheißt.«

»Ich bin immer so durstig«, sagt ihre Mutter. »Das weißt du doch.«

Zu Baxter sagt sie: »Das Glas Himbeerwein.«

»Diener«, sagt Miss Tupper und schaut dabei ihre Mutter an. »Ich möchte einen Hanky Panky.«

Das Gesicht ihrer Mutter läuft feuerrot an.

»Ich hätte gern einen grooooßen Hanky Panky.«

Carlotta Tupper streckt Baxter eine Fünfzigcentmünze hin. Er darf das Trinkgeld hier nicht nehmen. Die Vorschriften! Er beißt die Zähne so fest zusammen, dass er ein Krachen hört.

»Fünfzig Cent Trinkgeld!«, sagt die Mutter. »Hier hält sich wohl jemand für Consuelo Vanderbilt!«

Als Baxter ihnen rät, in den Clubwagen zu gehen – *Da ist die Aussicht viel schöner, Mrs. und Miss Tupper, Alkohol darf nur im Clubwagen eingenommen werden* –, taucht Mad Mary neben ihm auf.

Er überreicht Miss Tupper ein Telegramm. »Ich habe Sie vorhin nicht angetroffen, Miss.«

»Und ein Brief für Sie, Madam«, sagt er und gibt Mrs. Tupper einen Umschlag.

Dann macht er sich munter und ausgeruht davon.

»Ohhh! Das ist bestimmt von Gerald. Wunderbar«, sagt Miss Tupper und streichelt das Telegramm im Umschlag. Sie hält es sich an die Nase und atmet tief ein. »Ich öffne es später, als Geschenk. Er hat gesagt, er würde mir verraten, wo es in den Flitterwochen hingeht.«

Mrs. Tupper hingegen reißt ihren Brief auf und liest, was auf dem einzelnen Blatt Papier steht. Sie faltet es schnell und schief wieder zusammen und staucht es zwischen die letzten Seiten ihres Buches.

»Irgendwelche guten Nachrichten, die Sie uns verraten möchten?«, fragt plötzlich die Spinne, den Stickrahmen lose zwischen den Händen.

»Nein«, sagt Mrs. Tupper, klemmt sich das Buch unter den Arm, steht auf und streicht sich den Rock glatt. »Carlotta, lass uns in den Aussichtswagen gehen und die Landschaft genießen«, sagt sie. Sie hält Miss Tupper die Hand hin.

»Was?«, fragt Miss Tupper.

»Ich möchte wirklich gern die Aussicht genießen.«

»Sieh nur!«, sagt Miss Tupper und zeigt aus dem Fenster, ohne aufzustehen. »Eine schwarz-weiß gefleckte Kuh!«

Sie tippt gegen die Scheibe.

Ihrer Mutter wirft sie einen bösen Blick zu. Dann schnattert sie weiter, dass das Telegramm bestimmt eine Überraschung von Gerald sei, und er so ein wunderbarer, fürsorglicher Mann, dass es um die Flitterwochen gehen könnte. »Denn ich weiß immer noch nicht, wo wir unsere Flitterwochen verbringen«, sagt sie zu Judy, die, ganz Marionette, ruckartig den Kopf dreht.

»Das wird eine Überraschung«, sagt Miss Tupper. »Ich hoffe, es ist Venedig.«

Mrs. Tupper verschränkt die Arme. »Ich bin im Aussichtswagen«, sagt sie. »Carlotta, ich warte da auf dich.«

»Nein!«

Miss Tupper wendet ihren Kopf weg vom Fenster, hin zu ihrer Mutter, Judy und der Spinne. Sie verschränkt die Arme und schlägt die Beine übereinander, denn sie geht nirgendwohin. Das Telegramm rutscht ihr vom Schoß. Die Spinne stürzt hinterher, als hoffte sie, es wie durch Zauberhand durch den Umschlag lesen zu können.

Baxter schnappt sich das Telegramm und reicht es Carlotta Tupper. Sie sieht ihn nicht an, sondern hält nur die Hand auf wie die Prinzessin auf der Erbse, die sie nun einmal ist.

»Ich nehme das Telegramm«, sagt Mrs. Tupper.

»Nein!«, sagt Carlotta. »Warum bist du nur so eine Tyrannin? Ich will heute nicht mit dir reden.«

»Gut«, sagt Mrs. Tupper. »Dann musst du es eben selbst erfahren.«

Sie nimmt das Buch, das sie sich unter den Arm geklemmt hat, in beide Hände und stürmt durch den Gang davon.

»Was denn erfahren?«, ruft Miss Tupper.

Baxter zieht sich in den Korridor vor den Abteilen zurück und legt das Ohr an die Tür von Abteil A. Puddings Klingel wurde noch kein einziges Mal betätigt. Baxter zieht einen Putzlappen aus der Tasche und kämpft gegen den Staub an, der vor seinen Augen aus der Vertäfelung und den Leuchten sprießt, während draußen grün-braune Weizenfelder vorüberfluten, hier und da eine Rinderherde, ein Bauernhaus, die Landschaft spuckt Staub und wird hügeliger mit jeder Meile, die sie Alberta näherkommen. Einmal schwankt Baxter vor lauter Müdigkeit. Aber nur einmal. Bei jedem Blinzeln schaben seine Lider über die Augäpfel.

Womöglich sieht er schon Gespenster, denn während er die Messingleiste an der Wand poliert, kommt eine außergewöhnlich unelegante Frau mit Brille und schwarzem Haar aus Puddings Abteil und rennt mit gesenktem Kopf an ihm vorbei.

Baxter putzt mit dem Staublappen statt mit dem Taschentuch seine Brille, und als er sie wieder aufsetzt, sieht er alles verschwommen.

Baxter inspiziert die offenen Plätze. Die Tuppers haben sich verflüchtigt, wahrscheinlich zanken sie im Aussichtswagen weiter und stiften sich dort gegenseitig an, Terpentin zu trinken. Auch die Spinne sitzt nicht mehr in ihrem Sessel, sondern hat nun neben Esme und Oma Wurzeln geschlagen. Ihre Hände wirken leer und rot ohne die Stickerei. Judy hat sich ebenfalls an die kleine Gruppe gehängt.

»Wenn ich es richtig verstanden habe, ist die Mutter des kleinen Mädchens kürzlich verstorben«, sagt die Spinne und neigt den Kopf mitfühlend.

Oma nickt.

»Nun«, sagt die Spinne mit ihrer klimpernden Stimme, »ich will nicht aufdringlich sein, aber ich bin recht berühmt. Vielleicht haben Sie schon von mir gehört? Ich bin Mrs. Sarah Crane aus Boston und habe vor kurzem in Winnipeg mit Gleichgesinnten an einer Spiritistenkonferenz teilgenommen. In einer renommierten Wissenschaftszeitschrift wurde über meine Kräfte als Medium berichtet. Ich bin in der Lage, mithilfe eines Kontrollgeistes mit den Toten zu sprechen ...«

Baxter ist mit einem Satz bei ihr, schneller als der schnellste Zug.

»KleinesMädchenwillstdudieLokomotivesehen?!«, sagt er.

Er zerrt an Esmes anderer Hand, reißt sie los von Omas äderiger Hand, die bloß und befreit zurückbleibt, blutleer an der Stelle, an der Esme sie eingedrückt hat.

Baxter hält den Atem an. Er schwebt ertrunken durch das Wasser, treibt Tausende von Meilen unter dem Meer. Diese weißen Damen, dieses zarte Kind mit seinem zarten Köpfchen und dem kurzen Fusselhaar, sie schauen ihn durch das Bullauge ihres Unterseebootes an, mit fasziniertem, in Abscheu abgleitendem Gesichtsausdruck.

Esmes andere Hand packt seinen Daumen. Ihre zehn blassen Finger umklammern zart und feucht wie Seeanemonententakel seine große knorrige Hand.

»Ja bitte«, sagt sie.

»Wir halten eine Séance ab«, sagt die Spinne.

»Großartig!« Judys Kiefer klappt auf und zu, die Edelsteintropfen an den Ohrläppchen beben.

Oma kneift missbilligend die Lippen zusammen.

Baxter hebt Esme auf seine Hüfte und galoppiert mit ihr zum vorderen Teil des Zuges, ihre waschbärgroßen Hände umspannen nun seinen Hals wie eine Schraubzwinge.

Natürlich kommt die Spinne von einer Konferenz in Winnipeg. Diese verdammten Spiritisten in Winnipeg. Als Nächstes will sie irgendwelche Gegenstände und Möbel haben, übertrieben viele Kerzen, einen dreibeinigen Tisch oder etwas ähnlich Groteskes, und gewiss muss er fürchten, dass sie den Wagen in Brand setzt oder die Holztäfelung demoliert. Sie werden versuchen, die Toten zu stören. Baxter kann es nicht ausstehen, wenn Fahrgäste Unfug mit den Toten treiben. Tante Arimenta hat immer gesagt, die Toten sind um uns, aber deswegen muss man noch lange kein Gespräch mit ihnen anfangen. Auf der Insel war nichts weiter dabei, über wandelnde Geister zu sprechen und manchmal von den Toten zu träumen, nicht so wie hier, wo nur Scharlatane und Schwindler über die Toten sprechen und dafür die Hand aufhalten. Jeden Moment wird die Spinne nun Geld fordern. Wo bleibt nur Harry Houdini, der Meistermagier, wenn man ihn braucht? Vielleicht sollte Baxter Mad Mary informieren. Nein. Die Spinne wird ihn seinen Job kosten. Gefeuert, genau wie Eugene. Das kleine Mädchen wird ihn seinen Job kosten.

Nur noch zwei Nächte.

Beim abendlichen Kanincheneintopf hinter dem Vorhang.

Templeton amüsiert sich immer noch, den Mund fröhlich aufgerissen, die milchig weiße Zunge für alle Welt sichtbar, denn *natürlich* ist kein berühmter Schriftsteller an Bord. Sprosse verteilt eine geschlagene Minute lang einen Suppenlöffel voll Salz in seinem Eintopf, pfeffert Schale und Tisch mit seinen Sommersprossen. Dann lässt er den Löffel durch das Essen paddeln, sucht zwischen Knochen und Kartoffeln nach Fleischfetzen.

»Charles Dickens isses auch nicht«, sagt Templeton. »Und Tom Mix ist mit der Hand in den Mixer geraten und hat in Kenora den Zug verpasst, haha!«

Sprosse lacht.

»*Ich* habe eine berühmte Schriftstellerin im Wagen«, sagt Baxter.

»Wen denn?«, fragt Templeton mit gerunzelter Stirn.

»Hiram Hart«, sagt Baxter. »Sagt mal, kennt einer von euch Edwin Drew? Der früher mal für die Eisenbahngesellschaft gearbeitet hat?«

Templeton schlürft genervt Wasser aus seinem Glas. »So berühmt ist Hiram Hart auch wieder nicht. Ich habe gehört, dass ein berühmter Schauspieler unter uns ist, der inkognito reist. Wisst ihr was darüber?«

»Hab nie von einem Edwin Drew gehört«, sagt Sprosse mit schweißglänzender Oberlippe. »Und wer ist Hiram Hart?«

Templeton kaut, Sprosse kaut, der Zug schaukelt.

Baxter schaufelt sich Knorpel in den Mund, kaut. »Was ist eigentlich mit Eugene passiert? Wurde er gefeuert?«

Templeton und Sprosse betrachten eingehend das Essen in ihren Schalen.

Aus dem Nichts taucht Ferdinand auf, lässt sich auf Eugenes Stuhl plumpsen und stellt einen Teller mit Toast und Bratensoße auf den Tisch. Ferdinand! Ob er auf dieser Tour wieder seinen Drachen dabeihat?

»So viel Arbeit«, sagt Ferdinand. »Hallo, werte Gentlemen! Sprosse, mein Freund! Templeton, Sir! Ich habe nur zehn Minuten fürs Essen. Höchstens.«

»Ferdinand!« Baxter springt auf und schüttelt ihm die Hand. »Ich habe dich vorhin schon aus der Ferne gesehen.«

»Sei fröhlich begrüßt, mein Freund«, sagt Ferdinand und schüttelt ihm herzlich die Hand.

»Was ist mit Eugene?«, fragt Baxter erneut in die Runde. »Wie soll er denn jetzt die Kinder ernähren?«

Templeton bricht ein Brötchen entzwei.

Sprosse zieht den Kopf ein, schaufelt sich hastig Eintopf in den Mund, weil er die Mahlzeit möglichst schnell hinter sich bringen will, verschlingt schwitzend den heißen Eintopf in der heißen Sommernacht.

Baxters Hirn fühlt sich an, als hätte jemand dagegengetreten.

»Entschuldigt – «, sagt er und verschluckt auf seiner Flucht vor den anderen das *mich*.

»Du musst mehr essen«, sagt Templeton, der seine Schale sorgfältig auskratzt.

Der zitternde Mann, der eingerollt im Wäscheschrank lag, kauert jetzt in einer Ecke des Vorraums. Er ruft Baxter mit weit geöffneten Lippen etwas zu, sein Körper glüht, und ein kranker feuchter Schleier legt sich über Baxter. Er stützt sich mit den Handflächen an der Wagentür ab, richtet sich auf und bleibt dort stehen, zu lange. Boden und Wände verrutschen, versuchen ihn abzustoßen. Er öffnet die Tür zu seinem Wagen, zieht sich hinein und schlägt sie hinter sich zu.

Kuzyk geht durch die Wagen und ruft zum *Abendessen*.

Pappe und Papier wuseln in ihren identischen Anzügen auf Baxter zu.

»Diener«, sagt Pappe, Pappe ist vorne. »Wir brauchen unsere Kojen fertig, sobald wir zurückkommen.«

Papier pfeift ein Lied, das keins ist, sucht in seiner Tasche nach etwas, das nicht da ist, und sieht Baxter nicht in die Augen.

Schnell wie ein Geier, der einen Kadaver wittert, segelt Baxter zu ihren Plätzen, schiebt die unteren Sitze zu einem Schlafplatz zusammen, lässt die obere Koje herunter, breitet Leintücher und Decken aus, glättet sie, faltet sie, steckt sie fest.

Er schüttelt gerade das erste Kissen auf, als die beiden mit Gesichtern voller Kuchenkrümel schon wieder hinter ihm auftauchen.

»Bist du immer noch nicht fertig, George?« Pappe lässt die Worte schleifen. »Du bist verflucht langsam.«

»Nur noch fünf Minuten, Sir«, sagt Baxter. *Klick klick.*

»Du bist so verflucht langsam, George«, sagt Pappe, *klick klick klick.* Er dreht sich zu Papier um. »Willst du noch 'ne verdammte Runde spielen?«

»Ich will ins Bett«, sagt Papier.

»Ich bin aber noch nicht müde. Du verfluchter alter Sesselfurzer. Lass uns Karten spielen. Komm, wir holen uns einen verfluchten Drink.«

»Sie könnten es im Aussichtswagen versuchen, Gentlemen«, sagt Baxter. »Es ist wirklich herrlich, sich dort den Sonnenuntergang anzuschauen. Eine der schönsten Attraktionen dieses Zuges.«

Baxter richtet weiter die Kojen für Pappe und Papier, die grummelnd davonwanken, dann grummelnd zurückwanken, Pappe immer noch ein *verflucht* hier und ein *verdammt* da auf den Lippen, als befänden sich keine Damen an Bord.

Mutter und Tochter Tupper trippeln zum Abendessen davon, Mrs. Tupper in Satin gehüllt und gefolgt von schwefeligen Winden, die sie just fahren lässt, als sie an Baxter vorbeigeht.

Miese Leute.

Mieser Zug.

Baxter hat eine Postkarte in der Tasche. Die Bettwäsche beginnt unter seinen Händen zu schäumen. Der Schaum kriecht ihm über die Handgelenke bis zu den Ellbogen und tropft ihm vorne auf die Hose. Er schließt die Augen.

Schlaf.

Zischender Dampf, kreischende Bremsen, als der Zug kurz das Tempo drosselt, ehe er wieder Fahrt aufnimmt.

»Ins Schwarze getroffen«, sagt Punch, der plötzlich zu nah hinter Baxter steht. »Wir waren auf die Sekunde pünktlich da!«

Sein geschnitztes Gesicht zuckt vergnügt. Judy strahlt zurück, ihre Augenlider schnappen auf und zu.

Der Zug stampft an einer Schafherde vorüber.

Baxter fragt andere Passagiere, ob er ihre Kojen herunterlassen darf, und würden Sie bitte Ihre persönlichen Wertgegenstände an sich nehmen? Er jagt hinter einer flüchtigen Stickgarnspule her, die der Spinne gehört, und wirft einen Blick auf ihre Stickarbeit im Rahmen. Zwischen losen Schlingen und Stichen scheint der Stoff durch, ist das eine Rübe oder eine Wolke?

Er klappt eine Schlafkoje nach der anderen herunter, Sessel schnappen zusammen, Kojen rasten klickend ein, während weitere Fahrgäste zum Abendessen flanieren.

Dr. Hubble, Professor der Medizin, der ebenfalls in Richtung Speisewagen unterwegs ist, ruft: »Grüße!«

Baxter wirbelt herum, um nachzusehen, mit wem Dr. Hubble spricht.

»Ich grüße *dich*«, sagt der Professor.

»Guten Abend, Dr. Hubble«, sagt Baxter.

»Dir auch einen guten Abend!«, sagt Dr. Hubble und zuckelt davon.

Punch, Herr über die Zeit, steht mit stolzgeschwellter Brust am Ende des Gangs und fingert an seiner funkelnden Taschenuhr herum, als wäre sie eine seltene Golddublone. Derweil rast der

Zug durch wogende Felder, Silos sprenkeln die reifenden Getreidefelder, und am Horizont sackt die sterbende Sonne in sich zusammen. In diesem Teil des Landes geht sie praktisch mitten in der Nacht unter.

Pudding in Abteil A hat, seit er am Morgen in Winnipeg zugestiegen ist, immer noch kein einziges Mal geklingelt. Und die einzige Person, die Baxter hat herauskommen sehen, war die unelegante Frau, womöglich ein Hirngespinst, so wenig, wie sie den anderen Menschen in diesem Zug ähnelt.

Er drückt die Klingel zu Abteil A. Pudding öffnet die Tür – blonde Wimpern, blonde Augenbrauen –, wirft sich zurück auf einen der Sessel und presst das Gesicht gegen das Fenster, drückt Nase und Stirn platt. Sein bleiches Haar ist zerzaust. Auf der Scheibe prangen zahlreiche Schmierflecken, jeder in Form eines Männergesichtes. Das Gesicht dieses Mannes.

»Um diese Zeit sollte ich eigentlich Ihr Bett herrichten, Sir«, sagt Baxter.

»Ich brauche nichts«, murmelt Pudding. »Kannst du bitte die Tür vor oder hinter dir zu machen? Ich möchte nicht, dass Fremde ihre Nase hier reinstecken.«

Verdammt noch mal. Im Abteil stinkt es nach Whiskey.

»Ich kann Ihnen einen Brandy bringen … Soll ich einen Arzt –«

»Nein«, sagt er. »Alles in Ordnung. Ich bleibe nur gern für mich.«

Die Lokomotive pfeift.

Baxter schließt die Tür. Betrachtet die schimmernden Streifen und Kringel der Wildrosenblütenblätter in den fingernageldünnen Holzintarsien. Er knirscht mit den Zähnen, erst in die eine, dann in die andere Richtung. Ein knirschendes Echo.

Hoffentlich übergibt sich Pudding nicht.

»Der Zug ist keine Minute zu früh oder zu spät«, verkündet Punch über Baxters Schulter. »In Regina war er absolut pünktlich.«

Sein lächelnder roter Mund ruht wie ein frischgelegtes Ei im Nest seines Spitzbartes. »Meine Schwester wird begeistert sein. Was für ein Meisterstück moderner Maschinentechnik dieser Zug ist!«

»Die schnellste Überlandbahn des Kontinents, Sir«, sagt Baxter.

Punch klimpert mit seiner Uhrenkette, lässt die Taschenuhr zuschnappen und schlendert durch den Gang davon.

Er ruft Baxter den sauren Geschmack von Apfelmus in Erinnerung. Gegen eine Schale Apfelmus hätte sein Magen nichts einzuwenden.

Als er auf dem Klo sitzt, die Felder an ihm vorbeirasen, der Zug in die Nacht jagt, falten Baxters Hände die Postkarte auf, streichen sie auf dem Knie glatt. Wer sind diese ineinander verschlungenen Männer? Was war das für ein Gefühl, als sie einander mit Händen und Mündern so berührten? Hat es ihnen gefallen? Wegen dieser Karte auf seinem Knie könnte er sofort entlassen werden. Oder im Gefängnis landen. Seine Hände umfassen die Ränder der Karte, er kann sie noch nicht ins Klo werfen.

Er wüsste gern, wo in Winnipeg Eugene gelandet ist, und was für unflätige Flüche er ausgestoßen hat, als der Vorsteher ihm seine Entlassung mitteilte – er muss laut geflucht haben, Eugene ist ja nicht auf den Mund gefallen. Wahrscheinlich flucht er immer noch, bringt die Luft zum Knistern, entfacht ein elektrisches Blau.

Baxters Frühstück, Mittag- und Abendessen brodeln, steigen auf, und sein Mund spuckt sie aus.

Die Lokomotive zieht ihre Fracht durch Saskatchewan. Pudding hat sich in Abteil A eingeigelt, seine Klingel hat immer noch nicht geläutet, um Baxter zu beauftragen, einen Imbiss aus dem Speisewagen zu holen oder die Schlafkoje herunterzulassen. Es ist mitten in der Nacht, wahrscheinlich überqueren sie gerade die Grenze nach Alberta, er kann es im Dunkeln nicht sehen, morgen werden sie noch vor Mittag in Banff ankommen. Baxter poliert mit dem Ärmel das angelaufene Zifferblatt seiner Uhr. Er verspürt ein unangenehmes Kribbeln an den Rippen, weil er Puddings Abteil nicht für die Nacht gerichtet hat.

Als er Puddings Schuhschränkchen öffnet, findet er darin ein Paar Damenschuhe. Grüne Lederschuhe mit hohen Absätzen. Also hat Pudding *wirklich* eine blinde Passagierin bei sich, der Lump! Und sie lässt sich auch noch ihre grünen Schuhe putzen! Baxter macht eine Schleife in die breiten grünen Schnürsenkel, damit sie erkennen kann, dass die Schuhe geputzt wurden und dass er weiß, dass sie sich hineingeschmuggelt hat. Die niederträchtige blinde Passagierin und ihr Galan sollen wissen, dass er weiß, dass sie es wissen, und schon bald wird es auch Mad Mary wissen.

Baxter könnte aber auch so tun, als hätte er nichts bemerkt. Er darf keine Strafpunkte riskieren.

Wie viele Lebensmittel, wie viele Sandwiches kann Pudding eingepackt haben, um sie mit seiner illegalen Geliebten in seinem teuren Abteil A zu verzehren, und wie viele Vorwürfe wird sich Baxter anhören müssen, wenn der Passagier vor Hunger umkippt oder gar stirbt? Wo war sie vorhin? Sie muss sich in der Toilette versteckt haben. Irgendwie muss sie aus dem Speisewagen etwas zu essen ins Abteil geschmuggelt haben. Baxter ist nicht bereit, sich Sorgen um Pudding zu machen; wenn er zu einem Fleck verschrumpeln will, was geht Baxter das an? Dann hat er eben ein paar Schuhe weniger zu putzen. Nach dem, was er an Puddings Füßen gesehen hat, sind seine verdreckten Schuhe wahrscheinlich zweihundert Dollar wert, da kann ihm das Essen gar nicht ausgehen, schließlich könnte er auch einfach seine Schuhe verkaufen.

Baxter verharrt noch kurz vor Abteil A, schwingt mit den Bewegungen des Zuges mit. Natürlich fällt ihm auch keine Ausrede dafür ein, das Abteil einfach so zu betreten. Er weiß nicht so genau, ob er froh oder traurig sein soll. Froh, weil er sich um ein Bett und einen Passagier weniger kümmern muss, und der Passagier ist ja nicht krank. Oder traurig, weil er es offenkundig mit einem Geizhals zu tun hat, nein, mit *zwei* Geizhälsen, und weniger Trinkgeld bekommen wird, traurig, weil Pudding und seine Geliebte vermutlich auf eine exzentrische Reicheleutegaudi aus sind, traurig, weil sie da drin vermutlich ein heilloses Tohuwabohu anrichten, das Baxter in Vancouver beseitigen muss.

In der Ausbildung hat Edwin Drew ihm und den anderen Schülern erzählt, dass Schlafwagendiener auf einer Tour auch manchmal Tote finden. Ein Rechtsanwalt war im Raucherabteil mal einem Herzinfarkt erlegen, nachdem alle anderen Passagiere zu Bett gegangen waren. Edwin Drew wollte ihn aufwecken. Das zusammengefallene fleischige Gesicht, der aufgerissene Mund – für Edwin Drew stand die Zeit vorübergehend still, während der an der Stelle seines Gehirns nur eine leere Höhle klaffte.

Edwin Drew hielt inne, den Schülern stockte der Atem.

Ob das Handbuch etwas über das Auffinden eines toten Passagiers zu sagen hat?, hatte sich Edwin Drew gefragt. Nicht, dass er sich erinnern konnte. Er riss das Büchlein mit den Dienstvorschriften aus der Tasche, blätterte wie irre darin herum und fand natürlich nichts. Die Gliedmaßen des Verstorbenen im Raucherabteil waren unterdessen in Totenstarre übergegangen. Edwin blieb nichts anderes übrig, als dem Schaffner Bescheid zu geben und es zu dessen Problem zu machen. Und so erschauderte Edwin nicht allein, als beim Versuch, die eingewickelte Leiche durch die Tür zu bugsieren, der Kopf des Toten versehentlich gegen den Türrahmen knallte.

Baxter verharrt weiter vor Abteil A. Er wird den Skandal um die blinde Passagierin nicht allein durchstehen.

Er macht kehrt, um Mad Mary zu finden. Was bleibt ihm anderes übrig?

Mad Mary blödelt mit Templeton herum, beide Männer bohren sich während des Tratschens in den Ohren. »Komme in einer Minute«, sagt Mad Mary, der sich mit dem kleinen Finger das Trommelfell zupfropft.

Im Raucherabteil setzt sich Baxter mit den grünen Damenschuhen auf seinen Hocker. Auf seiner Taschenuhr gerinnt die Minute zur Stunde – zwei Stunden, nach Mitternacht. Gähnende Leere in der Türöffnung.

Da schießt aus dem Nichts eine Frau mit gesenktem Kopf an seinem Abteil vorbei. Haare und Kleid haben den Farbton eines schmutzigen Wischmopps.

Baxter putzt den grünen Schuh versehentlich mit seinem Taschentuch. In der rasselnden Düsternis seines Unterseebootes driftet er hierhin und dorthin, sammelt Schuhe ein, die vor den Kojen und in Schuhschränken abgestellt wurden, schreibt mit Seife Buchstaben und Zahlen auf die Sohlen, legt sich ein Tuch auf die Knie. Er hat es aufgegeben, immer nur zwei Paare gleichzeitig zu putzen. Er langt in den fauligen Lederhaufen.

Immer und immer wieder wienert er das Leder. Auch seine Dose mit brauner Schuhcreme ist fast leer. Er wird sich von Sprosse etwas leihen müssen. Templeton würde wahrscheinlich für jeden Klecks Schuhcreme Geld verlangen. Sprosse steckt den Kopf durch den dunklen Eingang.

»Ich leg mich ab«, sagt er.

»Legst dich ab?«

»Wir sehen uns auf der anderen Seite, so Gott will.«

2:07 Uhr. Baxter hockt auf dem Klo, seinem einzigen Rückzugsort, und starrt durch die Beine in das dunkle Loch, unter dem die rasenden Gleise verschwimmen. Er vermisst den Stillstand.

Der Zug rangiert zwischen irgendwo und irgendwas.

Baxter hält die Postkarte zwischen den Fingern. Er verzehrt sich nach dem zerwühlten Bett, nach den Männern, die auf der Postkarte eingesperrt sind, verzehrt sich so, dass seine Haut spannt und schmerzt; in seinem Brustkorb höhlt sich ein Raum aus, nimmt Gestalt an, bäumt sich auf und knallt gegen seine Rippen.

Vor Jahren, er weiß nicht mehr, wann genau, hat er sich in Vancouver an einer großen Zeder festgehalten, den Stamm mit den Armen umspannt. Er rieb seine Brust gegen die grobe Haut, das Salzwasser der Bucht leckte am Ufer, Seesterne saugten sich an Felsen, ein Mann in Seesterngestalt saugte sich an ihn, Wasser in

Mannsgestalt leckte ihn salzig. Geister im salzwassergesäumten Wald. Baxter, ein schwarzer Mann, der lautlos durch den Wald streifte, durch Unterholz und tropfende Farne.

Er verscheucht den Gedanken an die Seesterne, die in allen möglichen Wäldern, Bäumen, Gebäuden leben. Er ist abhängig wie ein Drogensüchtiger, seine Hände pressen Seesternpobacken im feuchten tödlichen Wald, im Nebel. Baxter, baumhart.

Er sieht ihnen lieber nicht ins Gesicht. Im Dunkel von Gebüsch, Wald und Gassen unternimmt er nicht einmal den Versuch. Den polnischen Milchmann in Regina erkannte er an seiner leicht gebeugten Haltung. Nicholas Lesiuk in Winnipeg. Der Squamish in Vancouver. Sie alle labten sich aneinander, manchmal minutenlang, manchmal nur Sekunden. Noch nie hat er einen Eisenbahner zwischen Büschen und Bäumen herumgeistern sehen. Einmal vermutete er es, aber da hatte er einen Schatten nur mit sich selbst verwechselt, den Schatten eines Schattens. Immer im Dunkeln.

In der Nacht sind alle Katzen grau.

Hofft er.

Damals stürzte er aus dem Wald auf die Straße. Ein Huhn pickte im Gras nach Krabbeltierchen. Ein toter Hund schmorte, bis der Müllmann ihn einsammelte, auf der Straße vor sich hin, die räudigen Beine gespreizt wie für eine Zirkusnummer.

Baxters Klingel schellt.

Das zarte Mädchen Esme, das ihn mustert, umschlingt mit den Beinen Omas Hüfte, umklammert mit dem einen Arm Omas Hals, mit dem anderen das angeschlagene Porzellanpferd. Ihr Gesicht ist so teilnahmslos wie das der Oma.

»Sie schläft nicht.« Omas Stimme ist kratzig vor Erschöpfung, das Haar quillt ihr aus der Nachthaube, ihre Augen sind geschwollen. »Ich bin mit meinem Latein am Ende, Diener. Du kennst doch bestimmt einen Trick, sie zu beruhigen.«

Esme drückt und wühlt den Kopf in Omas Hals.

Baxter hält die Arme auf. Er weiß noch, wie ihn Tante Arimenta immer beruhigte, als er noch klein war.

»Der Planet Saturn hat mehr als einen Mond«, sagt er.

Esme steckt sich ein Pferdebein in den Mund und klemmt es zwischen die Zähne. Oma kneift die Augen zusammen.

Baxters Blick ist so fest auf Esme gerichtet, als gebe es nichts und niemand anders auf der Welt, in der Galaxie, im Universum: »Esme, ich weiß, wie die Monde des Saturn heißen. Titan, Iapetus, Rhea, Dione, Thetys, Mimas, Enceladus, Hyperion und Phoebe.«

»Mm-hmm«, sagt Esme.

»Ich könnte dir die Namen beibringen«, sagt er.

Sie wickelt den Arm von Omas Hals und drückt das Pferd mit beiden Händen an ihre Brust. Oma setzt sie auf den Boden, wo Esme weiter ihr Pferd umklammert.

Oma krabbelt in ihre Koje und zieht den Vorhang hinter sich zu. Noch ehe Esme und Baxter das Ende des Gangs erreicht haben, stößt Oma ein Schnarchen aus.

Auf dem Boden des Raucherabteils sitzt Esme inmitten des um sie drapierten Nachthemds neben Baxter, der Schuhe poliert und flüsternd die Namen der Saturnmonde aufsagt. Er gibt ihr einen sauberen Lappen und lässt sie ihr Pferd bürsten und polieren, die Bürste liegt riesig und klobig in ihren Händen. Dann reicht er ihr einen seiner Schuhe zum Putzen und klopft mit dem schuhlosen Fuß den Takt. Riesige Vertiefungen um ihre Augen höhlen das Gesicht aus. Sie fährt mit der Bürste einen Schnürsenkel entlang.

Im Halbdunkel tragen sie die Schuhe zurück, sie trottet hinter ihm her, und als alle verstaut sind, legt Baxter die Spielkarten zwischen ihnen aufs Sofa.

»Du bist dran.« Sprosse erscheint in der Türöffnung.

»Willst du mitspielen?«, fragt Baxter.

»N – E – I – N, heißt nein«, sagt Sprosse und flitzt davon.

Immer wenn Baxter blinzelt, driftet er in einen fingerhutgroßen Traum ab. Einen über ein gesalzenes Radieschen. Einen, in dem er auf dem Rücken einer Ameise reitet. Esme legt sich nicht schlafen, auch nicht, als er die Matratze herauszieht, sie draufsetzt und in seine Decke wickelt; sie blinzelt nicht einmal, genau wie ein Gecko. Sie legen die Karten mit der Vorderseite nach unten aus, drehen sie wieder um, sortieren sie nach Farben, sortieren sie nach Zahlen, verteilen sie für eine Runde Schwarzer Peter, bauen Kartenhäuser, die mit jedem kleinen Rucken des Zuges verrutschen.

Baxter gähnt. Kratzt sich im Genick.

Als die Klingel geht, folgt ihm Esme, hält sich hinten an seiner Jacke fest, derweil er Mr. Pappe von den Herren Pappe und Papier ein Kissen besorgt und die Leiter bringt, damit er hinunterklettern und einen Ausflug zur Toilette unternehmen kann.

Oma steht gegen 4:00 Uhr auf, das Haar hat sie wieder unter die Haube gestopft. »Esme«, sagt sie und streckt die Hand aus. »Komm zu Oma.«

Esme legt mit gesenktem Kopf zwei Kreuz- und zwei Pik-Karten übereinander.

Oma steht in ihrem Morgenmantel in der Tür zum Raucherabteil, mit steifem Körper, wobei sie mit den Bewegungen des Zuges mitgeht. Sie dreht sich um und verschwindet ächzend im Schummerlicht.

»Wer ist denn diese kleine Dame?«, fragt Templeton, als sich Baxter an den Frühstückstisch setzt und Esme ihm auf den Schoß klettert.

Esme fummelt an Baxters Goldknöpfen herum und murmelt etwas in seine Brust.

»Das ist aber ein interessanter Name, Mmmmblmmblm«, sagt Templeton.

Esme wirft den Kopf zurück und stößt durch die trockenen Lippen ein kurzes brüskes Lachen aus. Dann vergräbt sie das Gesicht wieder in Baxters Jacke und schiebt sich das Pferd Rocky unter das Kinn.

»Wie geht es uns denn an diesem wunderbaren Morgen, Baxter?« Templeton schnappt sich seine Kaffeetasse.

»Müde«, sagt Baxter.

Templeton lacht. »Ja«, sagt er.

Er stellt die Kaffeetasse ab, marschiert los und kehrt mit zwei Tellern Rosinentoast zurück. Er stellt die Teller vor Baxter hin.

»Eins für Miss Mmmmblmmblm und eins für dich.«

»Danke, vielen Dank«, sagt Baxter.

»Gern geschehen.« Templeton nippt an seinem Kaffee. Sein Lächeln verflüchtigt sich, er starrt auf seinen schmutzigen Teller.

Baxter wünschte, ihm fielen die richtigen Worte ein, damit sie alle nicht mehr so müde sind.

Esme knabbert an der Kruste ihres frisch gebutterten Rosinentoastes. Auch Baxter beißt in seinen frisch gebutterten Rosinentoast, schwelgt in dem warmen Fruchtgeschmack, der sich auf seiner Zunge entfaltet.

Nach dem Frühstück geht er im Gang auf und ab in der Hoffnung, dass Esme, die eingerollt in seinen Armen liegt, durch die monotone Bewegung in den Schlaf sinkt.

Während er die Füße über den langen Teppich zieht, hat er einen fruchtfliegengroßen Traum, in dem er auf einer spätsommerlichen Wiese liegt, langes Gras, strahlende Sonne, und Eugene Grady, der mit einem Strohhut auf dem Kopf unterwegs ist, sich Pall Malls zu kaufen, und ihm mit dem Fahrrad über den Bauch fährt.

Er träumt, dass er zu Hause auf der Insel ins saphirblaue Meer geht. Nein, in den Rockys in einen glitzernden smaragdgrünen See. Unter Wasser verwandeln sich seine Füße in die Flossen eines Zackenbarsches, dann in Biberschwänze.

Baxter stolpert und umfasst Esmes Kopf wie eine Kokosnuss, damit er sie nicht fallen lässt. Nun ist sie hellwach und klettert ihm auf die Schultern. Die Klingel läutet.

Baxter hetzt hin und her, legt Handtücher nach, wischt Geschlabber auf. Die Passagiere, die von dem einen oder anderen Gelage angeschwirrt kommen, winken Esme auf seinen Schultern zu.

»Hallo, junge Dame!«, zwitschert die Spinne mit funkelnder Haarspange.

Baxter strauchelt. Ein Huf des Porzellanpferds knallt ihm auf den Hinterkopf, und er klatscht die Handflächen gegen die Wand, um sich aufzufangen.

Esme fängt an zu weinen, weil Oma sie mitnimmt.

»Du darfst auch das gelbe Blümchenkleid anziehen«, sagt Oma, die heulende Esme hinter sich herziehend.

Dr. Hubble, Professor der Medizin und unterwegs zum Speisewagen, grüßt Baxter im Gang; kurz bevor er um die Ecke biegt, dreht er eine Pirouette und stößt mit dem runzligen Mann zusammen, dem seine Napoleon-Biografie mit flatternden Seiten und wehendem Schutzumschlag aus den Händen fällt. Baxter taucht nach dem Buch. Auf dem freigelegten Leinenumschlag steht nicht der Titel einer Napoleon-Biografie, sondern *Lady Audleys Geheimnis*. Baxter überreicht ihm das Buch, woraufhin sich der Mann knurrend in die Richtung zurückzieht, aus der er gekommen ist.

Der Zug rumpelt in den Bahnhof von Medicine Hat. Esme verkriecht sich in eine Ecke des Vorraums, ein winziger Schatten im gelben Blümchenkleid, derweil Baxter aus dem Zug steigt und wieder hinein, einen aussteigenden Fahrgast stützt, einen anderen an Bord begrüßt. Nur einmal bleibt er mit dem Zeh am Trittschemel hängen.

An diesem Morgen hilft ihm Esme, Mrs. Tupper ein Glas überschwappenden Mineralwassers zu bringen und ihrer Oma ein

Tütchen Pfefferminzbonbons, und obwohl ein kleiner Pfefferminzbonbonregen auf dem Teppich niedergeht, zeigt Oma ihre ungeheure Zahnpracht in einer Grimasse, die bei ihr als Lächeln durchgeht.

»Ich will mal Schlafwagendiener werden, wenn ich groß bin«, sagt Esme. Das laute Gelächter der Fahrgäste rundum übertönt für Baxter alles andere, einige Sekunden lang hört er nicht einmal das Rattern des Zuges über die Gleise. Oma reibt sich mit schrumpeligem Finger das perlenbesetzte Ohrläppchen. Baxter sieht durch das Fenster inmitten reifender Getreidehalme eine Frau mit Schürze, aufrecht wie ein Halm steht sie da, schwitzt und wartet eine Ewigkeit neben dem polternden Zug. Dann springt die Frau plötzlich den Zug an, krallt sich mit den Fingern an der Brüstung fest und versucht, durch das Fenster hineinzuklettern.

»Entschuldigen Sie, Madam«, sagt Baxter zu Oma und löst die Finger der Frau einen nach dem anderen von der Brüstung. »Nur ein Insekt«, sagt er.

Oma spitzt missbilligend die Lippen. Die Frau mit Schürze verschwindet zwischen den Getreidehalmen.

Sie gehört der geheimnisvollen Schläfersippe an. Wenn Baxter anständig schläft, lässt sich aus der Sippe niemand blicken. Tante Arimenta hat ihm erklärt, er müsse keine Angst vor ihr haben. *Vergeht wie Staub*, sagte sie immer. *Jetzt mach die Augen zu, versuch zu schlafen.*

»Diener«, fragt Oma, »was ist das für Getreide, das da auf dem Feld wächst?«

»Weizen«, sagt er. Er hat keine Ahnung.

Baxter und Esme, die sich wie ein Schildfisch neben ihm durch die Gänge schlängelt, werden vom strahlenden Lächeln der Fahrgäste begleitet. Manchmal nimmt er Esme auch auf den Arm und arbeitet einhändig, oder er setzt sie sich auf den Rücken, und ihre dünnen Beine und Arme schlingen sich um seinen Oberkörper.

Sie umklammert seine Hand, seine Beine, seine Arme. Ihre Arme klemmen sich um seinen Hals, ihre Beine umwickeln seine Taille. Er trägt sie huckepack zu Omas Kojenabschnitt, doch je näher er kommt, desto stärker saugt sie sich an ihm fest. Er beugt sich nach hinten, um Esme auf dem Boden abzusetzen.

»Oma vermisst dich«, sagt er zu der Klette, die fest an seinem Rücken klebt. »Sie fragt sich schon, wo du den ganzen Morgen über warst.«

»Komm, Esme«, sagt Oma und zieht Esme am Ellbogen, »ich lese dir etwas aus *Mutter Gans* vor. Oder lieber *Kinder aus dem Alten Testament*? Das mögen wir doch. Ich habe auch dein Pferd hier. Ich habe Rocky hier.«

Esmes Finger umklammern Baxters Adamsapfel. Sie tritt mit dem Fuß nach Oma.

»Komm, hol dir Rocky.«

»Wenn du jetzt mit deiner Oma spielst«, sagt Baxter, »erzähle ich dir nachher eine Geschichte über einen Jungen und ein Mädchen, die Hänsel und Gretel heißen. Die ist gut.«

Er kniet sich hin und lehnt sich noch weiter zurück, damit sie auf den Boden klettern kann, doch stattdessen kraxelt sie ihm um den Oberkörper herum auf seinen Bauch, und er hält sie dabei mit beiden Armen fest.

»Die Geschichte kenne ich schon«, sagt Esme mit zerknautschtem und verkniffenem Gesicht, schlägt Omas Hand mit erbitterter Inbrunst weg und klammert sich noch fester an Baxter. »Mama hat mir die Geschichte erzählt.«

Esme schlägt die Stirn gegen die Goldknöpfe seiner Jacke und flüstert mit einer Stimme, die jedes Wort in Stakkatosilben zerhackt. »Mama hat mir *alle* Geschichten erzählt ich kenne schon alle Geschichten ich kenne jede Geschichte ich kenne jede Geschichte Mama erzählt mir Geschichten – «

Omas Mund bebt und zittert, sie nimmt ein Fitzelchen Saum von Esmes Kleid zwischen den knorrigen Zeigefinger und den

Daumen, das einzige Stückchen ihrer Enkeltochter, das diese ihr lässt. Die anderen Fahrgäste wenden den Kopf ab von dem Spektakel, lassen den Blick über Zeitschriften und Büchern einrasten, peilen Unkraut, Tiere, Getreidespeicher an, die an den Wagenfenstern vorbeirasen. Esme wirft den Kopf zurück, das Gesicht verzerrt in lautlosem Wimmern, und sackt in Baxters Arme.

»Esme«, murmelt er in ihr dünnes Haar. »Wenn du mich gehen lässt und bei deiner Oma bleibst, erzähle ich dir nachher die Geschichte von einem menschenfressenden goldenen Käfer vom Planeten Jupiter. Ein Käfer, so groß wie ein Mann. Aus dem Buch, das ich gerade lese. Der Skarabäus spritzt den Menschen ein Schlafserum, und dann frisst er sie auf, mit Haut und Haaren!«

Esmes Kopf stellt die monotonen Schläge gegen seine Brust ein. Sie drückt ihm die kleinen klebrigen Hände auf die Wangen, hebt den Blick zu seinem Mund und sucht seine Lippen nach einer Lüge ab. Ihr Gesicht ist uralt.

»Warum tut ein Käfer so was?«, fragt sie. »Auch Fingernägel und Ellbogen?«

»Fingernägel und Ellbogen und Gesichter und Ohrläppchen. Wenn du jetzt zu Oma gehst, erzähle ich dir später die Geschichte«, sagt er.

Unvermittelt streckt sie Oma beide Arme hin. Oma spannt die Lippen, wie Baxter vermutet, vor Freude, und nimmt das kleine Mädchen entgegen.

Baxter rast in seinem Luxusgefängnis irgendwo zwischen Medicine Hat und Calgary über die metallenen Schienen und denkt an Edwin Drew.

Mr. Drew in seinem geschniegelten und gebügelten Frack, Mr. Drew, der mit seiner akkuraten Aussprache und einer vollständigen *Encyclopaedia Britannica* im Kopf unterwegs war wie der König von England, Mr. Drew, der den angehenden Dienern in einem ausrangierten Schlafwagen beibrachte, wie man eine Koje herunterlässt und hochklappt, wie man eine Decke *richtig* faltet, nämlich vom Fußende zum Kopfende, wie man sanft am Vorhang rüttelt, um einen Passagier zu wecken, der in der Nacht aussteigen muss, wie man das Jackett eines Passagiers mit dem kleinen Handbesen bürstet, wie man mit dem Staubwedel aus Straußenfedern Spinnweben entfernt, wie man den Waschtisch reinigt und trockenreibt, ohne dass Schlieren, Flecken oder trübe Stellen zurückbleiben, welche Codenamen Mäuse haben (Diamanten), Ratten (Saphire), Kakerlaken (Rubine) und Bettwanzen (Perlen), wie man Frauen bei Frauenproblemen hilft, wie man Männern bei Männerproblemen hilft, wie man mit betrunkenen Passagieren umgeht (*Macht sie betrunkener*, erklärte Mr. Drew und zwinkerte Baxter unter dem Gelächter der angehenden Schlafwagendiener zu), was man mit Passagieren anstellt, die am Vorabend zu tief ins Glas geschaut haben, wie man einer zügellosen Frau oder einem leichten Mädchen begegnet, das ihr Gewerbe im Zug ausübt, wie man Schlafredner und Schlafwandler beruhigt, woher man weiß, wie lange ein Zug von Chicago nach Smiths Falls braucht oder von Duluth nach Sault Ste. Marie. Dann die unendlich vielen Regelverstöße, die einem Strafpunkte einbringen können (*Illoyalität, Unehrlichkeit, der Genuss berauschender Spirituosen oder der Besuch von Orten, an denen sie verkauft werden, Unmoral, Unbotmäßigkeit,*

Unfähigkeit, grobe Nachlässigkeit, Unaufrichtigkeit). Die unendlich vielen Vergehen, die eine Entlassung nach sich ziehen können (*Illoyalität, Unehrlichkeit, der Genuss berauschender Spirituosen oder der Besuch von Orten, an denen sie verkauft werden, Unmoral, Unbotmäßigkeit, Unfähigkeit, grobe Nachlässigkeit, Unaufrichtigkeit*), und wie man, falls sich Fragen dazu ergeben, das kleine Regelbüchlein mit dem Pappeinband zu Rate zieht, das alle bei sich tragen müssen. Mr. Drew hatte ein breites offenes Gesicht und sportliche breite Schultern, und Baxter fragte sich, ob er wohl Kalisthenie betrieb.

Doch als es an ihm war zu beweisen, dass er eine Koje herrichten konnte, als er die untere Matratze in die obere Schlafkoje hieven und diese mit aller Kraft an ihren Platz zurückschieben musste, da lief ihm vor lauter Nervosität der Schweiß über die Schläfen und die Brille schlidderte die feuchte Rutschbahn seiner Nase hinunter. Plötzlich begriff er, warum Mr. Drew eine solche Wucht in Schultern und Armen hatte, wie er es schaffte, Laken zu wirbeln und zu falten wie ein Stierkämpfer und die sperrigen schweren Kojen hoch- und herunterzuklappen, als wären sie wolkenleicht.

An seine Eltern zu Hause will er nicht denken. Seit Monaten hat er keinen Brief mehr geschrieben, vielleicht sogar seit einem Jahr. Beim Kauen der kalten Pirogge zieht er die Oberlippe hoch. Seine Mutter, wie sie für ihn betete, wie sie ihm eine Ohrfeige gab, weil er einmal zu oft vor seinen Cousinen eine Pirouette gedreht hatte. Er machte die besten Pirouetten, die besten Saltos von allen.

»Du bist ihr einziger Sohn«, sagte sein Vater.

Baxter mag die Kälte Kanadas. Obwohl er in den Tropen geboren wurde, ermattet ihn die tropische Hitze auf der Insel. Die Insel, eingeschlossen von einem Ozean, den Baxter von jeder Stelle zu Fuß erreichen konnte, wenn er genügend Zeit hatte, die Insel, eingeschlossen von Tanten und Onkels, Cousinen und Cousins, Freunden von Cousinen und Cousins, Freunden von Tanten und Onkels, die allesamt seine Mutter und seinen Vater kannten, die wussten, wann Baxter aufwachte, wann er ins Bett ging und ob er zur Abwechslung einmal einen anderen Weg nahm als sonst. All die Tanten und Onkels und Cousinen und Cousins und die Freunde von Cousinen und Cousins und die Freunde von Tanten und Onkels schmierten ihm gern aufs Brot, dass ihm in der Schule einmal das spitzenbesetzte Taschentuch seiner Mutter herausgefallen war, und sorgten dafür, dass er das nie vergaß.

Er wollte Kapitän Nemo sein und in die Ferne reisen, weit weg.

»Nemo?«, fragte Tante Arimenta.

»Niemand. Ich will, dass mich niemand kennt.«

»Hmm«, sagte sie.

»*Mobilis in mobile.*«

»Iss deine Schnecken.«

Er vermisst es, seine Zähne in Arimentas frittierte Fechterschnecken zu schlagen.

Baxter, der auf einer seiner eingeschmuggelten harten Piroggen herumkaut, vermisst auch die Augenbohnen mit Reis, die seine Mutter immer gekocht hat. Das Ziegencurry. Ihre Hühnersuppe und den Johnnycake. Er vertilgt verstohlen sein Abendessen, und seine Mutter, die so weit weg wohnt, steht über ihm.

»Warum musst du beim Essen immer so die Lippe hochziehen?«, fragt sie, als er noch einmal von der Pirogge abbeißt.

»Wie denn?«

»*So.* Wie eine Frau.«

Das Mahlen seiner Kiefer könnte ihre Stimme vielleicht übertönen. Am Tisch im hinteren Teil des Hauses, neben dem Fenster, vor dem der dornige Zitronenbaum steht, notiert sein Vater ein paar Sätze für die nächste Sonntagspredigt und schiebt sich anschließend den Bleistift hinter das Ohr.

Baxter saugt die Füllung aus der Pirogge.

»Herr, gib mir Glauben und Geduld«, sagt die Mutter, die Hände in die Hüften gestemmt. »Hör auf, das mit dem Mund zu machen!«

Sie holt ihre Bibel. »Lies mir vor.« Ihre Hände zittern.

»Was soll ich denn lesen?«

»Du entscheidest. Wisch dir erst die Hände ab.«

Sie wippt in ihrem Schaukelstuhl, während er laut vorliest.

»Gut so.« Sie tippt sich auf den Schoß. »Gut so.«

Nemo. *Mobilis in mobile.*

Als sie den letzten Tag ihrer Ausbildung in der Union Station in Toronto absolviert hatten, stiegen die anderen Nachwuchsdiener aus dem Waggon und gingen über das Abstellgleis davon, eine abgerissene, hoffnungsfrohe Gruppe. Baxter blieb bei Edwin Drew, der Schuhputzzeug und Bettwäsche einpackte und fachmännisch Laken zusammenlegte, die er für Vorführzwecke verwendet hatte. Er erzählte, ein Passagier habe ihn einmal gebeten, ihm ein Päckchen Zigaretten aus dem Bahnhof zu holen, und ehe er es sich versah, war der Zug ohne ihn losgefahren. Baxter faltete Kissenbezüge.

Edwin Drew lachte herzhaft über diese Geschichte, ein dröhnendes und mitreißendes Lachen. Baxter bemühte sich, mitzulachen. Während Edwin Drew aufräumte, waren nur noch sie beide im Wagen.

»Bin noch nie in meinem Leben so schnell gerannt«, sagte Edwin Drew.

Sein Lachen verebbte, und er kniff sich in die Nasenwurzel; sein Zahnstand war absolut symmetrisch, absolut perfekt.

Baxter lächelte und putzte mit einem Taschentuch seine Brille. Edwin Drew drehte das Licht ab und stand schon vor der Tür zum Vorraum. Baxter folgte ihm und blieb direkt hinter ihm stehen, weil Edwin Drew nicht ausstieg.

»Hast du noch Lust auf ein bisschen Spaß?«, flüsterte Edwin Drew. Er wischte irgendein Staubkörnchen von Baxters Schulter.

»Was für welchen?«, fragte Baxter.

Edwin Drew zupfte an Baxters Revers herum, wie um es zu glätten, dann küsste er ihn. Baxters allererster Kuss. Der Kuss haute ihn um, als hätte man ihn von einer Klippe gestoßen, und er stellte dabei fest, dass er fliegen kann.

Flinker, als Baxter es in den vergangenen zwei Wochen je erlebt hatte, richtete Edwin Drew eine Koje her.

Beim Gedanken an die ungeheuerliche Gefahr zerschlug Baxters Herz ihm fast die Brust, er meinte in Ohnmacht zu fallen, so schnell und stürmisch entwickelte sich ihr Stelldichein, solche Wonne durchströmte sämtliche Blutgefäße, als er Edwin Drews nackte Brust streichelte, seine kraftvollen Arme, seine Haut, erhitzt und dunkelbraun wie die eigene, jeden Zentimeter Haut, als sie sich aneinander rieben, saugten, Hände und Münder und Schwänze, verschiedene Schlüssel, die passten, sich drehten, aufschlossen. Edwin Drews perfekte perfekte Zähne, die in Baxters Zunge bissen, makelloser Zahnschmelz, der seinen Schwanz streifte.

Welch unfassbare Befreiung Baxter in jener Nacht in jenem Eisenbahnwaggon erlebte, Edwin Drews Zahnabdrücke für alle Zeiten auf seiner Zunge.

Hinterher streichelte Baxter die Manschette von Edwin Drews Hemd, wollte hineinkriechen und nie wieder herauskommen. Er versuchte, Edwin Drew erneut zu küssen, seine Zungenspitze tänzelte an Edwin Drews Zahnschneiden entlang. Der aber schob ihn weg, knöpfte sich die Hose zu, setzte sich die Mütze auf den Kopf, und in der vielsagenden Stille, die sich in der unteren Koje eines Zugwaggons auf einem Abstellgleis, in dieser gefährlichen Liebschaft ausbreitete, machte er Baxter ohne Worte verständlich, dass er jetzt besser ging.

Baxter taumelte hinaus auf die Gleise, auf die Straßen vor dem Bahnhof, ein vollkommen anderer Mann, ein süchtiger Mann.

Nicht weit hinter ihm pfiff Edwin Drew beim Abschließen des Wagens das Lied »Die lustige Witwe«.

Tag Vier

(Calgary–Banff)

»Erster Aufruf zum Frühstück«, singt Kuzyk.

Punch und Judy verstellen Baxter im Korridor den Weg. Judy zeigt ihre fürs Kauen perfekt geeigneten fingernagelgroßen Puppenzähne, wohingegen Punchs Zähne ein Mysterium bleiben, weil er die Lippen immer fest zusammenpresst.

»Ist der Zug wirklich pünktlich?«, fragt Judy. »Ich weiß nicht, wie lange ich es noch aushalte, in diesem Eisschrank von Salon zu schlafen.«

»Es hängt so viel davon ab, dass ich nicht zu spät komme.« Punch hält seine geöffnete Taschenuhr wie ein halbiertes hart gekochtes Ei in der Hand.

Baxter zwingt sich, nicht die Augen zu verdrehen, zwingt sich, bis es hinten an den Augäpfeln knackt.

Er zieht den Fahrplan aus der Tasche. Deutet auf den Namen eines Dorfs, in dem der Zug nicht halten wird, schließlich fahren sie mit der schnellsten Überlandbahn des Kontinents.

Die Spinne und die Tuppers essen beim ersten Frühstücksservice Kalbsleber und Kalbsniere. Miss Tupper ist aufgeregt, denn *Heute kommen wir in Banff an!* Ihre Mutter steckt sogar auf dem Weg in den Speisewagen und zurück schweigend, wie zum Gebet, die Nase in ihren Liebesroman.

»Guuuuuten Morgen, Diener!« Dr. Hubble grüßt Baxter und kippt vor lauter Begeisterung nach vorne um. Baxter hechtet ihm zu Hilfe, doch Dr. Hubble ist schon wieder aufgesprungen. Mit hochrotem Gesicht grüßt er noch einmal, ehe er in Richtung Frühstück flitzt, die ersten Takte eines Nonsenslieds pfeifend, was ihm ohne Zweifel leichtfällt, weil sein rechter mittlerer Incisivus den linken leicht überlappt. Baxter zieht die Laken aus den Schlafkojen und hievt die noch warmen Matratzen nach oben. Trotz seiner höflichen Bitte, Miss Tupper möge nachsehen, ob sie alle ihre Sachen an sich genommen hat, findet er in der oberen Koje ein zerknautschtes Nachthemd. Er stopft auch zwei körperwarme Dessousteile in einen Papierbeutel und legt sie auf den oberen Schlafplatz, ehe er die Koje zur Decke hochstemmt. Sie tut das bestimmt mit Absicht.

Baxter lauert vor der Tür zu Abteil A, dem Abteil des blonden Puddings und seiner grünbeschuhten Freundin, die Klingel ist stumm wie ein Fisch, der Pfeil auf dem Klingelbrett bleibt ungerührt.

Baxter fürchtet sich vor dem Wirbelsturm, der sich in diesem Raum zusammenbraut.

Die Spinne stochert, die Stirn in acht Faltenlinien gelegt, in ihrer Stickerei herum, die Haarspange funkelt. Esme starrt die Spange an.

»Was für ein herrlicher Ausblick«, sagt die Spinne zu Oma. »Ist das nicht ein herrlicher Ausblick? Der Himmel so blau und weit.«

»Ja.«

»Ist Ihre Tochter in Frieden gestorben?«

Oma legt Esme die Hände auf die Ohren.

»Ja!«, sagt Oma.

»Ich kann ihr helfen, Frieden zu finden. Würde Ihnen das helfen? Ich kann Ihnen helfen, zur Ruhe zu kommen. Kann dem kleinen Mädchen helfen, zur Ruhe zu kommen.«

»Sie *hat* ihren Frieden.«

Judy plumpst neben der Spinne in den Sessel. Oma zieht sich mit verschränkten Armen ans Fenster zurück, die Spinne beugt sich wieder über ihre Stickarbeit, und der alte Mann mit dem als Napoleon-Biografie getarnten Lady-Audley-Roman steht ächzend auf und verabschiedet sich.

Der Zug fährt bei klarem Himmel in Calgary ein. Draußen drückt ihm ein Passagier, den Baxter nicht erkennt und der nicht in seiner Koje geschlafen hat, beim Aussteigen fünfzig Cent in die Hand. Insgesamt 82 Cent. Noch 94,53 Dollar.

Als Baxter gerade seinen Trittschemel zurück in den Zug stellt, ertönt vom Bahnsteig her ein gellender Schrei. Er vermag nicht zu sagen, ob das der Zug war oder er selbst. Nach fünf Minuten lässt der Zug die verbrannte Präriestadt hinter sich. Baxter wischt sich mit dem Taschentuch das Gesicht ab, doch der Schweiß rinnt weiter: Nach dem morgendlichen Chaos sind immer noch Waschtische und Böden zu putzen, die schmutzigen Bettlaken der Langschläfer in Säcken in den Wäscheschrank zu stopfen. Das frisch vermählte Ehepaar in Abschnitt 4, Mr. und Mrs. Lewington, hat seinen Kokon heute noch nicht verlassen, obwohl Baxter mehrmals den Vorhang geschüttelt, sich mehrmals geräuspert hat. Nach seiner mittlerweile recht zerknitterten Liste sollen sie in Banff aussteigen.

Die Tür zu Abteil A bleibt geschlossen, nichts rührt sich.

»Vielleicht ist der Mann da drin auf einer Rakete zum Mars geflogen«, sagt Esme, die sich an Baxters Hose festhält.

»Vielleicht«, antwortet er.

Er zählt zum fünfundfünfzigsten Mal die Handtücher, beantwortet Fragen der Fahrgäste zur Größe von Bauernhöfen, zum Gewicht eines leeren und eines vollen Getreidesilos, zu den gelben Blumen mit dem braunen Punkt in der Mitte, die soeben an ihnen vorbeigeschossen sind. Er besorgt Getränke, erzählt Punch und Judy einen Witz: Weil die Prärie so flach sei, könne man seinem Hund tagelang dabei zusehen, wie er sich verläuft. Für ihn ist der Witz alt, für die beiden aber neu, und sie brechen tatsächlich in Gelächter aus, Judy schlägt die Hände vor den Mund, Punch hält sich den Bauch. Ganz hinten in Punchs Mund werden schwarze Molare sichtbar.

Passagiere drängen zum zweiten Frühstücksservice, und Baxter eilt zu ihren Kojen, gemeinsam mit Esme, die ihm wieder am Rücken hängt oder um die Füße wuselt. Er faltet und klappt, es klickt und schnappt.

Der Zug gondelt zu langsam durch die Landschaft. Die Kiefern und Berghänge brausen nicht, sie bummeln vorbei. Im Moment wäre Baxter zu Fuß schneller als sein Waggon.

Nur noch eine Nacht, dann kann er sich hinlegen, sich auf einer Matratze ausstrecken und sich in den Schlaf stürzen. Seine Klingel schellt. Abschnitt 4. Endlich! Er hetzt zu Abschnitt 4.

»Kann ich Ihnen helfen, Shir?«

Er hat gelallt. Hat er gerade *Shir* gesagt?

»Bist du verheiratet?«, fragt der frisch vermählte Mr. Lewington in Abschnitt 4, der endlich aufgestanden ist, mit der spitzgesichtigen Mrs. Lewington an seiner Seite. Die Flitterwochen haben bereits die Luft aus der Ehe gelassen.

»Nein, Sir«, sagt Baxter.

Er kommt nicht darauf, was der Ehemann von ihm will. Baxter wankt, er spannt jeden Muskel seines Körpers an, um nicht umzufallen.

»Die Hochzeit ist der größte Tag im Leben eines Mannes«, sagt der Ehemann mit tonloser Stimme.

Er greift nach der Hand seiner Frau, die seine Hand jedoch wegschiebt. Er steht auf, zieht sich die Hose höher über die Taille und wankt vorbei an den anderen Abschnitten in Richtung Zugende. Die Ehefrau steht ebenfalls auf, schüttelt den Rock aus und steuert durch den Mittelgang in Richtung Lokomotive.

Die Spinne stochert mit der Nadel in ihrem Stoff herum, formt weitere nicht identifizierbare Knoten und Knubbel. Vielleicht eine Küstenszene? Ein Pfau?

Die Schläfrigkeit trieft an Baxter hinunter, sammelt sich in einer Pfütze, bildet Treibsand, in dem seine Füße immer wieder steckenbleiben, lässt ihn Flecken sehen, wo keine sind.

Als er in seiner weißen Sommerjacke an den Fahrgästen vorbeigeht, beginnt sich die vorgeschriebene messerscharfe Falte seiner gebügelten Hose bereits auszubeulen. Aus dem Raucherabteil quillt ausgelassenes Gelächter und Gerede, doch als Baxter den Kopf durch die Tür steckt, stellen die Raucher sofort ihre Unterhaltung ein. Er grüßt die schweigenden Männer, die in dem Abteil herumfläzen, mit einem Nicken. Punch pafft seine Pfeife, der junge Ehemann und Pappe von Papier und Pappe qualmen Zigarren. Im Raum duftet es nach teurem Tabaksrauch und Süßholzrasplern.

Eines Tages könnte auch Baxter so ein wohlhabender Mann sein und rauchend und fläzend durch den Kontinent reisen. Mit Dollarscheinen um sich werfen, mit Banknoten, die wie Wechselgeld zerknüllt in jeder Tasche stecken. Vielleicht erfindet und patentiert er eine Zahnprothese, die in der modernen Zahnheilkunde ebenso wichtig werden wird wie die Zange.

Er durchquert den Waggon bis zum Damenwaschraum.

Der Waschraum ist picobello, abgesehen von dem zitternden Mann, der zu einer Schnecke eingerollt auf dem Boden liegt.

Baxter schreckt auf, weil plötzlich jemand in den Waschraum stürmt.

»Ich sehe ihn auch«, sagt die Spinne.

»Ja, Madam«, erwidert er, denn er muss träumen.

Der Mann schimmert.

Die Spinne macht kehrt und spaziert davon, die Hände hinter dem Rücken verschränkt.

Baxter gähnt.

Die gefaltete Postkarte über seiner Brust ist abgekühlt. Obwohl sie so nah an seiner Haut ist, hat er sie fast vergessen. Er sollte sie ins Klo werfen.

Baxter fährt mit einem Putzlappen über den Staub, der, Himmel nochmal, aus der Wand zu *sprießen* scheint. Esme sitzt derweil auf dem anderen Arm und lässt sich über seinen Ellbogen kopfüber nach unten hängen. Sie tapsen an Puddings stillem Abteil A vorbei.

Mad Mary, der durch den Wagen streift, begrüßt Esme. »Hallo, kleine Miss!«, ruft er.

Dann beugt er sich vor und zischt Baxter ins Ohr: »Putz die Asche auf dem Teppich vor dem Raucherabteil weg.«

Er wanzt sich noch näher heran und flüstert: »Du bist nutzlos wie ein Fasan mit Phlebitis.«

»Auf Wiedersehen, kleine Miss«, sagt er laut und tätschelt Esme den Kopf. »Tschüssi!«

Baxter setzt sich Esme auf die Hüfte. Miss Tupper wartet mit gepackten Taschen, die Hutschachteln um sich versammelt, nimmt einen Hut ab, setzt sich den nächsten auf, drückt die Krone zusammen, lockert die Blumenbordüre, sucht nach dem besten, dem schmeichelhaftesten Hut.

Sie blickt Esme an, die auf Baxters Hüfte thront. »Kleines Mädchen«, sagt sie zu Esme, »welcher sieht besser aus, kleines Mädchen?«

»Ähhh, der schwarze.« Esme steckt sich den Zeigefinger in den Mund.

»Aber es ist kein schwarzer dabei.«

»Esme, komm her«, sagt Oma.

Esme klemmt die Knie enger um Baxters Taille, ehe sie sich auf den Boden fallen lässt, ein knochiges Bein nach dem anderen.

Der alte Napoleon-Lady-Audley nimmt Esme in die Arme und wirbelt sie in die Luft wie Pizzateig, ehe er davontrampelt; Pappe und Papier in Abschnitt 1 tätscheln Esmes Scheitel und tauschen über ihren Kopf hinweg weiter Schriftstücke und Broschüren aus. Mrs. Tupper, die sich auf den Ausstieg in Banff vorbereitet, versperrt Esme mit beiden Armen den Weg, damit sie nicht über ihre diversen Bücherstapel klettert. »Meine Tochter Carlotta hat mir vor Jahren den Busen leergesaugt«, sagt sie vor sich hin und lacht auf.

Carlotta, die nun einen sandfarbenen Seidenhut trägt, schlägt eine Zeitschrift auf. Napoleon-Lady-Audley blättert eine Seite in seinem Buch um.

Die Spinne nickt ins Leere, hält mitten in einer Bewegung die Nadel mit der gespannten Stickseide hoch in die Luft, sie hört und sieht etwas völlig anderes.

Esme biegt in den Kojenabschnitt der Spinne ab, richtet den Blick gebannt auf die funkelnde Spinnenhaarspange und ballt die winzigen Hände zu Fäustchen. Den Rücken krumm wie ein Kobold starrt sie die Spinne an. Die kommt plötzlich wieder zu sich. »Ich glaube, ich mache einen kleinen Spaziergang. Möchte sich jemand anschließen?«

Der Wagen tuckert über die Gleise. Miss Tupper hält sich die Zeitschrift vors Gesicht. Oma betrachtet ihr eigenes Spiegelbild im Fenster, draußen ein Meer aus Kiefernwald. Mrs. Tupper stapelt drei Bücher, erst alphabetisch, dann nach Größe.

Die Spinne nimmt ihren Stickrahmen wieder in die Hand, sodass sie Esme nicht mehr sehen muss. Die Nadel sticht wieder durch den Leinenstoff.

Baxter hält Esme seine müde Hand hin, und die beiden zockeln durch Mittelgang und Korridor. Sogar seine Knöchel sind erschöpft.

Als sich die Tür zum Salon öffnet, erfasst ihn ein Schwall kalter Zugluft. Judy bittet ihn um ein Fläschchen medizinischen

Petroleumöls und einen Löffel. Sie hat sich in mehrere Schals gewickelt.

»Es ist mein Mann«, sagt sie und lehnt sich an ihn, mit ihren puppengroßen Zähnchen.

Baxter hebt sich Esme auf die Schultern und jagt los, um für Judy Petroleumöl zu besorgen.

Das Heulen der Frau erschüttert Baxters Trommelfell schon von Weitem, noch ehe er mit dem Petroleumöl in seinen Wagen zurückgekehrt ist. Esmes Hände spannen seine Schläfen in eine Schraubzwinge. Am Eingang zum Salon übergibt er Flasche und Löffel an Punch, der sich beides schnappt und die Tür zuknallt.

Miss Tupper hält mit beiden Händen ihr Taschentuch vors Gesicht, sie jammert und schluchzt, ihre Augen sind rot und verschwiemelt, der Hut ist verschwunden, Haarsträhnen kleben feucht an ihren Wangen. Die anderen Frauen haben sich um sie versammelt. Die Spinne unterhält sich, den Stickrahmen gegen die Brust gepresst, leise mit Judy, die sich gegenüber Miss Tupper postiert hat. Mrs. Tupper sitzt abseits und stützt die Stirn in ihre gespreizten Finger. Esmes Großmutter hockt in ihrem Sessel und dreht unablässig an ihren Ringen. Andere Passagiere im Waggon, Mr. und Mrs. Lewington, Napoleon-Lady-Audley, unterhalten sich flüsternd. Die meisten aber suchen das Weite, stoßen dabei mit Baxter zusammen und hinterlassen in der Eile ein Chaos aus Zeitschriften und Taschentüchern auf ihren Sitzen. Nur Pappe und Papier blättern weiter in ihren Unterlagen auf dem Tischchen zwischen ihnen, schlagen die Beine übereinander, stellen sie wieder gerade. Nur einmal linst Papier kurz in den Mittelgang, ehe er das Gesicht wieder in seinen Schriftstücken vergräbt.

»Oh je oh je«, sagt Judy. »Du meine Güte!«

»Ich habe es dir doch gesagt.« Mrs. Tupper reibt sich die Stirn. »Ein faules Ei.«

»Ich ziehe faule Eier magisch an!«, sagt Miss Tupper. Sie wiegt den Oberkörper vor und zurück.

»Faul bis ins Mark.«

»Herrje«, sagt Judy.

»Kann ich etwas für Sie tun, Miss?«, fragt Baxter. Er blickt die Mutter an.

»Esme«, sagt Oma. »Komm zu mir.«

Sie hält Esme die Hände entgegen.

Esme klammert sich an Baxters Stirn fest.

»*Esme.*« Omas Stimme ist tief, fast ein Knurren.

»Miss?«, sagt Baxter zu Miss Tupper. »Hätten Sie gern ein Glas Wasser?«

Ein paar versprengte Sommersprossen setzen sich von ihrem kreideweißen Gesicht ab. Vielleicht sollte er auch Riechsalz besorgen.

»Dieser *Gerald*!« Mrs. Tupper wirft die Hände in die Luft. »Jetzt haben wir so viel Zeit damit verschwendet, nach *Banff* zu reisen, in dieses lächerliche *Dorf* mitten im *Wald*, für nichts und wieder nichts. Dieser egoistische – «

Sie tupft sich mit dem Taschentuch den Hals, fächert sich Luft zu.

»Warum hat er das getan?«, fragt Judy. »Nimmt er Rauschmittel?«

»Davon steht nichts im Telegramm«, sagt Miss Tupper.

Mrs. Tupper wringt mit beiden Händen ihr Taschentuch.

»Ich verstehe das nicht«, sagt Miss Tupper. »Er gibt mir telegrafisch den Laufpass? *Telegrafisch*?«

»Und mir hat er einen Brief geschrieben. Ich wollte dir noch sagen, was in dem Brief steht, Carlotta.«

»Wir sind fertig!«, verkündet Pappe in seinem Kojenabschnitt.

»Nein, sind wir nicht«, sagt Papier.

»Mit der Tabelle sind wir fertig. Ich muss jetzt eine rauchen«, sagt Pappe. Er springt auf und trabt davon, die Ellbogen an den Körper gepresst.

»Himmelherrgott nochmal – «, sagt Papier. Er beißt die Kiefer zusammen und droht Pappes entschwindendem Rücken mit erhobener Faust.

Wütend ordnet er seine Unterlagen, knallt das Kassenbuch auf das Tischchen und schaut sich zu den versammelten Frauen und Baxter um, offenbar hin- und hergerissen, ob er Pappe ins Raucherabteil folgen oder der weinenden Miss Tupper zu Hilfe eilen soll.

Miss Tupper, die schluchzend nach einem Taschentuch sucht, wischt einstweilen den Rotz mit der Hand weg. Papier eilt durch den Mittelgang und bietet ihr sein Taschentuch an. Sie nimmt es, ohne aufzublicken, und drückt es sich auf die Augen. Keine der Frauen schaut auf.

Papier zögert und zieht sich dann in Richtung Vorraum zurück.

»Mal ehrlich«, sagt die Spinne, »ich mache das Banff Springs Hotel verantwortlich. Wollen Sie wissen, warum ich dem Hotel die Schuld gebe? Ich habe auf der Konferenz in Winnipeg davon gehört. Da war eine Braut, ein himmlisches Mädchen, das an ihrem Hochzeitstag die Treppe hinunterstürzte, kurz bevor sie ihres Bräutigams ansichtig werden konnte! Brach sich das Genick. Wurde mausetot aufgebahrt in ihrem wunderschönen Hochzeitskleid, Blumen lagen verstreut um ihren Leichnam. Bestimmt hat Ihr Verlobter sie gesehen, sie könnte ihm in der Nacht erschienen sein, und da hat er es sich gleich anders überlegt.«

»Ach, bitte, *hören* Sie auf«, sagt Mrs. Tupper.

»Möglicherweise ist er auch einfach nur nervös geworden«, sagt die Spinne.

Esmes Atem rasselt in Baxters Ohren.

»Oh, Diener!«, sagt Judy. »Vielleicht wünscht die junge Dame doch ein Glas Wasser.«

»Natürlich, Madam«, sagt er. Er hebt die Oberlippe, zeigt all seine Zähne, damit sie ihn trotz ihres kalten Abteils mag. Nur noch zehn Strafpunkte, und er hat es im Gefühl, dass Judy sein Untergang sein wird. Er kann es geradezu riechen.

»Was für ein reizendes Lächeln du hast«, sagt sie. »Und du wärst so ein hübsches kleines Schätzchen, wenn du auch lächeln würdest«, sagt Judy zu Esme, die ihr Kinn auf Baxters Kopf abgelegt hat.

Esme schraubt ihre Hände fester in seine Schlüsselbeine.

Im Raucherabteil, wo gerade Pappe und Papier Zigarre rauchen, lässt er ein Glas Wasser ein.

»Das habe ich nicht gesagt!« Pappe sticht mit dem Zeigefinger in die Luft. »Dieses Wort würde ich niemals verwenden. George, habe ich das gesagt?«

Er hustet in Baxters und Esmes Richtung. Sein Atem ist so scharf, dass er brennt.

»Da war ich wohl außer Hörweite, Sir«, sagt Baxter.

Wenn nur das Wasser schneller liefe.

»Ich habe gehört, wie du es gesagt hast«, sagt Papier.

»Wer ist George?«, fragt Esme, und Pappe lacht sie schnaubend an.

»Ich heiße nicht George«, stammelt Baxter.

Nur noch zehn Strafpunkte.

Klick klick klicketi klick.

Berge türmen sich auf, schließen sie von allen Seiten ein, zwischen verschneiten Felsgipfeln tuckern sie auf Banff zu.

Punch berichtet Baxter verzückt, dass sie mindestens zwei Minuten Vorsprung haben, weil der Zug in Calgary nicht so lang gehalten hat wie geplant.

»Die schnellste Überlandbahn des Kontinents, ja, Sir«, sagt Baxter mit mindestens sechs Kilo schwerer Zunge.

Er gähnt, ohne den Mund zu bewegen, ohne einen einzigen Kiefermuskel zu bewegen. In seinem Kopf wird alles zusammengedrückt.

»Es wäre schrecklich, wenn ich meine Schwester in Sicamous verpasste. Sie wäre am Boden zerstört. Wird der Zug das Tempo drosseln, um den Vorsprung auszugleichen?«

Der Zug hat das Tempo bereits gedrosselt. Doch nur Baxter scheint es bemerkt zu haben. Seine Sohlen nehmen wahr, dass sich das Rumpeln über die Gleise verlangsamt hat.

»Wo sind wir jetzt genau?«, fragt Punch.

Baxter deutet auf dem Fahrplan vage auf *Canmore*, allerdings hält der Zug dort nicht, schließlich ist dies die schnellste Überlandbahn des Kontinents und Canmore nur eine Bergarbeiterstadt.

Punch stößt ein asthmatisches Pfeifen aus und geht schwungvoll von dannen.

Baxter setzt sich auf seinen Hocker im Raucherabteil, die Hände ruhen auf seinen Knien. Esme hängt mit einem Arm an seinem Hals, das Pferd klemmt im anderen, und ihre Lippen wispern direkt an seinem Ohr eine Geschichte, die klingt wie *sss ssss sss Wuschelbären sss sss Oboe sss*, eine Geschichte, die sein Gehirn mit jedem *ssss* wachstupst, um zu verhindern, dass er wegnickt und seine Augenlider das Schild *Leider geschlossen* ausklappen.

Der Zug wird noch langsamer. Schnauft. Hält an. Bestimmt um einen Seidenzug vorbeizulassen, überlegt Baxter. Oder wegen Tieren auf den Gleisen. Der Zug fährt ruckend wieder an, die Wagenräder drehen sich. Aber unendlich langsam. Punch stürzt ins Raucherabteil. »Was ist los?«, fragt er. »Warum die Verspätung?«

»Ich weiß es nicht genau, Sir. Vielleicht fährt ein Seidenzug durch.«

»Dann finde es heraus«, sagt Punch.

»Ja, Sir! Ich frage den Schaffner, ob er etwas weiß.«

Punch kann ihm gestohlen bleiben. Baxter steht schwankend auf.

Mrs. Tupper, Judy und die Spinne sitzen in deren Abschnitt eng beisammen, Mrs. Tupper schüttelt den Kopf, während Judy leise vor sich hin brabbelt und die Spinne mit der Nadel in ihre Stickarbeit sticht, ohne hinzusehen.

Judy wedelt sich mit einem spanischen Spitzenfächer Luft ins Gesicht, es ist zu heiß in diesem Zugabschnitt und zu kalt in ihrem Salon, ihre Ohrringe klimpern und glitzern, und plötzlich brechen alle in gedämpftes Gelächter aus. Carlotta Tupper kauert im Eckplatz am Fenster.

Baxter setzt sich wieder auf seinen Hocker im Raucherabteil, eine Hand auf dem Knie, Esme mit Rocky auf dem Boden neben seinen Füßen. Vor ihm unter der Bank liegt zitternd der zusammengerollte Mann, aber er hat sich umgedreht, wendet Baxter den Rücken zu und die staubigen Sohlen seiner knochigen langen schwarzbesockten Füße.

Als Tante Arimenta krank wurde, lag sie auch so da, mit dem Rücken zu Baxter. Er ging um das Bett herum, damit er ihr Gesicht sehen konnte. Doch ihre Augen waren fest zugekniffen.

»Geh nicht«, sagte er.

»Jeder muss mal gehen«, sagte sie. »Halt meine Hand.«

Er streichelte ihr die knubbeligen runzligen Knöchel, die Venen auf ihrem Handrücken. Er konnte ihr Leben nicht retten, egal, wie viel er weinte.

»Du bist ein ganz besonderer Junge«, sagte sie.

Sie hatte 362 Dollar angespart, indem sie jahrzehntelang Eier verkauft, Näharbeiten erledigt und nicht genug gegessen hatte. Und sie gab ihm alles.

Damit er Nemo sein konnte.

So fuhr er mit dem Schiff fort von der Insel, hin zu einer Universität in Nordamerika; ihr Tod gab ihm den letzten Ruck und versorgte ihn mit ausreichend Geld, um von dem Land eingelassen zu werden.

Er gähnt, da dreht ihm der zusammengerollte Mann das Gesicht zu. Baxter fährt hoch, und Esme klettert an seinem Bein hinauf. Er nimmt sie in die Arme und geht schnell weg von dem zusammengerollten Mann.

Die Spinne stickt den letzten Stich, knotet den letzten Knoten ihres monströsen Stickbilds. Sie löst die Arbeit aus dem Rahmen, und die anderen Frauen bewundern sie überschwänglich, fahren die Linien mit den Fingerspitzen nach. Die Spinne stopft das Stickbild, auf dem es von Knoten, Klecksen und Knubbeln nur so wimmelt, in eine ihrer kleinen Taschen. Dann entfaltet sie ein neues Stück Stoff – einen Kissenbezug –, spannt es in den Rahmen, fädelt neue Stickseide in die Nadel und macht den ersten Stich für ein neues Bild.

»Was wird es diesmal?«, fragt Judy.

»Ein Rettich, der mit einer Schalotte tanzt.«

»Reizend«, sagt Judy.

Mit Esme und Rocky auf dem Arm geht Baxter zum anderen Ende des Waggons und wieder zurück.

Der zitternde Mann ist in den Herrenwaschraum gerobbt und hat sich unter den Waschbecken eingerollt. Baxter atmet einmal tief ein, ehe er sich hinabbeugt, um das Gesicht des zitternden Mannes zu betrachten, aber weil der Mann so schlottert, verschwimmen seine Gesichtszüge, und Baxter kann nur die gebleckten Zähne sehen.

Er richtet sich auf und blickt aus dem Fenster auf ein Heer von Kiefern, das einen Berghang hinaufkriecht.

»Was hast du dir da angesehen?«, fragt Esme, beide Arme um das Pferd geschlungen.

Kiefern und zerklüftete Felsen erheben sich düster zu beiden Seiten, während der Waggon immer langsamer wird. Der Zug schleicht ruckelnd und zuckelnd durch Wald und Gestein. Einmal kommt im Gestein ein menschlicher Fuß zum Vorschein, alle fünf Zehen, eine Ferse. Baxter reibt sich mit beiden Fäusten die Augen.

Miss Tupper fragt, wann sie in Banff ankommen. Ihre Nase und Augen sind rot verweint.

»Nach Fahrplan«, sagt Miss Tupper, und zwischen ihren Augenbrauen gräbt sich eine tiefe Falte ein, »hätten wir vor zwanzig Minuten in Banff eintreffen müssen. Ich will einfach nur aus diesem Zug raus. Ich will nach Hause.«

»Manchmal kommt es zu Verzögerungen, sogar in der schnellsten Überlandbahn des Kontinents«, sagt Baxter, »aber an erster Stelle stehen immer die Sicherheit und der Komfort der Fahrgäste. Möchten Sie sich vielleicht in den Aussichtswagen begeben? Der Blick auf die Berge ist wirklich herrlich. Der Aussichtswagen ist eine der schönsten Attraktionen dieses Zuges.«

Baxter wankt. Es ist nur ein leichtes Wanken. Esme heult, als Oma sie am Arm fortzieht, um mit ihr zum Mittagessen zu gehen.

Schlaf hat einen Geruch. Baxter erkennt an der flüchtigen Note in seiner Nase, dass er kurz eingenickt ist, während Mrs. Tupper eine Seite ihres Buches umgeblättert hat.

Er dreht sich einmal um die eigene Achse, weil er das Echo seiner Klingel hört und so unheimlich gespannt ist, welches kleine aber große Drama ihn in einem der Abteile erwartet, vielleicht sogar in Abteil A.

Schlaf hat einen Geschmack. Baxter erkennt am starken Aroma ganz hinten im Mund, dort, wo die Zungenwurzel auf den Kehldeckel trifft, dass er versehentlich am Schlaf genippt hat.

Als er durch den schmalen Mittelgang trottet, klettert draußen vor dem Fenster ein nackter Mann wie ein Eichhörnchen den Stamm einer hohen spindeldürren Kiefer hinauf.

Nach zermürbenden Meilen im Schleichtempo kommt der Zug auf einem Nebengleis keuchend zum Stehen.

»Warum fahren wir nicht?« Punch rasselt mit seiner Uhrenkette.

Durch das linke Fenster starrt sie zerklüfteter Fels an. Auf der rechten Seite erstreckt sich eine Bergwiese bis zum Rand einer nebelverhangenen Schlucht.

»Sind wir hier so hoch in den Bergen, dass wir uns über den Wolken befinden?«, fragt Punch mit sehr hoher Stimme.

»Ach du meine Güte«, sagt Judy. »Ach du liebes bisschen.«

Sie hält sich an Punchs Arm fest. Er tätschelt ihr die Hand. »Bald sind wir hier weg.«

Mad Mary walzt durch den Mittelgang.

»Eine Schlammlawine auf den Gleisen«, sagt Mad Mary. »In Kürze fahren wir weiter.«

»Der Diener hier hat behauptet, er hätte Sie gefragt, warum der Zug anhält, und Sie hätten es nicht gewusst. Er sagte, wir hätten wegen eines Seidenzugs angehalten.«

Mad Mary steckt sich die Uhr in die Brusttasche. »Nun, Sir, der Diener hier ist nicht allzu helle.«

Er lacht.

»Hehehe«, sagt Punch.

Man erwartet wohl von Baxter, dass er sich ebenfalls auslacht, doch seine Lippen lassen sich einfach nicht öffnen.

»Abgesehen davon«, sagt Mad Mary, »ist eine Verzögerung manchmal wirklich einem Seidenzug geschuldet oder einem Bären oder Bergziegen auf den Gleisen. Man kann daher von einer *begründeten* Vermutung sprechen.«

»Aber ich muss um 21:50 Uhr in Sicamous sein. Ich *muss* mit meiner Schwester sprechen.«

»Bitte sehr«, sagt Mad Mary und reicht Punch einen Zettel. »Ein kostenloser Drink im Clubwagen als Entschädigung für die Unannehmlichkeiten.«

»Man hat mir gesagt, dieser Zug sei die schnellste Überlandbahn des Kontinents. Das, Sir, ist offensichtlich eine unverfrorene Lüge.«

»Oh, es ist trotzdem die schnellste Überlandbahn, Sir.«

»Wohl kaum«, sagt Punch.

Mad Mary lächelt unbeirrt und klickt mit dem Fahrkartenlocher in seiner Hosentasche.

Baxter läuft los, um nach den anderen Abschnitten zu sehen. Esme kriecht sogleich von Omas Sessel in den Mittelgang, krabbelt an seinem Hosenbein hoch und krallt sich seinen Daumen.

Miss Tupper, die verlassene Braut, sitzt in ihrem geblümten Reisekleid aufrecht da, bereit für den Ausstieg, Handtasche auf dem Schoß, ihr gebrochenes Herz ist poliert und entstaubt. Die Minuten verrinnen, dann die Viertelstunden, dann eine Stunde, dann eineinhalb Stunden, und sie sinkt immer tiefer in ihren Sessel wie ein Kuchen, der im Ofen erst aufgeht und dann in sich zusammenfällt und verbrennt.

»Das ist empörend!«, schreit Punch in seinem Salon.

Sein Schrei verhallt, klingt in winzigen Wellen aus.

Da sitzen sie alle, verlassen in den Bergen.

Miss Tupper und ihre Mutter waren nicht für das Mittagessen vorgesehen, weil sie planmäßig um 10:55 Uhr hätten aussteigen sollen.

»Ich hole uns etwas zu essen«, sagt Mrs. Tupper.

»Ich weiß nicht«, sagt Miss Tupper.

Mrs. Tupper und Papier stoßen im Mittelgang zusammen. Mrs. Tupper schiebt ganz leicht die Unterlippe vor. Papier beißt sich mit den unteren Zähnen auf den Schnurrbart. Er klopft sich auf die Hosentaschen, als hätte er etwas vergessen, macht kehrt und folgt ihr.

»Wo gehst du hin?« Pappe beugt sich in den Gang. »Wo zum Teufel –?«

Miss Tupper gibt keinen Ton von sich, bis auf ein gelegentliches Räuspern und das Quietschen von Leder, wenn sie die Schuhe aneinander reibt wie eine Grille. Papier dreht den Kopf zu ihren quietschenden Füßen.

Mad Mary wandert durch den Mittelgang und verteilt Zettel an die Fahrgäste, die sie im Clubwagen gegen ein freies Getränk eintauschen können.

Mrs. Tupper kehrt mit einem Wachspapierpäckchen zurück, legt es neben sich, öffnet ihr Buch, kaut auf ihrem Daumen herum und beginnt zu lesen.

»Ich habe keinen Hunger«, sagt Miss Tupper.

Mrs. Tupper blättert eine Seite um. Schiebt einen ihrer Schuhe am Absatz von der Ferse und lässt ihn an den bestrumpften Zehen baumeln.

Miss Tuppers rechte Hand greift nach dem Päckchen. Sie wickelt das Sandwich aus dem Wachspapier, beißt eine Ecke ab, packt es wieder ein und legt es neben ihre Mutter.

Baxter läuft das Wasser im Mund zusammen.

Papier kehrt zu seinem Sessel zurück, streicht sich das Haar glatt.

Der Zug steht da, wartet, hat nun schon Stunden Verspätung. Die schmale Krempe von Miss Tuppers Hut ist erschlafft. Punch tigert zeternd in seinem Abteil auf und ab, klingelt unablässig nach Baxter, um sich auf den neuesten Stand bringen zu lassen. Judy schlendert mit der Spinne durch die Wagen, die beiden unterhalten sich flüsternd über spirituelle Dinge und mischen sich in anderer Fahrgäste Angelegenheiten ein. Sie sind auf der Jagd nach dem berühmten Schauspieler, von dem sie im Speisewagen gehört haben. Passagiere drängen sich um Mad Mary und wollen wissen, ob sie aussteigen und einen Spaziergang unternehmen können, auch wenn es keinen Bahnsteig gibt und die Lokomotive jeden Moment losfahren könnte. Das verstößt gegen die Regeln. Gegen die Regeln! Dazu kommt, dass sie in den vergangenen Stunden die Gleise unter den Waggons völlig verdreckt haben. Die Gleise und die Unterseite des Zuges haben sich in eine lange luxuriöse Kloake verwandelt, da ist sich Baxter sicher.

Er schleicht zum gespenstisch stillen Abteil A.

Über einen Arm hat er ein sauberes Handtuch gehängt, in der anderen Hand trägt er einen eiskalten beschlagenen Krug Wasser. Er drückt die Klingel.

Von innen hört er ein Plumpsen und das Rumpeln von Kisten, Schritte.

Die Tür öffnet sich einen Spaltbreit. Ein blonder Pudding-Augapfel blinzelt Baxter an, dann geht die Tür ein bisschen weiter auf. Der Mann wuselt zurück zu einem der Sessel.

»Bitte mach die Tür hinter dir zu«, sagt er. »Es soll niemand wissen, dass ich hier bin.«

Oh Gott, wahrscheinlich ist er krank. Wo ist die Frau?

Pudding fläzt sich der Länge nach auf ein Sofa, mit einem Buch in der Hand, seine Augenbrauen und Wimpern schimmern. Die

Füße mit den schwarz-weißen Budapester Tanzschuhen liegen auf dem Polster.

Schuhe auf dem Sitz, eine blinde Passagierin, der Abfalleimer vollgestopft mit zerknüllten Zetteln, Papierchen, Orangenschalen, zwei Porzellantellern und benutzten Stoffservietten aus dem Speisewagen! Baxter stellt den Krug neben der Kommode ab.

»Ein frisches Handtuch für Sie, Sir. Kann ich Ihnen noch etwas bringen, Sir? Sie haben geläutet. Den Abfalleimer leere ich auch gleich.«

»Nein, ich habe nicht geläutet«, sagt Pudding und blättert eine Seite seines Buches um. »Ich brauche nichts. Geh weg. Bitte mach die Tür zu, niemand soll wissen, dass ich hier bin.«

Baxter taumelt. Blinzelt gegen die Müdigkeit an, die ihm in die Kopfhaut kratzt.

Sollte dieser Mann entscheiden, sich zu übergeben, will er nicht das Erbrochene wegputzen. Bei dem Geruch davon wird ihm auch übel. Er tauscht ein zerknülltes feuchtes Handtuch gegen das neue aus und reibt das Waschbecken trocken.

»Im Speisewagen wird in Kürze das Mittagessen serviert, falls Sie mit den anderen Fahrgästen essen möchten.«

»Ich will wirklich nur hier liegen und mein Buch lesen.«

»In Ordnung«, sagt Baxter und schließt die Tür hinter sich. Er hat vergessen, *Sir* zu sagen.

»*Sir*«, murmelt er spöttisch vor sich hin.

Er stolpert über eine Welle aus Luft, weil er in einen Sekundenschlaf gefallen ist, und überprüft dann die offenen Abschnitte.

Zu viele Stunden sind vergangen, die Unruhe der Fahrgäste verschleimt die Gänge und klebt an den Fenstern, ihre anschwellende Ungeduld spukt und heult über Sessel, durch Gänge. Baxters Klingel schellt. Dr. Hubble aus Abteil B schreitet im Korridor auf und ab, hin und her, und obwohl Baxter ihn bittet, geht der Doktor nicht weiter. »Ich verschaffe mir Bewegung«, sagt er. »Du zuerst, Diener«, und dann machen sich beide flach, kehren einander die Gesichter zu und streifen den Brustkorb des anderen. Der nervöse Baxter quetscht sich unter wortreichen Entschuldigungen am Doktor vorbei, um zu seinem Klingelbrett zu eilen. Das Metallpfeilchen zeigt auf den vermaledeiten Punch und die vermaledeite Judy in ihrem vermaledeiten Salon.

Punch öffnet die Tür, er hopst vor Zorn, will Auskunft, verlangt Auskunft. Die Spinne hat sich, in eine Decke gehüllt, im Abteil eingenistet und in ein Gespräch mit Judy vertieft, die sich in einen Kokon aus Schals eingesponnen hat.

Punch lässt sich empört in seinen Sessel plumpsen. Baxter hat kaum die Tür hinter sich geschlossen, als Judy aufspringt und spricht.

»Diener«, ruft Judy, »ich bin seit Montreal an Bord dieses Zuges.«

Das weiß er. Denkt Judy, er wüsste das nicht? Denkt sie etwa, ihr unablässiges Gequassel sei ihm entgangen? Er lässt leise einen Fingerknöchel knacken. Er strengt sich an, nicht zu schwanken, denn Schwanken ist inakzeptabel, wenn sich der Zug nicht bewegt. Sie könnte sich beschweren, ihm etwas ankreiden. Sie zieht mit den beringten Fingern die Schals enger um sich und gleitet auf ihn zu.

»Und«, fährt sie fort, »in diesem Abteil spukt es. Mrs. Crane kann das bestätigen.«

»Ja, ohne jeden Zweifel«, sagt die Spinne. »Ich spüre hier eine seltsame, fast *elektrische* Energie. Daher kommt auch die Temperaturabweichung. Das stimmt doch, Judith?«

»Und meine und meines Mannes Schlafstörungen«, sagt Judy. »Unsere Darmverstimmungen.«

»Ich habe genau dasselbe gegessen«, sagt die Spinne, »*absolut* dasselbe, und leide unter keinerlei Verstimmung.«

Wie öde. Judys geballtes Wissen über Schlafstörungen passt in einen Fingerhut. Und jetzt hat die Spinne ihre Fäden ausgeworfen und wickelt Judy ein.

Baxter formt mit gespreizten Fingern eine Raute.

Er geht ein paar Schritte in das luxuriöse Abteil, Punch und Judy weichen zurück, die Spinne drückt sich in ihren Sessel, so viele Körper besudeln diesen Raum, er prüft rasch die Decke und die vertäfelten Wände, denn das scheinen sie von ihm zu erwarten, als könne er Schimären mit seinem Staubwedel einfach so wegwischen wie ein langes Spinngewebe, das über dem Waschtisch hängt.

Baxter spürt, wie tief aus seinem Bauch wieder ein Gähnen in ihm aufsteigt. Es plätschert aus und verflüchtigt sich, sobald es den Rachenraum erreicht, denn er darf nicht vor diesen Leuten gähnen. Als er das letzte Mal einem Fahrgast ins Gesicht gegähnt hat, hatten sich seine Kiefer von selbst geöffnet. Er hatte gedacht, sein Gegenüber hätte es nicht bemerkt, bis er in Toronto ausstieg und feststellen musste, dass der Fahrgast dem Vorsteher einen Brief geschrieben hatte. In der Zentrale trafen Baxter die zwanzig Strafpunkte für Respektlosigkeit mit voller Wucht in den Magen.

»Ich verdoppele die Strafpunkte, weil es das zweite Mal ist. Und das auch nur, weil ich ein guter Christ bin«, sagte der Vorsteher und blätterte, ohne Baxter anzusehen, hinter seinem Schreibtisch in den vor ihm liegenden Papieren, entfernte mit einem schmierigen Radiergummi hier und da ein Wort und streckte dabei vor Anstrengung die Spitze seiner gummiartigen Zunge raus. »Der Passagier hat eine Entlassung wegen Unbotmäßigkeit gefordert«, sagte er. »Ich tue dir also einen Gefallen, vergiss das nicht.«

Punch meldet sich zu Wort. »Jetzt, Judith«, sagt er, »habe ich alles unter Kontrolle.«

»Ich habe versucht, darüber hinwegzusehen, lieber Ehemann«, erwidert sie, »aber es gelingt mir nicht mehr.«

Judy reißt die Arme hoch und peitscht Baxter mit der Spitzenbordüre ihres Ärmels über das Gesicht. Sie beugt sich näher zu Punch. »Das Spiel. Ist. Aus«, sagt sie.

Punch seufzt und stößt Luft aus, sein Kopf hebt sich gegen eine Kieferngruppe vor dem Fenster ab. Eine der Kiefern stößt eine Rauchwolke aus.

»Unser Dilemma sind nicht Geister«, sagt Punch. »Unser Dilemma ist, dass wir nicht im planmäßigen Vierundzwanzigstundenzeitraum Sicamous erreichen. Das ist untragbar, Diener. Schlicht empörend.«

Was erwartet Punch von Baxter, was will Judy von ihm? Das Abteil flimmert.

»Ich möchte heute Abend gern in unserem Abteil eine Séance abhalten«, erklärt Judy. »Ich brauche einen kleinen Tisch. Und Kerzen.«

Ein Rumpeln aus Abteil A dröhnt durch die Wand.

Baxter unterdrückt einen Schrei, ihm stockt das Blut in den Adern.

»Selbstverständlich, Madam«, sagt er. »Wie viele Kerzen benötigen Sie?«

Sie beugt sich zu ihm, die Wände zwängen sie immer näher zusammen, bis er die Poren ihrer Abolitionistentochternase sehen kann.

»Genau neununddreißig.«

»Drei geht dreizehnmal in Neununddreißig«, sagt Punch. »Das ist eine gute Zahl. Der Zweiundvierzig gewiss überlegen.«

Baxter wird ihr erklären, dass er nur zwei Kerzen erübrigen kann. Na gut, drei Kerzen, denn offensichtlich hat die Drei für diese Wirrköpfe einen besonderen Stellenwert. Mad Mary erkennt bestimmt das Brandrisiko, das neununddreißig brennende Kerzen in einem *Salon* unter Aufsicht von Judy der Durchgeknallten bergen. Selbst ein Späher – *jeder* würde das erkennen.

»Wir werden eine Séance mit neununddreißig Kerzen abhalten. Wir werden herausfinden, wer in diesem Raum unseren Schlaf stört –«

»Wenn ich unterbrechen darf«, sagt die Spinne. »Eine Kerze reicht. Zu viel Licht, und die Geister könnten von einer Erscheinung absehen.«

Baxter kratzt sich am Hinterkopf, dieses Kitzeln hinter den Ohren, er sorgt sich, weil seine Haare so lang sind. Und immer länger werden, auf dieser sich hinziehenden Fahrt. Er hätte in Montreal zum Friseur gehen sollen. Aber dieser Friseur und seine geschmacklosen Scherze! Einer von den dreien hier könnte ein Späher sein, der ihn drankriegen will. Das mit den Kerzen ist bestimmt ein Test. Noch zehn Strafpunkte. Neununddreißig Kerzen. Jedes Mal, wenn Baxter einen Blick auf sein Spiegelbild erhascht, sind seine Haare wieder zwei Zentimeter gewachsen.

Warum hat er sich vor dieser Tour nicht die Haare schneiden lassen? Er wird noch seinen Job verlieren. Nur wegen diesem Friseur in Montreal.

»Was stimmt nicht mit dir? Warum hast du kein Mädchen?«, hat ihn der Friseur in Montreal gefragt, als Baxter das letzte Mal dort saß und die Schere an seinem Hals herumschnippelte, jedes Mal ein kalter Schauer, wenn sie seine Haut berührte. »Ein schlaues Kerlchen wie du. Meine Nichte, die würde eine gute Ehefrau abgeben. Die ist klug, aber nicht zu klug, und Mensch!, hier *ist* sie ja schon. Was für ein *glücklicher Zufall*! Hallo Frances! Hast du auch deine Mutter von mir gegrüßt?«

Baxter saß zusammengekauert im Frisierstuhl. Zum Glück lächelte die Nichte kein einziges Mal, nicht einmal, als ihr Onkel herumschwadronierte, wie schlau sie sei und wie bezaubernd mit ihrem Klavierspiel und ihren Stickkünsten, und dass Baxter für die Eisenbahn arbeitete, eine echt große Nummer, und schau mal, wie fesch er jetzt aussieht mit den frisch geschnittenen Haaren. »Sieht er nicht fesch aus, Frances? Die Antwort lautet ja.«

Sie verdrehte die Augen hinter der Brille und reichte ihrem Onkel ein eingewickeltes Pökelfleischsandwich von ihrer Mutter, ehe sie die Hände in die Taschen ihres unförmigen grauen Mantels stopfte.

»Mutter möchte wissen, wann du Vincent die Haare schneiden kannst«, sagte sie.

»Hat sie diesmal daran gedacht, genug Senf auf das Rindfleisch zu schmieren?«, antwortete der Friseur.

Frances schabte mit dem Absatz über den Boden, während ihr Onkel weiter die Vorzüge von Senf pries und *wie schön und symmetrisch Baxters Kopf ist, was, Franny? So viel Grips drin! Der liest ständig. Genau wie du.* Die Schere schnippelte in endlosen Ausrufezeichen die Locken auf Baxters Stirn, und ein Krampf befiel seinen Nacken.

Als hätte ein alleinstehender junger Mann wie Baxter, der nicht in jedem Bahnhof ein Mädchen hat, automatisch Gänseblümchen zwischen den Beinen anstelle eines anständigen Schwanzes. Er ist doch kein *Seemann*. Er ist auch kein Kriegsrückkehrer, der auf Zoff aus ist. Er will einfach nur seine Bücher lesen. Diese Schere, wie sie seinen Kopf immer wieder pikste und stach, ihn in Geiselhaft hielt.

Larry, der Friseur in Vancouver, redete dagegen immer nur über sich und seine verfluchten undankbaren Kinder. Einer seiner undankbaren Söhne, der Baxter einmal die Haare schnitt, sprach hingegen überhaupt nicht. Die Schere sprühte silberne Funken und Blitze rund um Baxters Kopf, so flink war er, so schweigsam. Der undankbare Sohn legte die Schere weg und deutete mit einem Schulterzucken an, dass er mit dem Schnitt fertig war. Er sagte kein einziges Wort.

»Eine Kerze reicht«, wiederholt die Spinne.

Mad Mary bestätigt: Eine Schlammlawine hat sie in den Bergen eingeschlossen. Sie haben bereits fast vierzehn Stunden Verspätung.

Esme wartet draußen vor der Tür, während Baxter kurz auf dem Klo sitzt, nichts als Luft aus den Gedärmen quetscht und die gefaltete Postkarte öffnet. Diese Männer liegen nicht im Dunkeln beieinander, sondern im hellen Sonnenlicht. Er steckt die Karte wieder in seine Brusttasche.

Dann holt er sein Buch aus dem Spind. Esme fährt mit dem Finger über die Skarabäus-Prägung auf dem Umschlag. »Schön«, murmelt sie.

Im Raucherabteil zieht Baxter die Matratze für das Sofa heraus. »Versuch mal zu schlafen«, sagt er zu Esme.

Sie streckt sich flach auf dem Rücken aus, liegt mit steifem Körper und weit geöffneten Augen auf dem Sofa. Baxter nimmt auf dem Hocker am Ende des Gangs Platz, mit Blick auf den Tunnel aus Vorhängen, hinter denen die Leute in ihren Kojen schnarchen.

Er lässt den Kopf sinken und schreckt wieder hoch. Eine völlig normale getigerte Katze streicht ihm um die Füße, windet ihren bemuskelten Schlangenschwanz um seine Wade und verschwindet, bevor er zweimal blinzelt. Seine Hand hebt sich und kreist durch die Luft, wischt einen dort schwebenden Aschenbecher weg.

Einer der Vorhänge bauscht sich, und ehe Baxter eine Leiter bringen kann, springt eine Lady, die er noch nie gesehen hat, zu Boden, ihr glänzender Morgenrock bläht sich zu Schmetterlingsflügeln auf. Sie schleicht durch den Mittelgang, ohne ihn zu beachten. Auf Zehenspitzen geht sie zwei Kojen weiter, öffnet den Vorhang und schlüpft hinein. Es kümmert sie nicht, was Baxter davon hält, keinen kümmert das, und wem sollte er es auch sagen? Mad Mary etwa? Lachhaft. Zu blöd, dass die Lady auf Möwenlatschen schleicht.

Die Passagiere schnarchen und werfen sich in ihren Kojen herum, richtig laut, so ohne das Rattern und Rumpeln des Zuges. In dieser merkwürdigen und ruhigen Nacht könnte er vielleicht sein Buch weiterlesen.

Im trüben Licht blättert er im *Skarabäus vom Jupiter*. Die wackeren Ägyptologen wurden auf den Jupiter entführt und verstecken sich nun mitten in Scarab City in einer Höhle voller Pyramiden aus Gold. Von dem Mann mit dem Skarabäus im Kopf ist, nachdem sich die Larven vollgefressen haben, nur noch ein sauber abgenagtes Skelett übrig.

Baxter fegt sich über das Bein, um den Käfer wegzuwischen, der an seiner Hose hochkrabbelt.

Templeton hat Baxter gebeten, für ihn zu übernehmen, und so schlendert er, um sich wachzuhalten, durch den Korridor in Templetons Waggon, mit Esme an der Hand, die sorgfältig einen Fuß vor den anderen setzt wie auf einem Drahtseil. Templetons Wagen hat lauter Schlafabteile, keine Kojen, keinen Salon. Baxter streift mit den Schultern die schimmernden Wände und Türen, und an der Tür zum Vorraum bleibt er stehen. Im Fenster erhascht er einen Blick auf sein Spiegelbild und sieht Löcher, wo Augen sein müssten. Er kehrt um und schließt die Tür zum Wäscheschrank dieses Waggons auf. Macht sie wieder zu. Warum hat er sie überhaupt geöffnet?

Aus der Tür eines der Abteile tritt rückwärts die verstrubbelte Mrs. Tupper und bindet ihren Kimono zu. Sie hat ein kleines Lächeln auf dem Gesicht, ihre Zähne leuchten wie Lichtlein im Halbdunkel, bis sie sich umdreht und Baxter sieht. Sie erstarrt wie eine Schauspielerin in einem Kinofilm, den Mund zu einem O gerundet. Dann eilt sie mit Moschusgeruch und wieder angeknipstem Lächeln seiderascheInd durch den Korridor. Baxter drückt sich in die Ecke, eine Fechterschnecke, die sich hastig in ihr Haus zurückzieht.

»Guten Abend, Madam«, flüstert er.

Sie dreht sich um, hält ihm einen Dollar hin. Oh, er träumt. Nein, er träumt nicht: noch 93,53 Dollar.

Sie legt einen Finger auf die Lippen, sagt lautlos *Schsch!* wie zu einem unartigen Kind.

Als sich die Vorraumtür hinter ihr schließt, geht wiederum die Abteiltür auf, Papier erscheint und streicht sich über den Schnurrbart.

»Soll ich Ihnen die Leiter holen und mit Ihnen zu Ihrer Schlafkoje gehen, Sir?«, fragt Baxter.

»Noch nicht«, sagt Papier. »Ich glaube, ich rauche erst noch eine Pfeife.«

Mit der Dollarnote in der Hosentasche schlendert Baxter zu seinem eigenen Waggon zurück und steuert mit Esme, die ihm um die Füße wirbelt, den Herrenwaschraum an. Da schellt die Klingel.

Oma.

Baxter und Esme zuckeln zu ihrer Koje.

»Esme«, sagt Oma. »Esme. Halt meine Hand. Komm, versuch bei Oma zu schlafen.«

»Baxter braucht mich, ich muss ihm mit den Pfeilen helfen«, sagt Esme.

»Das ist aber keine Arbeit für kleine Mädchen«, sagt Oma.

»Du könntest Oma beim Schlafen helfen, Esme«, sagt Baxter.

»Ich brauche keine Hilfe beim Schlafen!«, teilt ihm Oma mit. »Ganz und gar nicht, und ehrlich gesagt schlafe ich besser allein als mit einem kleinen Mädchen, das mir ständig mit den Füßen in den Magen tritt.«

Oma müsste man mal richtig schütteln.

»Du könntest Oma eine Geschichte vorlesen.«

»Darf ich Oma deine Geschichte vorlesen? Aus deinem Buch?«, fragt Esme.

Aus seinem Buch. Sie will sein Buch haben. Er will ihr sein Buch nicht geben.

»Selbstverständlich«, sagt er.

Für den Fall, dass sie sein zerfleddertes altes Lesezeichen verliert, merkt er sich die markierte Seite: Seite 123. Noch 203 Seiten. Er zieht das Buch aus seiner Hosentasche und händigt es ihr aus. Esme schnappt es sich wie ein Eichhörnchen einen Sonnenblumenkern.

Als Baxter den Vorhang zuzieht, hört er Esme Worte flüstern, die sie ganz bestimmt nicht lesen kann.

Templeton kehrt im trüben Licht zurück und erlöst ihn mit einem Nicken. Baxter sinkt auf seinen Hocker. Seine Augenlider klappen zu.

Die Klingel bimmelt sein Gehirn wach. Er steht schwankend auf. Sein Magen steigt bis in die Nase auf. Abteil B.

Dr. Hubble möchte, dass er ihm zwei Gläser bringt, und so hetzt Baxter in den Clubwagen. Das Tablett mit den beiden Gläsern stellt er im Abteil auf dem Tischchen ab.

»Hmm«, sagt der Doktor. »Hätten Sie Zeit, einen mit mir zu trinken?«

Baxter schüttelt heftig den Kopf. Das ist eine klassische Späher-Falle, wie Edwin Drew sie beschrieben hat. »Es tut mir leid, Sir, aber das wäre gegen die Vorschriften«, sagt er.

»Oh«, sagt der Doktor. »Natürlich. Es war nicht fair von mir, darum zu bitten.«

Für jemanden, der so eine bedeutende Person ist, kommt ihm der Doktor sehr einsam vor – ist doch merkwürdig, wenn ein Diener der einzige Mensch ist, mit dem er einen trinken möchte.

Der Doktor sitzt auf der Bettkante. Wischt mit dem Daumen unter dem einem Auge herum. Dann unter dem anderen. Dann bedeckt er das Gesicht mit beiden Händen und atmet schwer aus. Beim Einatmen heult er Rotz und Wasser.

Baxter hat noch nie einen Mann so weinen sehen, außer in einem Film, und das war eine Komödie, in der das Geheul nur gespielt war. Er ist nicht vorbereitet auf die peinlich befremdlichen Tränen und die Bemühungen des Doktors, sie wegzuwischen, sobald sie ihm aus den Augen quellen, als wären sie etwas Obszönes. Der Doktor bekommt einen Schluckauf. Die Tränen fließen weiter. Baxter, Zeuge dieses Wolkenbruchs der Traurigkeit, steht da und tritt von einem Fuß auf den anderen.

»Darf ich Ihnen mein Taschentuch leihen?«, fragt er.

Der Doktor tupft seine Augen ab und gibt ihm das Taschentuch zurück.

»Das ist freundlich von Ihnen«, sagt er hicksend.

Der Doktor greift in eine Tasche unter seinem Schlafplatz, zieht einen Flachmann heraus und trinkt.

»Trinken dürfen Sie sicher nichts. Dürfen Sie sich denn setzen?«

Baxter nimmt auf dem Stuhl neben der Kommode Platz. Er legt die Handflächen auf die Knie, sprungbereit, fluchtbereit.

»Mein Kollege«, hickst der Doktor, »mein *Freund* David. Wir wollten eigentlich zusammen reisen, aber er wurde verhaftet. Oh, ich sollte wohl besser ein Glas benutzen.«

»Das tut mir wirklich leid.«

»Mein *guter* Freund«, wiederholt er und stößt mit dem Glas klirrend gegen das Tablett. »Sie verstehen, was ich meine?«

Er wischt sich die Nase am Zipfel seines Bettlakens ab.

»Das tut mir wirklich leid, das mit Ihrem Freund.« Baxter krallt die Finger um seine Kniescheiben.

Der Doktor sieht ihn mit Straßenköterblick an, nasse Augen, nasse Nase. Die Sonne geht bestimmt schon in einer Stunde auf, überlegt Baxter. Sein Magen verzehrt sich nach der letzten vertrockneten Pirogge, die er noch in seinem Spind hat.

»Meine Tante Arimenta«, sagt er vorsichtig, »hat immer gesagt: *Baxter*, hat sie gesagt, *Herzen werden niemals praktisch sein, es sei denn, man erfindet unzerbrechliche.*«

Die Mundwinkel des Doktors zucken nach oben.

Er nickt, stößt ein leises Lachen aus und wischt sich mit den Handtellern die feuchten Augenwinkel. Die oberen vorderen Zähne stehen gepflegt und gerade im üppigen Zahnfleischbett, die unteren sind ebenso gepflegt und gerade. Doch die Lippen schließen nicht sauber, wenn der Mund geschlossen ist, der Unterkiefer steht schief zum Oberkieferknochen. Der Doktor fischt sich ein Taschentuch aus einem Kleiderhaufen, der neben dem Bett auf dem Boden liegt, und putzt sich die Nase.

Baxter lacht auch, obwohl der Doktor ein Weißer ist und ein Passagier und kein Freund und vielleicht sogar ein Späher, der sich als Passagier ausgibt, aber Baxter weiß, wie sich ein gebrochenes Herz anfühlt. Er glaubt dem Doktor das mit seinem Freund David, er weiß, dass ein gebrochenes Herz einem bei jedem Atemzug tief in die Rippen schneiden kann.

»Prost.« Der Doktor nimmt noch einen Schluck, lächelt mit dem Mund und mit den Augenwinkeln, als meine er es ernst, als könne ihm Baxter seine Freundschaft anbieten. Baxter lächelt zurück. Er nimmt das Tablett.

»Müssen Sie gehen?«, fragt der Doktor.

Baxter zögert. »Soll ich Ihnen noch etwas bringen?«

»Ich meinte –«, sagt der Doktor. »Nein.«

Baxter macht die Tür hinter sich zu. Der Doktor hat ein ebenso breites offenes Gesicht wie Edwin Drew. Die schlaksigen Gliedmaßen Nicholas Lesiuks. Einen goldig schiefen Mund.

Baxter verscheucht den Gedanken.

Der Tag beginnt. Die neugeborene Sonne bricht durch die Bäume und sticht Baxter geradewegs in die brennenden roten Augen. Er ist ein Schlafwagendiener. Ein schläfriger Wagendiener. Schläfriger Diener im Wagen. Wagen schläfrig. Diener. Schlaf.

Er kichert. Esme faltet ein Handtuch in Dreiecksform, faltet es wieder auf, die Ecken sind eingeschlagen, aufgeschlagen, eingeschlagen. Oma hat früh geklingelt und Baxter sein Buch zurückgegeben, mit den Fingerspitzen, als fürchtete sie, ihn zu berühren. Er hat es in seinem Spind verstaut, gleich hinter dem Mann aus der Schläfersippe, wie immer eingerollt zu einem glühenden Ball.

Hinter dem Vorhang löffelt Baxter sein kümmerliches Frühstück, während auf der anderen Seite ein Passagier mit dem Messer in den Essensberg auf seinem Teller sticht. Hat er nicht gerade erst gefrühstückt? Das einzige Geräusch, Templetons Kauen, wird fast vollständig vom rhythmischen Stampfen, vom schnaubenden Dampf, vom Drehen und Schleifen der Räder und Stangen auf den Gleisen übertönt. Nein, das war vor zwei Tagen. Dieser Zug steht unbeweglich da, inmitten von Vögeln, Bäumen, Bären und bösartigen Bergen, die stündlich näher zu rücken scheinen. Baxter vergisst das immer wieder.

Die dicke schläfrige Zunge verstopft ihm den Mund, er muss in der Viertelstunde Halbschlaf, die er zusammengerollt auf dem Sofa im Raucherabteil verbracht hat, mit den Zähnen geknirscht haben, denn sein Temporomandibulargelenk schmerzt, als hätte er einen Gummiball zerkaut und verschluckt.

Der Koch trinkt aus irgendeiner Flasche. Er glotzt Baxter mit Glupschaugen an, weil der ihn anstarrt. Starrt er ihn an?

Der Koch winkt mit der Flasche in seine Richtung. »Gegen *Mundgeruch*«, sagt er.

Dann macht er weiter, schlägt ein Ei nach dem anderen am Schüsselrand auf. Klatscht einen Berg roher Koteletts auf eine Platte.

Mundgeruch. Klar.

Baxter wischt sich den Mund ab, während sein Magen nach der mickrigen Portion noch rumort, und schiebt den Stuhl vom Tisch weg. Templeton steht ebenfalls auf, gibt sich selbst zwei Ohrfeigen, eine auf jede Wange, als Countdown für den Tagesbeginn.

»Bereit«, sagt Templeton.

Er pikst Baxter mit dem Finger in die Schulter.

»Haha! Ich habe gesehen, wie du die Schweinekoteletts angeschielt hast«, sagt er. »Irgendwann sind wir wieder zu Hause, dann kannst du so viele Schweinekoteletts essen, wie du willst.«

»Hoffentlich«, sagt Baxter.

Templeton pikst ihm erneut den Finger in die Schulter. »Kopf hoch, Kumpel.«

Kopf hoch, Kumpel.

Auf dem Rückweg zu seinem Waggon bollert Baxter durch mehrere Vorräume, durchquert die feuchte Luft unter einer Kiefer, kommt an der Backsteinmauer einer Fabrik vorbei und in einer Union Station an einem Toilettenabteil mit Loch in der Trennwand. An Arimentas geknackten Fechterschnecken, frisch vom Herd, an den schwieligen Händen eines früheren Freundes, den ineinander verschlungenen Männern auf der Postkarte und dem Unsichtbaren, der die Postkarte versteckt hat und Baxter mit seinem grausamen Streich anhaltend quält, während er wahrscheinlich schon vor Tagen ausgestiegen ist, lange vor diesem nicht enden wollenden absurden Aufenthalt in den Bergen.

Die Sonne tut so, als ginge sie auf, aber sie schnuppert nur an diesem Tag, zieht ihn so weit wie irgend möglich in die Länge. Die Sonne hasst ihn.

Im Vorraum unmittelbar vor seinem Waggon bleibt Baxter stehen, legt eine Hand auf die Tür. Er denkt an den Doktor und seinen Freund, wie sie sich zwischen Laken wälzen.

Wie viele solcher Stunden noch? Er drückt die Tür auf. Er wäscht sich das Gesicht, putzt sich die Zähne.

Die Sonne steht höher, und er jagt mit der Leiter Passagieren hinterher, die durch den Vorhang brechen, aus den Kojen kollern.

»Ich habe kein Auge zugetan«, sagt Miss Tupper, die sich ihre Strickjacke schief zuknöpft. »Brrr, es ist wirklich kühl heute Morgen.«

»Mmm.« Mrs. Tupper fährt sich durch das plattgelegene Haar und betastet die hintere Naht ihrer Strümpfe, während sie darauf wartet, dass ihre Tochter die Strickjacke richtig rückt.

»Bitte, lass uns nicht wieder mit diesen Pappe- und Papiermännern essen«, flüstert Miss Tupper ihrer Mutter zu. »Kommt mir vor, als wäre es das dreizehnte Mal in Folge.«

Sie nimmt ihren Verlobungsring ab und steckt ihn wieder an, diesmal an den kleinen Finger, anschließend auf die Daumenspitze, sie rubbelt die Edelsteine am Rock, poliert die Smaragdoberfläche. »Der eine flirtet mir zu viel.«

»Ich weiß nicht, ob du einen Flirt überhaupt erkennen würdest«, gähnt ihre Mutter. »Uups! Tut mir leid. Das hätte ich nicht sagen sollen.«

»Nein, das hättest du nicht sagen sollen«, sagt Miss Tupper.

»Vergiss *nicht*, ich bin deine *Mutter*.«

Der Doktor schlendert ins Raucherabteil, in dem Baxter gerade frische Streichhölzer auslegt, doch als er Baxter sieht, tritt er den Rückzug an, tupft sich die Stirn und stürzt erst in die eine, dann in die andere Richtung davon.

Baxter zählt die Fahrgäste an den Fingern ab und macht sich Sorgen wegen Pudding und seiner blinden Passagierin. Wenn er Pudding meldet, wird der sich beschweren, und Baxter wird Strafpunkte bekommen, obwohl er nur seine Pflicht erfüllt hat. Fünf Strafpunkte? Zehn Strafpunkte? Wahrscheinlich zwei. Wenn er Pudding nicht meldet und Mad Mary das mit der blinden Passagierin herausfindet, wird Baxter Strafpunkte bekommen, weil er seine Pflicht nicht erfüllt hat. Fünf Strafpunkte? Zehn Strafpunkte? Wahrscheinlich fünfzehn.

Er wankt wieder zum Speisewagen, trampelt auf Mad Mary zu, der mit seinem Frühstücksteller beim dritten Service im halbleeren Waggon sitzt, die übrigen Passagiere befinden sich am anderen Ende des Speisewagens. Esme hockt auf Baxters Schultern, die Fingerchen um sein Ohr geringelt und auf die Stirn gepatscht.

»Mr. Magruder«, sagt er.

»Hallo Missy«, sagt Mad Mary zu Esme und legt die Augen in Lachfalten.

Esmes Finger verkrampfen sich. Mad Mary beißt in eine Bratkartoffel, das Fett rinnt ihm über das Kinn.

»Was denn, Baxter?«, fragt Mad Mary.

»Ich habe einen Passagier, der sich in seinem Abteil eingeschlossen hat und nichts essen will. Er will sich auch seine Koje nicht richten lassen. Hab ihn in all den Tagen kein einziges Mal zum Essen gehen sehen.«

»Na, dann klingle doch mal an der Tür!«

»Er hat gesagt, er will nicht gestört werden. Er hat gesagt, er will seine Ruhe.«

»Ich komme später vorbei.«

Mad Mary schneidet in seine poschierten Eier. Das Eigelb läuft cremig über den Toast, dazu die perfekt geröstete Kartoffel und eine gebratene Tomatenscheibe. In Baxters Mund sammelt sich so viel Spucke, dass er dreimal schlucken muss.

Mad Mary drückt auf die Klingel zu Abteil A.

»Sir?«, fragt er mit fester Stimme. »Hier ist der Schaffner.«

Die Tür bleibt zu.

Mad Mary legt das Ohr an die Tür. Das wässrige Altdamenblau seiner Iris setzt sich deutlich vom blutunterlaufenen Rest des Auges ab.

»Bin gleich wieder da«, sagt er zu Baxter und stapft durch den Korridor davon.

Plötzlich geht die Abteiltür auf. Baxter fährt zurück, Esme klemmt sich auf seinen Schultern mit den Knien fest.

»LASS MICH IN RUHE!«, sagt Pudding. »VERDAMMT NOCHMAL!«

Esmes knochige Finger reißen Baxter fast die Ohren ab. Er schnappt ihre Fußknöchel, damit sie nicht abstürzt.

Puddings Lippen glitzern rot, schwarzer Kajal umrahmt seine Augen, genau wie bei Theda Bara in *Cleopatra*.

Mr. Pudding trägt ein grünes Kleid. Die Farbe frischen Laubs.

Eine lange Perlenkette, die ihm bis zum Bauch reicht, hüpft auf der schwer atmenden Brust auf und ab. Er trägt eine blonde Flapper-Perücke. Er ist schön. Er ist *wunderschön*.

»Oh«, flüstert Pudding und ballt eine Faust um seine Perlen. »Du bist es nur. Ich dachte, die blöden Schnepfen von nebenan hätten mich erkannt. Sorg dafür, dass der Schaffner verschwindet. Tisch ihm irgendeine Lüge auf. Außerdem hätte ich gern ein Roastbeef-Sandwich. Bitte.«

Pudding macht Anstalten, die Tür zu schließen. Hält inne.

»Hallo, Kleine«, sagt er.

Dann knallt er die Tür zu.

Bitte.

Mad Mary poltert durch den Korridor auf Baxter zu.

Bitte sagt nie jemand. Aber Pudding hat es umgehend wieder ruiniert, indem er ihm die Tür vor der Nase zugeschlagen hat. Als wäre Baxter kein *Mensch*. Mit *Gefühlen*.

Punch und Judy stecken die Köpfe durch die Tür ihres Salons.

»Was war das für ein Geschrei?«, fragt Judy. »Ist er aus seinem Abteil gekommen?«

»Der Passagier bittet lediglich um ein Roastbeef-Sandwich«, sagt Baxter mit einem höflichen Lächeln. »Er hat mich gebeten, ihm ein Roastbeef-Sandwich zu bringen.«

»Ein Roastbeef-Sandwich also«, sagt Punch, die Nase rund und rot, und blickt Judy an. »Ich könnte auch ein Roastbeef-Sandwich vertragen. Was ist mit dir, Judith?«

»Ein Roastbeef-Sandwich klingt absolut köstlich«, sagt sie und klatscht mit klimpernden Armreifen in die Hände. »Wir lassen uns ein Roastbeef-Sandwich bringen, genau wie Andrew Swain!«

»Boy«, sagt Punch, »bring uns zwei Roastbeef-Sandwiches!«

Klick. Klick.

Esme stößt ihm eine ihrer Fersen in die Brust.

Punch grinst breit, stolz, für sich und seine Frau gesorgt zu haben, der Jäger für die spiritistische Sammlerin.

»Andrew Swain?«, schnauft Mad Mary. »Haben Sie gesagt, *Andrew Swain*?«

»*Ja. Ganz. Genau.*« Judy klatscht vor Freude in die Hände. »Andrew Swain sitzt in diesem Zug! Er reist im Abteil neben *uns*! Und Mrs. Crane hat festgestellt, dass es in unserem Abteil spukt! Das ist wirklich der beste Urlaub meines Lebens.«

Boy. Baxter hebt mühsam die erschöpften Augenlider und nimmt die beiden in den Blick, ein höhnisches Grinsen glitscht über sein Gesicht wie ein Krake aus der Tiefsee, in seiner Brust löst der Hass eine tektonische Verschiebung aus.

Mad Mary tippt ihm auf die Schulter.

»Baxter besorgt Ihnen liebend gern zwei Roastbeef-Sandwiches«, sagt er. »Nicht wahr, Baxter?«

»Zwei Roastbeef-Sandwiches, sofort, Sir!« Sein Mund klickt sich wach wie der eines Menschen. »Ja, Sir!«

Mad Mary beruhigt Punch und Judy und bugsiert sie in ihren Salon zurück.

»Ich hätte auch gern ein Roastbeef-Sandwich«, ruft die Spinne von drinnen. Judy und die Spinne fallen sich in die Arme und beginnen, verzückt zu hüpfen.

So ein Glück!

»Du hast nicht gesagt, dass das in Abteil A *Andrew Swain* ist«, flüstert Mad Mary. »Das erklärt einiges. Er reist unter falschem Namen. Du holst ihm am besten gleich sein Sandwich.«

Zähne sind so viel logischer als Menschen. Wenn ein Zahn Ärger macht, zieht man ihn raus, und schon hängt er samt seiner gespreizten Wurzel in den Fängen der Zahnzange. Was faul ist, wird beseitigt. Das Loch im Zahnfleisch wird zugenäht. Einfach und sauber.

Puddings Zähne weisen Zahnstein am gesamten Zahnfleischrand auf. Sein Mund ist wie aller Leute Mund eine Protozoensuppe. Baxter stellt sich vor, wie er bei ihnen allen die Zange ansetzt. Ihnen den Kopf samt Wurzel rauszieht.

Pudding wirbelt in Seide und Perlen aus seinem Abteil und klopft an die Salontür nebenan.

Judy öffnet die Tür und kreischt.

»Hat eine von Ihnen gesagt, dass es hier im Raum spukt?«, fragt Pudding. »Sind Sie Sarah Crane, das berühmte Medium? Führen Sie private Séancen durch? Ich brauche eine private Séance.«

»Bitte, *kommen* Sie doch *rein*, Mr. Swain«, sagt Judy, die rosigen Wangen rosiger denn je.

Mad Mary kündigt an, alle Passagiere in die Wildnis hinauszulassen.

»Bitte steigen Sie nur im Wagen Renfrew oder im hinteren Aussichtswagen aus. Ladys und Gentlemen, halten Sie sich bitte vom Rand der Schlucht fern.«

Baxter öffnet die Klappe und steckt den Kopf aus dem Vorraum. Ein leichtes Lüftchen weht durch das Loch in den schwitzenden Zug. Die Sonne brennt, Küstenkiefernhaine und Pappelgrüppchen säumen die Gleise. Die zerklüfteten niedrigen Berge sind von Bäumen bewachsen, die höheren Berggipfel von Schneekapillaren überzogen. Eine blasse Schotterpiste kreuzt die Bahnstrecke, ein anderer Weg stürzt in die Schlucht ab: Der Zug steht mitten auf einer bleichen wahnsinnigen Kreuzung.

»Also, *das* hat nichts Gutes zu bedeuten«, sagt Baxter.

»Warum?«, fragt Esme.

»Tante Arimenta hat immer gesagt, es bringt Pech, sich länger auf einer Kreuzung aufzuhalten.«

Esme schnappt sich seinen Daumen und drückt ihm einen ihrer Fingernägel ins Fleisch.

Baxter steigt aus dem Zug und wird von einer frischen Bergbrise empfangen, die nach Kiefern und bitterem Harz duftet. Er hilft Fahrgästen, auf den merkwürdig bleichen Weg hinunterzusteigen. Esme steht neben ihm, berührt mit einer Hand sein Hosenbein.

Mad Mary und die Diener der anderen Wagen nehmen im Renfrew und im Aussichtswagen Fahrgäste in Empfang und lassen sie ins Freie. Baxter, Ferdinand, Templeton, Sprosse und A. P. helfen Fahrgästen die Trittstufen hinunter, stützen Ellbogen, fassen Hände, öffnen schützend die Arme für herunterspringende Passagiere. Mad Mary plaudert mit den Fahrgästen über die Aussicht und präsentiert den Wald, als seien die Bäume sein

Werk. Onkelhaft und selbstbewusst setzt er dieses bekloppte Vorhaben um, lustwandelt mit seiner überlauten Herzlichkeit im Kreis der Fahrgäste, obwohl er gerade die Eisenbahn-Dienstvorschriften in tausend kleine Stücke zerlegt. Was, wenn jemand von einem Bären gefressen wird? Baxter steigt kurz wieder ein, und Esmes Arme schließen sich um seine Knie, während weitere Passagiere durch die Korridore drängen und durch die Türen fluten, beim Anblick der Berge *Ah!* und *Oh!* rufen, die Luft so kühl und frisch, dass sie husten müssen. In der Schlucht wabert der Nebel. Beim wilden Ansturm auf den Ausgang lässt jemand eine halb gefüllte Schachtel Kekse fallen. Die übrigen Passagiere zertrampeln und zerkrümeln die Kekse auf dem Teppich, doch Baxter lächelt einfach weiter, unterdrückt die aufsteigende Wut. Pappe niest, schnäuzt in ein riesiges Taschentuch und bohrt es mit dem Finger in die endlosen Weiten seiner Nasenlöcher, während er aus dem Zug steigt. Papier hingegen bleibt im Wagen sitzen und arbeitet an seinem kleinen Tischchen weiter an den Unterlagen.

Draußen vor der offenen Zugtür steht Mad Mary auf einem umgefallenen moosbewachsenen Baumstamm und verkündet: »Ladies und Gentlemen, BITTE HALTEN SIE SICH VOM RAND DER SCHLUCHT FERN.«

Pappe galoppiert sogleich zum Rand der Schlucht und wirft die Arme in die Luft.

»Uh-huh-ho!«, ruft er. »Hallooooooo!«

Er tollt zurück zur Gruppe. Judy schlägt nach einem übergroßen Insekt, das ihren Kopf umkreist.

Draußen klammert sich Esme noch fester an Baxter.

»Esme«, sagt Oma, »nimm meine Hand, dann suchen wir schöne Blumen.«

Oma beugt sich zu Esme hinunter, die Augenbrauen zornig zusammengekniffen. Gleich werden furchtbare Worte über ihre Lippen purzeln.

Baxter kauert sich nieder, macht sich flach wie ein Grashüpfer, bis er auf Augenhöhe mit Esme ist. Er schließt die Lider, reißt sie aber gleich wieder auf, weil ihn ein versprengter Albtraum erwischt, in dem sich eine Eidechse im Staub windet. »Oma braucht dich jetzt, Esme«, sagt er.

Er will nicht hier sein an diesem Ort, zwischen diesen Bäumen und den zerklüfteten Riesenfelsblöcken mitten auf einer Kreuzung. Eigentlich müssten sie beide im Wagen Schutz suchen.

»Ich muss noch ein paar Krümel wegputzen. Kannst du Oma Gesellschaft leisten, während ich sauber mache?«

Das Rosa entweicht aus Esmes Gesicht. Mit der Inbrunst eines Hundes, der einem Menschen ins Bein beißt, rammt sie die Zähne in ihre eine Hand, schlägt sie ins eigene Fleisch, in die eigenen Knochen.

»Hör auf damit!«, sagt Oma, packt Esme an beiden Ellbogen und schüttelt sie. »Ich habe gesagt, du sollst damit aufhören!«

»Möchtest du noch ein bisschen in meinem Buch lesen?«, fragt Baxter.

Eiskristalle steigen vom Boden in seine Schuhsohlen auf.

Sie nickt, die Zähne klemmen noch im Handrücken, die Haut ist rot und roh.

»Kannst du mal meine Hand loslassen? Sogar ein Skarabäus lässt seine Beute manchmal los.«

Sie starrt Baxter an, starrt Oma an, Enkelin und Großmutter Spiegelbilder ihrer bitterbösen Empörung über die andere.

Baxter gibt Esme das Buch. Sie löst die Zähne aus ihrem Handrücken, um danach zu greifen. Oma führt sie zu einem baumbewachsenen Hügel, und Esme geht im Kreis wie ein Hund, der sich einrollen will, ehe sie sich auf den Boden plumpsen lässt und mit den Fingern den Skarabäus mit den stachligen Beinen nachzeichnet, der in den Leineneinband geprägt ist. Sie öffnet das Buch.

Oma mustert Esme, als wäre sie eine Warze auf ihrer Hand. Sie tätschelt sich den Hinterkopf, das mit Silberstreifen durchwirkte Haar, den schief hochgesteckten Dutt.

Baxter kehrt durch den Vorraum in seinen Wagen zurück, um die Kekskrümel aufzukehren, möglichst weit von der Kreuzung entfernt.

Aus einem Gestrüpp spilleriger immergrüner Sträucher beobachtet ihn ein Mann, dessen Gesicht aus lauter Molarreihen besteht. Baxter zuckt zusammen und versteckt sich in den eisernen Tiefen des Zuges, die Kehrschaufel in der Hand. Er reibt sich immer wieder die Augen, die rosa und feucht sind wie piepsende Vogelmünder und wenigstens ein einziges Würmchen Schlaf ergattern wollen.

Wenn Baxter die Kekskrümel aus dem Teppich gekehrt hat, wird er die ganze Prärie aus jeder Ecke und von jeder Oberfläche im Wagen abstauben. Sollten alle Fahrgäste den Wagen verlassen, wird er es heimlich mit ein paar Liegestützen probieren und einen kraftvollen Sprint im Stehen hinlegen, um sein Blut in Wallung zu bringen. Er wird zählen, wie viele Handtücher und Bettlaken er noch hat und wie viele gestohlen wurden, wie viele er bezahlen muss. Das wird an seinen ersparten 974,47 Dollar zehren. Wenn sich dieser Zug nicht bald in Bewegung setzt, wird ihm nichts übrigbleiben. Wenn dieser Zug nicht endlich weiterfährt, wird er verschrumpeln und sterben.

Draußen vor den Türen flanieren die Fahrgäste oder toben auf der Bergwiese herum; sie verschwinden zwischen Kiefern, tauchen wieder auf, schlendern Arm in Arm, stochern mit Stecken in Tannennadeln herum, zwischen schwammigem Moos, herabgefallenen Ästen und umgekippten Baumstämmen. Einige Männer tauchen ihre Füße, einige Frauen ihre Fingerspitzen in ein Bächlein, sie pflücken Wildblumen und bewundern lautstark die Berge (*Es liegt noch Schnee! Das sieht aus wie Zuckerguss auf einem Kuchen!*), sie grübeln und grummeln über die Verspätung.

Andrew Swain, im adretten Männeranzug, größer als alle anderen, diesmal ohne Kajal und Lippenstift, signiert in einem Pulk aus Fahrgästen Autogramme. Er hat breite ausdrucksvolle Lippen und unnatürlich helle große Zähne sowie eine dröhnend laute Stimme, die Baxter bis in den Wagen hören kann. Unterdessen erzählt Andrew Swain der Spinne von einem Geist, der am Set seines letzten Spielfilms das gesamte Team terrorisiert hat, und von einer Person, mit der er Kontakt aufnehmen muss, weil sie die Einzige ist, die ihm womöglich helfen kann.

Andrew Swain, *weltberühmter Vaudeville-Darsteller und Filmstar*, mitten unter ihnen! Sein welliges blondes Haar glitzert eisig in der Sonne.

Als Judy ihn am Arm packt und ihm in Erinnerung ruft, dass es in ihrem Abteil spukt, verzieht sich sein Lächeln schmerzlich.

Esme siedelt zu einem Baumstumpf in der Nähe des Zugvorraums um, legt sich Baxters Buch auf den Schoß und fährt mit den Fingern die Zeilen entlang, als lese sie die Wörter. Oma schreitet in der Pose einer Gebetsstatue hinter ihr auf und ab. Judy kommt von hinten angehüpft und ist drauf und dran, ihr auf die Schulter zu tippen. Baxter wendet sich ab.

Ohne die Passagiere, ohne Esme auf seinem Rücken, ohne das Rumpeln der Räder herrscht im Zug eine solche Stille, dass Baxter fast meint, die Blätter der verfluchten Bäume rascheln zu hören. Er nickt ein, schreckt wieder hoch. Der zitternde Mann kraucht in seinen schwarzen Socken auf Händen und Knien durch den Mittelgang, er sucht etwas. Kurz schwankt der Boden unter Baxters Füßen. Nur ganz kurz.

Die Spinne klettert allein zurück in den Zug. Sie steigt über den zitternden Mann hinweg und setzt sich in ihren Sessel.

Baxter schiebt den Teppichkehrer den Mittelgang rauf und runter. Solange er von einem Wagenende zum anderen geht, bleibt er wach. Immer einen Fuß vor den anderen, das leise Knistern seiner Hosenbeine, wenn sie sich streifen, das leise Quietschen der Schuhe, wenn die Lederschäfte an den ausgelatschten Sohlen zerren, das Schnarren des Kehrers, der immer denselben langen Teppichstreifen bürstet, Krümel und Brösel aufleckt, sein tiefes Ein- und Ausatmen. Vor einer Passagierin dürfte Baxter eigentlich gar nicht putzen, aber die Krümel der Kekse haben sich überall verteilt. Die Spinne, die sich über das halbgestickte Bild beugt, beachtet ihn nicht. Als Judy in den Wagen rauscht, weicht Baxter aus.

»Was ist das noch mal für ein Bild?« Judy keucht vor Anstrengung, hält langstielige lila Blumen in den Händen.

Baxter bückt sich und scheuert mit dem Handbesen auf einem verkrümelten Teppichstück herum, nicht zuletzt, um sich selbst wach zu kehren. War da Marmelade auf den Keksen? Tränen der Verzweiflung schießen ihm in die Augen. Er bleibt geduckt hocken, schrubbt, den Tränen nahe, auf den Teppich ein, würde sich so gerne hinlegen und die Augen schließen.

»Sie haben Bergastern gefunden«, sagt die Spinne.

Glockenblumen.

»Also. Ich sticke einen Rettich, der mit einer Schalotte tanzt.«

»Wie originell«, sagt Judy. »Ich habe überlegt: Könnten wir heute Abend wohl noch eine Sitzung abhalten?«

Baxters Kopf fällt nach vorne, er reißt ihn wieder hoch. Wach. Fast hätte er Wasser eingeatmet und wäre ertrunken.

Judy wirft sich gegenüber der Spinne in den Sessel.

Die Nadel der Spinne taucht fiepsend in den Stoff und auf der anderen Seite wieder hinaus.

»Was meinte Ihr Kontrollgeist gestern Abend mit der Kreuzung?«, fragt Judy.

»Das müssten wir ihn fragen.«

Baxter zupft mit den Fingern feine Krümel aus dem Teppich.

»Können Sie etwas über mich sehen? Können Sie etwas über den Zug sehen?«

Das Fiepsen der Nadel hört auf, nun fährt der lange Stickfaden fauchend durch den Stoff.

»Nur eine Sache?«, fragt Judy.

»Na gut«, sagt die Spinne. »Ich sehe die Fingerabdrücke einer Frau auf Ihrem Herzen.«

»Oooh!« sagt Judy errötend. »Also. Hmm. Und was ist mit dem Zug?«

»Da spüre ich nicht mehr und nicht weniger als anderswo auch. Ein paar ektoplasmische Spuren. Eindeutig ist nur die eines verstorbenen Schlafwagendieners, der in seinem Schmerz zwischen uns herumkriecht.«

Baxter unterbricht sein Zupfen.

»Wie schrecklich. Wie ist er denn gestorben?«

Baxters Herz stockt.

»Wir müssten meinen Kontrollgeist bitten, den Kontakt herzustellen.«

»Wie aufregend! Können Sie den Diener dazu bringen, mit uns zu reden?«

Nadel und Faden beginnen wieder zu fiepsen und zu fauchen.

»Wäre es Ihnen möglich, noch eine Séance durchzuführen? Können Sie herausfinden, welche weiteren Phantasmen in diesem Zug hausen?«

»Séancen erschöpfen mich körperlich sehr. Mit jeder Sitzung sterbe ich ein kleines bisschen. Deshalb muss ich ein Honorar verlangen. Andrew Swain braucht auch dringend meine Hilfe.«

»Oh«, sagt Judy. »Natürlich.« Judy senkt die Stimme. »Kommen Sie mit nach draußen. Da ist jemand, mit dem Sie reden sollten.«

Die Spinne steht auf, legt behutsam den Stickrahmen auf ihren Sitz, wischt sich ein paar Fäden vom Schoß und folgt Judy zum Vorraum.

Baxter kehrt emsig, während die beiden langsam zum Ausgang defilieren.

Er lugt aus dem Fenster.

Die Spinne folgt Judy und wird von Mad Mary die Trittstufen hinunter gelotst. Sie geht vorsichtig, winkelt die langen Gliedmaßen an und zieht die Knie bei jedem Schritt zu weit nach oben. Die beiden Frauen steuern auf Esme und Oma zu.

Baxter schubst verbissen den Kehrer durch den Mittelgang. Der Bürstenvorsatz rollt und rumst in die offenen Abteile, rempelt an Ecken und Teppichkanten. Der vielzahnige Mann steht auf, bleibt aber noch zwischen den Bäumen verborgen. Was würde geschehen, wenn Baxter das Gesicht des Mannes mit der Zahnzange traktierte? Er hat schon öfter Leute gesehen, denen das Gesicht fehlte. Sie hockten auf dem höchsten Ast eines Baumes, starrten aus Parlamentsgebäuden, lugten durch verrottete Fenster und Ladentüren, standen in Klohäuschen, an Flussufern, manchmal sogar in den Wolken und besonders oft natürlich auf Kreuzungen. Als Kind wachte er oft verängstigt auf und brachte keinen Ton heraus, allein in der sengenden Finsternis, um ihn herum nur das Zirpen der Grillen. Seiner Mutter konnte er nichts davon erzählen, denn sie behauptete immer, er denke sich das alles nur aus, wenn *sie* doch nur so viel Zeit für Geschichten hätte, woraufhin sie über dieses verweichlichte Kind den Kopf schüttelte und sich wieder ins Bett warf – wusste er nicht, dass sie wegen ihres Jobs früh aufstehen musste? Jedes Mal, wenn sie eine Kreuzung überquerten, kniff er die Augen zusammen und tat so, als wäre ihm Staub hineingeflogen oder als wolle er beten, Papa.

Baxter bückt sich und kratzt an einem geschmolzenen Geleebonbon, das an der Fußleiste klebt. Es lässt sich mit den Fingernägeln nur zur Hälfte abschaben, der Rest bleibt haften, der Holzlack löst sich mit dem Zucker ab. Aus einer Ritze unter der Fußleiste flieht ein winziges Pferd, es erhebt sich auf die winzigen Hinterbeine und galoppiert davon. Baxter reibt sich die Augen.

Als er noch sehr klein war, erzählte er Tante Arimenta von den Leuten, die kein Gesicht hatten oder ein seltsames, voll mit Zähnen oder als wären sie schon sehr lange tot. Da sie dabei nickend den Pfeifenrauch aus dem Mundwinkel blies, als beschreibe er das Wetter von gestern, berichtete er ihr immer mehr von dem, was er zu sehen glaubte. Ihr offenes Gesicht, die Weisheit der Älteren.

»Du hast schon als Baby schlecht geschlafen«, sagte sie. »Das sind die Leute aus deiner Schläfersippe, Süßer. Du musst nur lernen, nachts richtig zu schlafen, dann verschwinden sie ganz von allein.« Sie nahm sein Kinn zwischen die Hände und sah ihm in die Augen. Von ihrer Pfeife schlängelte sich eine dünne Rauchsäule empor. »Warum muss die Welt so klein sein«, sagte sie und klopfte ihre Pfeife am Brotfruchtbaum aus. »Sie ist einfach zu klein. Sogar diese Schuhe sind zu klein. Für Leute wie dich, mein Junge, ist sie viel zu klein.«

Viele Jahre lang war er der Einzige mit diesem Leiden, diesem Makel des Wahnsinns, dieser Fähigkeit, seltsame Dinge zu sehen, wenn er nicht genug geschlafen hatte. Dann las er eine Erzählung in *Weird Tales*.

»Die Wiedergänger« hatte der Autor sie genannt.

Baxter schrieb einen langen Brief an den Autor, der Bleistift kratzte sein Innerstes nach außen, entlud seine Gefühle auf das Papier. Am Ende der letzten Seite unterzeichnete er mit seinem Namen und las wieder und wieder seine eigenen Worte, bis ihm Tränen in den Augen standen. Unzählige Male sah Baxter nach, ob ein Brief gekommen war, aber der Autor antwortete nie. Doch dank der Geschichte »Die Wiedergänger« wusste er immerhin, dass er nicht der Einzige war.

Ein Fahrgast kreischt.

Mehrere Passagiere drängeln in Baxters Waggon, strömen trampelnd und polternd zu ihren Plätzen.

Miss Tupper sitzt, eine Hand über dem Mund, klagend da und wiegt vor und zurück. Judy sitzt neben ihr, den Arm um ihre Schultern gelegt.

»Also, das ist ein verstörender Anblick«, sagt Mrs. Tupper und drückt ihr Satin-Hinterteil in den Sessel gegenüber. Die Spinne nimmt wieder ihren geblümten Sitz ein, die Beine ihrer Spinnenhaarspange zucken und funkeln.

Nachdem sich der Nebel in der Schlucht gelichtet hatte, lugte Miss Tupper über den Rand. Die Sonne durchschnitt den Dunst, und der Schlund offenbarte seinen grässlichen Inhalt. Mehrere Eisenbahnwagen türmten sich auf dem Grund der Schlucht.

»Einfach hineingefallen«, sagt Mrs. Tupper, »über den *Rand*. Was ist mit den Passagieren passiert?«

Sie schließt das Rouleau neben sich, springt auf, läuft zu den anderen Fenstern und zieht auch dort die Rouleaus herunter.

»Diener, hilf mir!«

Baxter unterdrückt ein Seufzen und schließt ein Rouleau nach dem anderen.

Mad Mary betritt mit finsterem Blick den Wagen. »Das war ein sehr alter Zug, Miss, aus der Zeit, in der die Gleise verlegt wurden. Einem modernen Zug wie unserem mit seiner hervorragenden Technik und Konstruktion kann so ein Unglück nicht passieren. Aus technischer Sicht ist das völlig ausgeschlossen.«

Mrs. Tupper schürzt die Lippen.

»Diener«, sagt sie, »wir brauchen Riechsalz. Ich glaube, Carlotta fällt gleich in Ohnmacht. Und vielleicht ein bisschen Wasser.«

»Sagen Sie«, Miss Tupper wendet sich an die Spinne, »sehen oder spüren Sie eine der armen Seelen dort unten?«

»Ich müsste mich in Trance versetzen«, sagt die Spinne. »Nur so können wir uns dessen vergewissern.«

Die Spinne legt die Stickarbeit in ihren Schoß, schließt die Augen, schlägt ein Fußgelenk über das andere und macht es sich in ihrem Blumenpolster bequem.

»Wir brauchen noch eine Séance.« Judy, die beide Arme um Miss Tupper gelegt hat, streckt der Spinne eine Hand entgegen. »Wir müssen uns mit den Verstorbenen in Verbindung setzen, ihnen Trost spenden, sie bitten, uns sicher durch diesen Teil der Reise zu führen.«

Mrs. Tupper runzelt die Stirn, eine tiefe Falte gräbt sich zwischen ihre Augenbrauen. »Wir könnten auch einfach eine Kerze anzünden und beten.«

»Carlotta, der direkte Austausch mit den Geistern der Verstorbenen wird Ihnen Kraft geben«, sagt Judy zu Miss Tupper, »dessen bin ich mir sicher. Bei mir ist es so. Für mich ist es immer ein großer Trost, wenn ich mit meiner Mutter spreche, die an der Grippe verstorben ist. In unserem Abteil ist Platz für uns alle, wenn uns die Enge nichts ausmacht.« Sie faltet die Hände. »Eine wunderbare Idee.«

Sie wendet sich an die Spinne.

»Was brauchen wir, damit Sie Kontakt aufnehmen können? Wird das eine ektoplasmische Geisterbeschwörung werden, was meinen Sie?«

»Wer zahlt mein Honorar?«, fragt die Spinne.

»Wir könnten uns das Honorar teilen«, sagt Judy.

»Könnten wir?«, fragt Mrs. Tupper.

»Vielleicht können wir auch Kontakt mit der verstorbenen Mutter der kleinen Esme aufnehmen.«

»Und mit meinem Cousin Morley!«, sagt Miss Tupper. »Morley wurde im Krieg erschossen.«

Sie packt ihre Mutter am Arm. »Ich könnte vielleicht mit meinem Vater sprechen. Er starb, als ich noch ein Baby war. Ich habe so viele Fragen!«

Sie drückt den Arm ihrer Mutter. Ein Lächeln huscht über ihr Gesicht.

»Sie sind verwitwet und wieder verheiratet, Mrs. Tupper?«, fragt die Spinne. Sie fährt mit einem Finger um den Rand ihres Stickrahmens.

Mrs. Tupper schlägt ein Taschentuch auf und wedelt sich kräftig Luft zu. Die Falte auf ihrer Stirn hat sich noch vertieft. »Ich gehe nach draußen.«

In ihrer Eile schlägt sie sich die Hüfte am Sessel an.

»Dann auf in meinen Salon!«, ruft Judy. »Wir werden dich brauchen, Diener«, sagt sie.

Die in die Walnusstäfelung eingelassene Blume über Baxters Kopf blüht auf und verwelkt.

Die Spinne folgt den Frauen, die im Gänsemarsch durch den schlauchförmigen Gang zum Salon marschieren und sich dabei an den Blumenintarsien der polierten Kojen abstützen.

Sonnenlicht kriecht an den Rändern der Rouleaus in den Wagen; immerhin ist es erst kurz nach zwölf. Die Staubkörnchen, die im Salon durch die Lichtstrahlen wandern, und die kühlen Luftkringel, die an den Wänden hinabgleiten, lassen Baxter erschaudern. Er spürt die steinschwere Stille seines Elternhauses, riecht die permanente Enttäuschung. Er hält es kaum aus, nichts zu tun in diesem Raum, der so viel Melancholie verströmt.

Die Spinne nimmt Punchs und Judys private Toilette in Beschlag. Miss Tupper und Judy sitzen einander in der Finsternis gegenüber und halten Händchen. Baxter steht da, mit dem Steiß an der Wand.

Außer Atemgeräuschen ist nichts zu hören. Judy schnieft.

Die Klotür bleibt geschlossen.

Miss Tupper räuspert sich. Judy reibt über Miss Tuppers Daumen und hebt die Augenbrauen.

Draußen flirrt der Splitter einer Fahrgaststimme. Ein Vogel trällert. Ein anderer antwortet. Um sie herum türmen sich die Berge auf. Tief unter den Gleisen brodelt Magma.

Judy schnieft zweimal.

Ein Schlag in der Toilette.

Baxter zuckt zusammen. Miss Tupper keucht, Judy japst.

In der Toilette stößt die Spinne ein dumpfes Stöhnen aus.

Die Spinne beginnt, ein Lied zu pfeifen. Anzüglich, unziemlich.

Eine Melodie, die Edwin Drew immer pfiff. Baxters Herz schlägt schneller. Zu schnell.

»Hallo, hübsche Ladys«, sagt eine heisere Stimme hinter der Tür.

»Ist das Victor?«, fragt Judy.

Schweigen.

»Ich frage noch einmal«, sagt Judy, »ist das Victor, Mrs. Cranes verstorbener Bruder? Mrs. Cranes Kontrollgeist?«

»Was für eine saublöde Frage«, sagt die Spinne.

Judy hüpft vor Aufregung auf ihrem Sessel auf und ab.

»Jesses, hab ich Durst«, sagt die Spinne. »Was muss man hier anstellen, um ein Bier zu kriegen?«

Miss Tupper keucht.

»Victor ist manchmal ziemlich vulgär«, flüstert Judy Miss Tupper zu. »Das habe ich schon gestern Abend in meiner Privatsitzung festgestellt.«

»Ich sehe … «, sagt Victor in der Toilette, »ich sehe die Worte *Lustige Witwe*.«

»Das ist wohl die Operette?«, sagt Miss Tupper.

»Und einen Freund, der Sie innig liebt.«

»Wie nett«, sagt Miss Tupper.

Baxter drückt sich tief in seine Ecke.

Die Spinne stößt einen anerkennenden Pfiff aus. »Carlotta, Carlotta, warum heiraten wir nicht? Gib mir einen Kuss, Carlotta. Einen Kuss könnte ich gut gebrauchen.«

»Abscheulich«, flüstert Miss Tupper.

»Aber vielleicht könnten Sie es versuchen?«, flüstert Judy zurück.

Judy wedelt Miss Tupper mit den Händen zu, dann Baxter, dann wieder Miss Tupper.

»Oooooh«, stöhnt Victor lüstern.

»Victor kann recht gewöhnlich sein«, flüsterte Judy. »Wie ich gestern Abend erfahren habe. Mrs. Crane sagt, sie standen sich als Kinder sehr nah, aber seit er gestorben ist, na ja, da legt er gegenüber den Lebenden eine gewisse Missgunst an den Tag. Er ist, glaube ich, etwas eifersüchtig auf seine Schwester Mrs. Crane.«

»Da will ein schwarzer Mann mit Ihnen reden, Carlotta, süße Carlotta«, sagt Victor hinter der Tür.

»Was will der Mann denn?«, fragt Judy, die Miss Tuppers Finger festhält und ihre Augen weit aufreißt. »Was will er? Warum sollte er mit Carlotta sprechen wollen?«

Auf der anderen Seite der Tür tut es erneut einen Schlag.

»Was ist mit den armen Seelen in der Schlucht, Victor?«, fragt Judy. »Leiden sie schreckliche Qualen? Brauchen sie unsere Hilfe? Können Sie sie fragen, ob sie uns sicher durch die Berge bringen können?«

»Der Mann spricht«, sagt die Spinne.

»Aber was ist mit den toten Passagieren in der Schlucht?«

Die Tür zur Toilette öffnet sich, die Spinne tritt langsam heraus, die Arme vor sich ausgestreckt. Ihr Blick verliert sich in der Ferne. Sie bleibt stehen. Fällt auf Hände und Knie, öffnet den Mund. Erbrochenes ergießt sich auf den Teppich, spritzt auf ihre Hände. Baxter beißt die Zähne zusammen. Die nächste verdammte Sauerei!

Judy eilt mit einem Taschentuch herbei und wischt der Spinne den Mund ab. Ein widerlich süßlicher Gestank erfüllt das enge Abteil.

»Teleplasma!«, sagt Judy, beugt sich vor und stippt eine Fingerspitze in die Kotze. »Wie unglaublich aufregend!«

Oder einfach nur alter Haferbrei mit viel zu viel Sahne, denkt Baxter. Er kann sogar eine ganze Heidelbeere in der Pampe erkennen.

»Oh!« Miss Tupper hält würgend die Hände vor den Mund. »Ich muss mich gleich *übergeben.*«

Sie errötet erst, dann erblasst sie, sodass die Sommersprossen in ihrem Gesicht besonders hervortreten.

»Ich mache das gleich sauber, Madam«, sagt Baxter.

»Hören Sie etwas von den Leuten auf dem Grund der Schlucht?«, fragt Judy und umschließt das blasse schwitzige Gesicht der Spinne mit beiden Händen. »Victor, reden Sie mit mir. Hören Sie meine Mutter?«

Victor rülpst Judy laut und lang ins Gesicht. »Ihre Mutter ist mir sowas von schnurz. Ihre Mutter liegt unter der Erde.«

»Victor, hören Sie etwas von den Leuten in der Schlucht?«

Judy schreit jetzt fast. Sie beugt sich vor. »Wie ist der schwarze Mann, der mit Carlotta sprechen will, zu Tode gekommen?«, fragt sie. »Wie heißt er?«

»Ich will nicht mit Victor oder diesem Mann reden«, jammert Miss Tupper.

Baxter wankt, nur die Wand hinter ihm verhindert, dass er umfällt.

Miss Tupper bricht in Tränen aus.

Er stürzt aus dem Abteil, rennt durch den Korridor zum Schrank und holt einen Lappen, um den erbrochenen Haferbrei aufzuwischen. Wo ist Mad Mary? Durch das Fenster sieht er vor dem Hintergrund der mit Schneeadern überzogenen Berge Templeton, Mad Mary und Ingenieur Stanley miteinander plaudern. Natürlich, Mad Mary unterhält sich, statt seiner Pflicht nachzukommen.

Baxter macht auf dem Absatz kehrt und geht zum Salon zurück. Seine Klingel schellt. Er vollführt eine Pirouette, denn er weiß nicht recht, in welche Richtung er zuerst gehen soll. Und dringend aufs Klo muss er auch!

Die 96. Stunde. Beim Frühstück sitzen sie beengt hinter dem Vorhang, und weder Baxter noch die anderen Diener reden, Ferdinand nicht, Sprosse nicht, A. P. nicht, nicht einmal Templeton. Ihre Schläfrigkeit quetscht sich zwischen sie an den kleinen Tisch und treibt sie auseinander. Die drückende Stille des Zuges, seine Unbewegtheit, derweil sie sich durch die Flure dieses Bettenpalastes auf Rädern schleppen. Trockene Getreideflocken wandern zu langsam von Baxters Löffel durch den Schlund in die Speiseröhre. Er hat nur noch winzige Reste brauner Schuhcreme übrig, und jetzt geht ihm auch noch die schwarze aus. Wird er weiter für sein Essen zahlen müssen, obwohl es nicht seine Schuld ist, dass der Zug Verspätung hat? Sein Geld für die Mahlzeiten hat sich verflüchtigt und in Luft aufgelöst. Fünf Handtücher sind verschütt gegangen, einfach fort, das wird ihn auch teuer zu stehen kommen. Für diese Hölle in den Bergen – eineinhalb bis zwei Tage zusätzlich, er kommt mit dem Zählen gar nicht mehr mit – ist sein Budget nicht ausgelegt, mögliche zusätzliche Strafpunkte und schrumpfende Trinkgelder der immer grantigeren Fahrgäste noch gar nicht eingerechnet.

Im ersten Licht der Morgendämmerung – Mad Mary hat endlich Gnade walten lassen und den Dienern erlaubt, den stickigen Zug für eine Verschnaufpause zu verlassen –, versucht Baxter im Gebüsch mit Kalisthenie-Übungen munter zu werden. Schnaubend und schnaufend macht er Hampelmänner, Liegestützen, Kniebeugen, springt abwechselnd auf das rechte und das linke Bein, gerät aber aus dem Gleichgewicht, weil seine Beine die mechanischen Phantombewegungen eines fahrenden Zuges auszugleichen versuchen. Als er für eine Sekunde die Augen schließt, liegt er in einem winzigen Traum auf einer unglaublich bequemen Matratze, weich genug für die Prinzessin auf der Erbse und die Erbse ihrer Erbse. Templeton schlendert vorbei und fächelt sich in der Hitze mit dem Fahrplan Luft zu. Durch eine grüne Astgabel sieht Baxter Mad Mary und Ferdinand über etwas beratschlagen, das weiter vorn im Zug geschieht, und als er sich tiefer ins Gebüsch duckt, sticht ihm ein Ast in den Ellbogen. Hoffentlich hat er sich seine weiße Jacke nicht schmutzig gemacht. Er hat drei Hemden mit auf diese Tour genommen. Selbst wenn es ihm gelingen sollte, Flecken zu vermeiden, bekommt er Strafpunkte, weil sich im Laufe der Tage und weiterer Tage Staub auf den Hemden sammelt. Verdammt. Seine Schultern sinken herab. Er spritzt sich kaltes frisches Wasser aus dem Bergbach ins Gesicht, trinkt schmelzenden Gletscher, taucht die Hände so lange ins Wasser, bis sie eisig sind, um sich wach zu halten und zu beruhigen. Mit zittrigen Beinen und frostig tauben Händen steigt er wieder in den Vorraum.

Der Zug hat zwei Nächte minus zwei Stunden Verspätung. Baxter fragt sich, ob der Diener, dessen Tour er übernommen hat, seine Lungenentzündung mittlerweile überstanden hat und wie er mit dem Verlust des Geldes und dem Makel der Unzuverlässigkeit zurechtkommt, der mit jeder Erkrankung wächst. Vielleicht liegt er die ganze Zeit nur im Bett und schläft seit sechsundneunzig Stunden.

Er begrüßt Dr. Hubble aus Abteil B.

»Schöner Tag«, sagt Dr. Hubble und haut sich die Stirn am Türrahmen an.

Diese Tour wird niemals enden. Baxter zieht sich in die Toilette zurück. Er fiebert, er zerspringt innerlich.

Er zieht die Postkarte aus der Tasche. Klappt sie auf. Endlich gestattet er sich, die Hand in den Schritt zu legen, den Hosenschlitz aufzuknöpfen.

Da fliegt die Tür auf. Baxter erschrickt und knallt rückwärts gegen die Wand. Die Postkarte segelt zu Boden.

Dr. Hubble blickt ihm nicht mal eine Sekunde lang in die Augen, Baxter starrt zurück, dann schließt der Doktor die Tür hinter sich.

Hastig umfasst Dr. Hubble seine Hand, presst sich an ihn, reibt seinen Schwanz. Baxter löst die andere Hand und reibt wiederum den Doktor.

»Ich habe gesehen, wie du es dir besorgt hast, weißt du«, keucht der Doktor.

Baxters Zunge ist zu dick, als dass er etwas sagen könnte.

Sie bewegen sich lautlos, atmen einander in den Mund, die Zähne stoßen aneinander, als Baxter ihn küsst, begierig, seine Zähne mit der Zunge zu spüren. Die Haut des Doktors ist nass unter Baxters Fingern, die sich dunkel abheben von der tödlichen rosa Haut dieses weißen Mannes.

Baxter lässt sich fallen, taucht ab.

Innerhalb weniger Augenblicke haben sie sich verausgabt, ihre Hände sind nass vom Sperma des anderen. Baxter wischt sie sich ab, streicht die Jacke glatt. Er schnappt sich die Postkarte, geht hinaus in den leeren Korridor, das Blut braust, die Hüften fließen nach der plötzlichen Befreiung.

Am Ende des Flurs neben dem Raucherabteil schellt seine Klingel.

»Nicht. Zu. Glauben«, sagt Punch, den Mund voller Geleebonbons.

»Deine Schwester bekommt Zustände«, sagt Judy. »Sie glaubt bestimmt, wir machen das absichtlich. Sie wird es irgendwie mir in die Schuhe schieben, die alte Krähe, ich weiß es.«

»Jetzt bekommen wir das Geld nie.«

»Welches Geld?«, fragt Judy.

Zum ersten Mal steigt ihr Hitze in die Wangen.

»Sie haben geläutet, Madam? Sir?«, fragt Baxter.

»Das musst du nicht wissen«, sagt Punch.

»Welches Geld?«

Tränen schimmern in ihren Augen, und sie streckt Punch die Hände entgegen.

Die Salontür knallt zu. Baxter eilt davon.

Miss Tupper sitzt wieder auf ihrem Platz, die Augen wie rote Löcher im Gesicht. Sie tupft sich die Nase mit einem bestickten Taschentuch.

Die Unruhe der Fahrgäste gärt vor sich hin.

Diese unendliche Tour. Aus irgendeinem Grund weigert sich der Zug zu fahren und verharrt am Rande einer Todesschlucht mitten auf einer Kreuzung.

Baxter fährt mit dem Staubtuch immer und immer wieder über dieselbe Blumenintarsie in der Walnusstäfelung. Etwas anderes als seinen Arm kann er nicht bewegen. Er ist eingeschlafen, er schläft im Stehen, und im Schlaf kümmert er sich weiter um seinen Waggon. Er würde sich am liebsten die eigene Kehle herausreißen.

Es ist später Nachmittag. Nachdem die Angst vor den Toten in der Schlucht gegen die übermächtig gewordene Langeweile und den Lagerkoller verblasst ist, haben die Ladys grazil draußen auf Decken Platz genommen. Das Picknick auf der Wiese umfasst für die Damen Pumpernickel, Eier und Brunnenkresse-Sandwiches, die der Koch extra für sie eingepackt hat; die Männer rauchen und gestikulieren kraftstrotzend mit den Armen. Abgekämpfte Kellner bringen Tabletts mit Tee, Kaffee und dem einen oder anderen Wein oder Whiskey, die weißen Jacken schimmern im letzten Sonnenlicht. Etwas abseits besprechen sich Pappe und Papier, mit gesenkten Köpfen und heftig mahlenden Kiefern.

Die Person mit dem nur aus Zähnen bestehenden Gesicht hockt hoch oben in einer Küstenkiefer.

Ein Mann, der in einem Pulk von Passagieren eine Zigarette raucht und an einem Cocktail nippt, lacht so hysterisch über einen Witz, dass er sein Getränk verschüttet.

Esme studiert weiter *Der Skarabäus vom Jupiter*, als verstünde sie die Wörter. Wie es aussieht, hat sie schon drei Viertel gelesen. Bald bricht die Nacht herein, und Esme wird wieder auf Baxters Rücken klettern.

Das Staubtuch liegt warm in seiner Hand, die Intarsienblume blüht langsam auf, während er mikroskopisch dünne Lackschichten wegrubbelt. In einem anderen Teil des Zuges schreibt Dr.

Hubble mit kratzender Füllfeder einen Brief an seinen Freund David, der in einer Gefängniszelle sitzt.

Aus dem Vorraum dringt helles Stimmengewirr. Zwei streitende Frauen.

Das geht außer uns niemanden etwas an, sagt eine der Stimmen, als Baxter die Tür zum Vorraum öffnet.

Mrs. Tupper hält Miss Tupper an den Schultern fest, die beiden stehen einander Stirn an Stirn gegenüber. Baxter nickt ihnen zu. »Guten Tag, Mrs. und Miss Tupper«, sagt er.

Ihm kommt es seltsam vor, dass sie sich im heißen Vorraum zanken, wo sie doch sonst ihre Scharmützel ungeniert in aller Öffentlichkeit austragen. Baxter könnte sich die beiden gut vorstellen, wie sie sich mitten auf der Bergwiese in die Haare geraten und in Klee und Bärenkot wälzen. Aber nun stehen sie hier in der gespenstisch gefährlichen Stille des Vorraums. Als er an ihnen vorübergeht, wenden sich die Frauen voneinander ab, nehmen die Störung zur Kenntnis, und der Augenblick stockt, vergeht zu langsam, zieht sich, als durchquere Baxter Seite an Seite mit den beiden einen Sumpf. Die Augen der Mutter sind braun wie eine Haselnuss, die der Tochter braun wie ihre Sommersprossen, nicht die Sommersprossen einer Rothaarigen.

Sie antworten ihm nicht.

Er öffnet die Tür zum nächsten Wagen. Geht hindurch.

»Diener!«

Er dreht sich um. Mrs. Tupper.

Mrs. Tupper wirft über ihre Schulter einen Blick auf ihn.

»Wie heißen Sie?«, fragt Mrs. Tupper.

»Hör auf damit!«, sagt Miss Tupper.

»R.T.«, sagt er mit knarzender Stimme. »R. T. Baxter, Madam.«

»Ich heiße Sylvia, Mr. Baxter, und das ist meine Tochter Carlotta. Ich wollte Sie etwas fragen, Mr. Baxter –«

»Hör auf damit, habe ich gesagt!« Carlotta packt sie am Ellbogen und zieht sie zurück. »Mutter!«

»Der Mann, den Carlotta als ihren Vater kennt, ist gar nicht ihr Vater. Das mag ungewöhnlich sein, aber was mich angeht, sehe ich nichts Unrechtes darin.«

»Gewiss, Madam?«, fragt Baxter.

Carlotta zieht ihre Mutter zu sich heran und verpasst ihr eine Ohrfeige. Blut schießt in Carlottas Gesicht, es verzerrt sich zu einem Schluchzen.

Sylvia nimmt Carlotta fest in den Arm.

Baxter zerknüllt den Fahrplan in seiner Hosentasche.

Sylvia drängt ihre Tochter zur Tür, die nach draußen führt. Die beiden gehen an ihm vorüber von drinnen nach draußen.

Carlotta und ihre sommersprossige Nase. Ihre braunen, fast schwarzen Augen schauen, während sie Baxter passiert, direkt in die seinen.

Der Himmel öffnet seine Schleusen. Vor den Fenstern geht der Regen nieder, prasselt und trommelt auf das beschlagene Glas. Baxter hilft Fahrgästen beim Einsteigen, ergreift Hände, fasst nach unsicheren Armen und Ellbogen, während es draußen wie aus Kübeln schüttet. Pappe quasselt auf dem Weg in den Vorraum etwas von den unvorhersehbaren Wetterkapriolen in diesem Teil des Kontinents; Judy, die Baxters Hand nimmt und sich von ihm nach oben schieben lässt, vermutet, dass die rastlosen Geister aus der Schlucht mit diesem Platzregen ihren Unmut äußern. Als Nächste geht die Spinne an Bord. Kleine lila Blütenblätter tupfen wie Konfetti das Haar der Frauen, vereinzelte Kiefernnadeln stecken in der Kleidung der Männer, an ihren Fingern klebt stechend riechendes Harz. Der Spinne pappt Walderde am Saum des langen altmodischen Rocks.

Als Dr. Hubble in den Zug klettert, hält ihm Baxter die Hand hin, um ihm hoch zu helfen. Ihre Hände umschließen einander.

»Danke, Diener«, sagt Dr. Hubble.

Esme krabbelt wieder auf Baxters Rücken, umschließt mit beiden Händen seinen Adamsapfel und die beiden segeln hinauf in die dunkle Metallhülle des Vorraums.

Punch hat es seit einer Weile aufgegeben, alle möglichen Leute zu fragen, wann der Zug weiterfährt. Baxter bringt ihm einen Kaffee in den Salon. Punch dreht auf seinem ausladenden Bauch Däumchen. Seine klebrige Hand hatte er vorher auf das angelaufene Fenster gelegt, der Handabdruck ist noch zu sehen, dahinter fisselt der Regen. Punch tut Baxter fast leid, weil er seine Schwester in Sicamous verpasst. Aber dieser napfkuchenförmige Mann ist wahrscheinlich so reich, dass er sich Sonnenschein kaufen könnte, wenn er wollte.

Dann schellt die Klingel. Die Tuppers.

»Sie haben geläutet, Miss?«

»Diener«, fragt Carlotta.

»Er heißt Mr. Baxter«, fällt ihr die Mutter ins Wort. »Mr. Baxter hat einen Namen wie wir anderen auch.«

»George«, sagt Carlotta, »mein Kopf fühlt sich an, als tobte ein Gewitter darin. Haben Sie irgendein Kopfschmerzpulver?«

Klick. Klick klick. Klick.

»Er heißt nicht George! Du weißt es doch besser, Carlotta Tupper, du weißt es besser«, sagt Mrs. Tupper.

Carlotta schweigt. Sie presst sich die Hände auf den Magen, ihr Atem geht stoßweise und stockend.

»Wie meinen Sie das, sie weiß es besser?«, fragt die Spinne, die Kiefernnadeln kreisförmig um sich verstreut.

Die Luft im Wagen ist feucht von den nassen Wollmänteln, die sich alle um die Schultern gelegt haben. Angesichts der ewigen Ewigkeiten, die ihr Wagen nun schon auf dem Nebengleis steht, verebbt sogar das Geplapper der Fahrgäste. Baxter setzt sich auf seinen Hocker. *Die Krone der Prämolare ähnelt in der wangenseitigen Mundhälfte der Krone des Caninus* er hat die Prämolare des Doktors abgeleckt, so tief ist er mit der Zunge vorgedrungen *doch in der lingualen Mundhälfte hat eine richtiggehende Revolution stattgefunden.* Baxter passt sein Körper nicht mehr, die Arme sind zu schlaksig, der Nacken zu schlaff. Wahrscheinlich wird sich der Doktor etwas ausdenken, damit man Baxter kündigt. Verzweiflung kann in Hass umschwenken.

Vor dem Fenster schleckt ein Elch am nassen Glas, die dicke Zunge hinterlässt eine riesige Schneckenspur. Er leckt und saugt an der Fensterbrüstung. Aber der Elch muss auf Stelzen stehen oder schweben, wieder so eine Halluzination. Baxter steht auf, wendet sich ab von dem riesigen Kopf, der auf der anderen Seite des Glases schlabbert, und reibt mit einem Lappen unermüdlich über die Fingerabdrücke auf den Intarsien rund um das Fenster. Wildrosen aus feinsten Holzspänen. Auch Baxter besteht aus Holzspänen. Zusammengeklebt und mit Elchspucke poliert. Das klingt alles einleuchtend.

Esme wischt mit einem grünen Tuch über eine Fußleiste.

In dieser Nacht legen sich die meisten Fahrgäste umstandslos in ihre Kojen. Niemand hat Sonderwünsche, niemand braucht ein anderes Kissen, niemand verschüttet etwas. Augenblicklich setzt die Sinfonie aus Schnarchen und Seufzen ein, lauter, da die Dampfmaschine ihr unerträgliches Schweigen fortsetzt.

Baxter putzt Schuhe, schabt Schlamm und Kiefernadeln, Moosfetzen und trocknende Harztröpfchen weg. Esme schmiert ihre eigenen Stiefelchen mit Creme ein.

Die Klingel läutet.

»Diener!«, verkündet Judy wichtigtuerisch in der Tür. »Victor ist zu dem Schluss gelangt, dass es tatsächlich einen Geist gibt. Ob es ein Geist ist, der in diesem Zug haust, oder *jemand anders*, vermochte Victor nicht zu sagen. Es wäre hilfreich, die kleine Esme hier zu haben.«

Judy zieht sich in den vollgestopften Salon zurück, der groß ist, aber auch wieder nicht *so* groß. Die kühle Luft schwirrt in den Ecken, träufelt von der Decke.

Esme, angespannt und am ganzen Körper verkrampft, drückt sich in Baxters Arme.

Im Salon riecht es nach Wachs, nach verbranntem Kerzendocht und menschlichem Atem. Es ist weit nach Mitternacht, Punch, Judy und Oma sitzen eingezwängt da, Judy und Oma sind in Schals gehüllt.

Auf der Toilette pfeift Victor eine Zeile aus dem Lied »Souvenir«.

Baxter atmet tief ein, sucht, um diesem Raum zu entfliehen, nach dem beruhigenden und beständigen Duft einer Kiefer draußen, dem Geruch erkalteten Schwarzpulvers nach der Sprengung einer Steinmauer, eines kleinen Wasserfalls im Unterholz, ja selbst eines Getreidesilos weit weit weg. Nach irgendetwas anderem als seinem eigenen elenden Geruch.

All diese Leute sollten doch eigentlich in ihren noblen Betten schlafen.

Eine von Esmes Haarschleifen schlängelt sich auf Judys Schoß.

Diese Monster.

»Die Mutter des kleinen Mädchens«, flüstert Victor aus der Toilette.

»Tot, von eigener Hand!«, brüllt Victor.

Baxter schlägt die Hände über Esmes Augen, Esmes Ohren. Oma springt keuchend auf, stolpert über die anderen hinweg, um ihm Esme aus den Armen zu zerren. Esme kreischt, tritt nach der Großmutter, hängt sich an Baxters Hals.

Auf der Toilette murmelt die Spinne mit ihrer eigenen Stimme: »Irgendwie bekomme ich die Tür nicht auf. Hilf mir doch mal jemand.«

Judy applaudiert begeistert.

Sie hätten schon vor Tagen in Vancouver einfahren müssen. Im leeren Speisewagen steht Mad Mary am Tisch der Diener, die auf vertrockneten Rosinenbrötchen herumkauen, und hakt mit dem Bleistift eine Liste ab. Er teilt ihnen mit, dass die Fahrgäste der Kojen nicht mehr duschen dürfen, weil das Wasser knapp wird, es hilfreich wäre, sollte der Zug am Morgen immer noch nicht fahren, wenn sie ein Konzert für die Passagiere veranstalten könnten, singen, tanzen oder musizieren. »Kennt jemand irgendwelche Lieder? Können wir im Chor singen? Ein Konzert geben?«

»Ich frage mal Mr. Swain, ob er freundlicherweise eine Vaudeville-Show vorführen könnte«, sagt Mad Mary. »Unterhaltungskünstler machen so etwas ja gern.«

Die Diener hören kauend zu, wie Mad Mary seinen wunderbaren Plan erläutert. Baxter ist froh, dass er keine Begabungen hat. Esme nagt zu seinen Füßen unter dem Tisch auf einem Stück Speck herum. Oma wird sich freuen.

»Ich habe meine Trompete dabei«, sagt Templeton.

»Und du deine Mundharmonika«, sagt Mad Mary zu Ferdinand.

»Glaub schon«, sagt Ferdinand.

»Du könntest auch deinen Drachen fliegen lassen.«

»Kein Wind.«

»Du hast den Drachen auch schon ohne Wind steigen lassen.«

»Aber ... aber ... «, sagt Ferdinand.

»Ganz schön kompliziert«, sagt Mad Mary. »Baxter, könntest du den Black Bottom tanzen, wenn wir die Musik dazu machen? Du weißt doch bestimmt, wie der Black Bottom geht.«

Esme krabbelt unter dem Tisch hervor und lehnt sich an Baxter. Sie nimmt noch einen riesigen Bissen von ihrem Speck. Butterkekskrümel kleben an ihrer Wange.

»Den Black Bottom kenn ich nicht. Tanze nicht.« Baxter blickt auf Esmes zerzaustes Haar herab.

Sie müsste mal gekämmt werden.

»Tanzt du nicht, oder kannst du nicht tanzen?«, sagt Mad Mary. »Was zum Teufel meinst du damit?«

»Mmmhmmm«, sagt Baxter.

»Tanzt du nicht, oder kannst du nicht tanzen?«, wiederholt Mad Mary. Er schürzt die Lippen und bleckt die Zähne.

»Kann nicht«, sagt Baxter. »Zwei linke Füße!«

Er gähnt. Sie gähnen alle, einer nach dem anderen, sogar Mad Mary.

Esme mampft mit gespitzten Lippen den letzten Bissen Fett und entfernt schließlich mit kreisender Zunge eine Rosine, die sich zwischen den Vorderzähnen verklemmt hat.

»Kannst *du* tanzen?«, fragt Mad Mary A. P.

A. P. fällt das Kinn aus der Hand, er reißt den Kopf hoch und blinzelt heftig den Schlaf weg.

»Wo sind wir?«, krächzt A. P.

»Ach, vergiss es«, sagt Mad Mary.

Auf der Bergwiese, wo noch Regentropfen vom Vorabend glitzern, klatscht das Publikum anerkennend in die wohlgenährten Hände, an denen die Ringe nur so blitzen. Die Passagiere fläzen sich unter der zornig brennenden Nachmittagssonne auf ihren Decken.

Ferdinand versucht vergebens, seinen Drachen zum Fliegen zu bringen; sein verschwitztes Gesicht sieht aus, als würde er gleich in Tränen ausbrechen. Er stolpert mehrmals, immer wieder schlägt dabei der rote Drachen dumpf auf dem Boden auf.

Andrew Swain, im grasgrünen Kleid, mit rot glänzenden Lippen und einer kunstvollen goldenen Perücke, singt in hohem Falsett »Me and the Boyfriend«. Bei der Zeile *I'm only twenty, and he's fifty-threeee* lacht das Publikum, und auch Baxter klatscht.

»Und nun«, kündigt Judy an, »das Blumenduett aus *Lakmé*.«

Sie verschlingt ihre Hände. Andrew Swain stellt sich Auge in Auge vor sie und zieht ihre Hände sanft auseinander.

Er nickt. Sie nickt zurück.

Ihr Gesang wogt opernhell.

Andrew Swains Stimme windet sich um Judys, tanzt mit ihr, der lachenden Blume, bis der letzte Tremoloton verklungen ist.

Das Klatschen des Publikums schwillt dankbar zwischen den Bäumen und hüpft über das Bächlein.

»Als Nächstes«, kündigt Mad Mary an, »Diener Templeton!«

Er breitet die Arme aus. Templeton steigt mit seinen polierten Schuhen auf einen morschen Baumstamm und spannt die Lippen. Er lächelt nach links, nach rechts und hebt die Trompete an den Mund. Der erste Ton schallt hinaus ins Amphitheater der Berge.

Beim goldenen Klang von Templetons Atem schießen Baxter Tränen in die Augen.

Zum Abschluss fordert Mad Mary alle auf – Fahrgäste, Diener, Kellner, Ingenieur, Bremser, Heizer –, »God Save the King« anzustimmen. Mad Mary selbst singt mit rauer Stimme, lauter als alle anderen.

Baxter tippt sich mit den Händen auf die Oberschenkel, er flüstert die Worte nur. Die Seitenblicke, die Punch und Judy ihm deswegen zuwerfen, ignoriert er geflissentlich. Er schwankt, taumelt, richtet sich auf.

»Da schläft einer bei der Arbeit ein, wie ich sehe.« Judy lacht.

Carlotta Tupper steht etwas abseits. Sie hat die Arme verschränkt, applaudiert nicht, als der Gesang verebbt, nicht einmal, als ihre Mutter sie in die Hüfte kneift.

Dr. Hubble lacht, unterhält sich mit Mad Mary, mit Punch, mit Fahrgästen aus anderen Wagen. An seinem Hinterteil prangt ein Fleck, wahrscheinlich hat er sich versehentlich auf einen feuchten Stamm gesetzt. Er hat Augen für alle, nur nicht für Baxter.

Aus dem Wald hinter ihnen ertönt ein Schrei.

Pappe und Papier brechen zwischen den Bäumen hervor, Pappe zieht Papier das Hemd über den Kopf, Papier fuchtelt mit den Armen, Papier boxt Pappe in den Schritt. Sie fallen hin und kugeln mit schlagenden Händen, wedelnden Armen und tretenden Beinen über den Boden.

Andrew Swain hebt sein Kleid an, stürzt sich auf die Männer und stößt sie mit den Köpfen zusammen. »Nicht! Während! Einer! Show!«, sagt er.

Mad Mary zerrt Pappe am Ellbogen weg, Andrew Swain sitzt auf Papiers Brust, die Kampfhähne haben blutende Nasen und zerzaustes Haar, abstehende Hemdkragen, Grasflecken auf Knien und Ellbogen, die Köpfe voller Blütenblätter.

Pappes Gesicht ist völlig verdreckt, Papier muss es ihm in den Schlamm gedrückt haben, über seine Wange läuft ein langer Kratzer.

Wieder bricht eine Nacht herein.

Oma zerrt die brüllende Esme hinter sich her.

Baxter kehrt einen der Vorräume, dessen Boden voller Kiefernnadeln ist. Die Tür wird aufgestoßen. Es ist Judy, aufgelöst in Tränen, gefolgt von Punch, der die Hand nach ihr ausstreckt.

»Ich will nach Hause«, sagt Judy und schiebt Punchs Hand weg. Sie zerrt an der Tür zum nächsten Wagen. »Sicamous ist mir egal.«

»Meine Liebe«, flüstert Punch, »uns bleibt gar nichts anderes übrig, Sicamous darf uns nicht egal sein.«

Er zieht die Tür für sie auf.

»Warum?«, fragt Judy. »Warum hast du mir das nicht früher erzählt?«

Die Tür schließt sich hinter ihnen.

Baxters Klingel läutet. Er schüttelt den Besen aus, ehe er sich darum kümmert. Der Pfeil neben Abteil B hat sich gedreht. Dr. Hubbles Abteil.

Mit zitternden Fingern drückt Baxter auf den runden Klingelknopf neben der Tür.

Keiner von beiden sagt einen Ton. Kein *Sie haben geklingelt, Sir?* Kein *Ich möchte etwas zu trinken, Diener.*

Der Doktor fasst nach seiner Hand und hält sie fest wie beim letzten Mal, nur länger. Der elektrische Schlag, die erregende Berührung von Haut auf Haut. Baxter zieht den Doktor an sich, sie stoßen zusammen, Baxter atmet seinen Geruch ein, der Doktor vergräbt sein Gesicht in Baxters Hals.

Er dürfte nicht hier sein. Sechzig Strafpunkte. Er wird sein Leben in einer Gefängniszelle beenden. Ohne einen einzigen gesparten Dollar. Bestenfalls wird er für nicht einmal den halben Lohn auf Güterzügen malochen. Er dürfte es nicht zulassen, dass der Mann die Knöpfe seines Hosenschlitzes öffnet. Baxter legt dem Doktor die Hände auf die Schultern, wie um ihn wegzustoßen, seine Haut lechzt nach Haut, er wird den Rest seines Lebens im Gefängnis verbringen.

Edwin Drew.

Hoffentlich bezahlt ihn der Doktor nicht, hoffentlich gibt er ihm kein besonders großzügiges Trinkgeld oder gar einen halben Geldschein. Der Mund des Doktors drängt mit ungeheuerlicher Geschicklichkeit, als hätte er es schon oft getan. Vielleicht ist Baxter für ihn nur ein mannsförmiges Möbelstück. Nützlich. Baxter versucht, es hinauszuzögern. Als er des Doktors Zähne über seinen Schwanz streifen spürt, stürzt er über die Klippe, rast in qualvoller Lust mit dem Kopf voran in die Tiefe.

Er vergisst Edwin Drew. Aber nur für einen Augenblick.

Omas Klingel schellt. Esme hat gewonnen. Mal wieder.

»Sie hört nicht auf, mich zu treten«, sagt Oma.

Esme ist wieder bei ihm. Baxter weiß nicht genau, was sie sieht und was nicht, und er weiß nicht genau, ob es ihn noch kümmert. Er öffnet den Wäscheschrank, um weitere Handtücher herauszuholen. Der zitternde Mann hat sich mit klappernden Zähnen in das unterste Regalfach gequetscht. Der Mann ist Baxter. Baxter der Mann. Der Mann im Wäscheschrank hört auf zu klappern, das Geräusch lässt nach, bis es schließlich ganz verstummt.

Baxter sackt auf seinen Hocker. Esme spielt auf dem Boden neben seinen Füßen mit Karten.

Er schreckt hoch. Esme ist verschwunden, seine Brille hängt an einem Ohr, die Jacke ist oben geöffnet. Er klopft sich auf die Brust, befühlt die Innentasche. Die Postkarte. Die Tasche ist nur ein leerer Beutel aus Seide. Die Postkarte.

Er springt auf, stürmt los, das Herz im Brustkorb zum Gletscher erstarrt. Vielleicht sollte er sich jetzt einfach aus dem Zug direkt in die Schlucht stürzen.

Im Korridor steht Esme auf Zehenspitzen, ein leises Wimmern in der Kehle, und greift nach den Händen ihrer Oma, die das Bild auf Baxters Postkarte in Augenschein nimmt. Judy steht in der offenen Salontür, die Spinne linst um die Ecke. Alle betrachten die Postkarte. Alle wenden Baxter gleichzeitig den Kopf zu. Sein Job ist dahin, sein Leben ist dahin.

Hinter ihnen nähern sich Schritte, und Mrs. Tupper erscheint in ihrem schimmernden Kimono mit einem Becher Wasser in der Hand.

Sie lacht.

»Was ist denn hier los?«, fragt sie. »Warum sind alle noch wach?«

Sie schiebt sich an Baxter vorbei und nimmt Oma die Postkarte aus der Hand.

»Ach«, sagt sie. »Sieh an.«

»Was soll das alles?«, fragt sie Baxter.

»Jemand hat sie beim ersten Halt liegen lassen«, sagt Baxter. »Ich habe sie im Waggon gefunden. Beim Saubermachen.«

»Ich sorge dafür, dass du entlassen wirst.« Oma hält Esme an den Schultern fest, drückt sie an sich, ihr Mund ist bis oben hin voll mit Zähnen, so spitz, so gelb wie das Gebiss eines kleinen Tieres.

Esme windet sich, Oma gibt ihr einen Klaps auf den Kopf, dass die Haare hochfliegen. Esme duckt sich koboldklein, ihre Pupillen verengen sich zu Schlitzen.

»Sowas!«, sagt Mrs. Tupper.

»Esme hat gestohlen«, sagt Oma unwirsch. »Aber dieser Boy! So ein Frevel, dieser bösartige Unsinn, den er ihr dauernd einflüstert, über mannsgroße Käfer und den Mars.«

Klick klick klick. Boy Boy Boy. Klicketi klick. Er ist ein Automat klick klick klickende Hände klickende Zähne klickende Füße klick klick klick klickende Knie klicketi klicketi klick. Er ist ein klickender George klicketi klick wie kann ich Ihnen helfen klick Sir klick Boy klick Lady klick klick.

Baxters Zähne klappern.

»Das da?«, fragt Mrs. Tupper und hält die Postkarte hoch. »Das ist doch gar nichts. Das ist bloß griechische Liebe. Genauso haben schon die alten Griechen den männlichen Körper verehrt«, sagt sie und klatscht sich die Postkarte in den Handteller. »Was für ein Unsinn. Das ist *meine* Postkarte. Ich habe sie als Lesezeichen verwendet. Hier«, sagt sie zu Baxter und gibt sie ihm. »Da sich diese Leute so verletzt fühlen von der natürlichen Schönheit des menschlichen Körpers, wissen Sie sicher, was damit zu tun ist.«

»Seit meine Tochter gestorben ist, habe ich keine Minute geschlafen«, sagt Oma. »Es steht mir bis zum hintersten Backenzahn, in diesem Zug herumzusitzen. Meine Tochter war zu jung, um zu sterben. Ich will nach Hause. Ich brauche meinen Pudel Nelson. Ich brauche einen Sherry, ich brauche mein eigenes Bett. Meine Tochter war zu jung, um zu sterben.«

Omas gesamtes Ich verformt sich zu Trauer, Wut, Scham, zu Großmutter-Kobold-Schlaf-Halluzinationen, zu einem Rattenkö-niggefühl, das nur Tante Arimenta entziffern könnte.

Das letzte Mal hat Baxter Edwin Drew in Toronto gesehen. Edwin hatte gerade einen Friseursalon verlassen, der in feuerfarbenem Licht erstrahlte.

Dann in einer Gasse. Im Dunkeln. Baxter ging durch die Yonge Street, Edwin folgte ihm mit seinem neuen Haarschnitt in gleichmäßigen Schritten. Baxter bog in die Albert Street ab, dann in die Albert Street Lane, Edwin ebenso.

Im Schatten einer Lagerhalle des Kaufhauses Eaton's blieben sie stehen, aneinandergepresst, Edwin legte seinen Arm über Baxters Schulter. Sie berührten und streichelten einander mit schwachen Knien, als plötzlich die Stimme eines Polizisten ertönte. Baxters Hände nass von Edwin Drew, seine Finger tropften vor Liebe.

Die Stimme explodierte in Baxters Schädel.

Er rannte los.

Seine Lunge brannte und schmerzte, seine Füße flogen über festgetretenen Dreck, über Bahngleise und Holzstege, er bog um Hausecken mit staubigen kunstvollen Backsteinmustern, hetzte am Kaufhaus, an Lagerhallen, an immer mehr Fabriken vorbei, rannte und rannte, immer weiter, selbst nachdem die trommelnden Schritte hinter ihm verhallt waren. Er riss sich im Laufen die Brille von der Nase, um sie nicht zu verlieren, hielt sie so fest, dass sich der Draht verbog, Straßen, Lichter und Menschen verschwammen, er wich Leuten aus, rempelte sie mit Schultern und Ellbogen an, schrie, rannte, bis die Gaslaternen verschwunden waren, rannte in die Dunkelheit, rannte in den Wald, rannte auf die Gleise, hockte sich auf die Schienen, rang, den Kopf auf die Knie gelegt, nach Atem, und sprang beim leisen Pfeifen eines Zuges zur Seite.

Er verschwand in der Dunkelheit.

Edwin Drew verschwand in der Dunkelheit.

Edwin Drew war beliebt und umgänglich, ein aufrechter Mensch und ein guter Christ, der zu laut lachte mit seinen großen perfekten Zähnen und seinem makellosen Gebissschluss. Baxter war ein Niemand mit schlechten Augen und einer schiefen Schneidezahnreihe, einer, der sich nur für Marsianer und *Weird Tales* zu interessieren schien. Edwin Drew war vierzig und verheiratet. Seine Frau zog mit den Kindern bei ihrem Bruder Eugene Grady ein. Edwin Drew, ein Baptist, eingesperrt bei einer Kaution von zweihundert Dollar, die seine Familie nicht bezahlen konnte, sein Name von den Zeitungen in alle Welt hinausposaunt.

Baxter las wieder und immer wieder seine Bücher und Zeitschriften über die Tiefsee, Marsianer, den Weltraum, Zeitreisen, Unsterbliche und Phantome. Er aß für sich allein. Er bügelte seine Hemden. Er polierte seine Schuhe, bis sie beim Gehen funkelten wie Sterne. Er umkreiste in seinem Raumschiff den Planeten Erde, er flog auf einem Riesenskarabäus vom Jupiter hoch hinauf, er befuhr im Unterseeboot die Meere. Er schlief im Keller seines Schlosses in seiner schmutzigen Kiste, freundete sich mit dem Ungeziefer an. Er saß im rasenden Zug mit durchgedrücktem Rücken auf seinem Hocker, schlief mit offenen Augen. Halluzinationen verschleierten sein Gesicht, ein kicherndes Insekt kauerte an der Stelle eines Herzens.

Edwin Drew: der beste Ausbilder des ganzen Landes. Und er konnte pokern, als hätte er das Spiel erfunden, klatschte die Karten auf den Tisch und jubelte sich in den Sieg.

»Verhalte dich im Zug wie ein Automat auf dem Rummelplatz«, sagte Edwin Drew einmal und rückte Baxters Kragen zurecht. »Setz dieses besondere Lächeln auf, je breiter, desto besser, drück auf den Knopf, schalt es ein, aber gib nicht den Onkel Tom. Nicht *grinsen*. Singe, tanze, mache Zaubertricks, wenn sie dich darum bitten. Vielleicht auch noch was anderes, falls es genug Geld bringt, aber spiel nicht den Onkel Tom. *Ohne Affentheater, so ist es viel leichter. Gibt auch mehr Trinkgeld.* Manchmal habe ich gesungen, manchmal habe ich getanzt. Manchmal habe ich mich reiten lassen wie ein Pferd. Na und? Bringt Trinkgeld. Na und?«

Baxter hat keine Ahnung, wo Edwin Drew jetzt ist.

Baxter fegt eine mumifizierte Fliege aus dem Wäscheschrank, die Beine sind zerknickt, ihr Bauch schimmert blau. Er nimmt sie zwischen Zeigefinger und Daumen.

Eine Fliege an der Wand. Er ist keine Fliege, obwohl er schon mit allerhand Scheiße zu tun hatte. Er spürt sein dämliches Grinsen, der Schlaf überschwemmt ihn, zieht ihn in die Tiefe.

Und da plötzlich, im Raucherabteil, sagt ihm Mad Mary, dass er entlassen ist, einfach so.

»Du bist raus, sobald wir in Banff ankommen«, sagt Mad Mary.

Mehr sagt er nicht, ehe er weiterzieht, weitermacht mit seinem Leben, seinem Gehalt, seinem Job.

Baxter setzt sich und beginnt zu zittern. Er sitzt und zittert, die Zähne klappern lange vor sich hin. Die Klingel läutet, aber er bleibt sitzen, weil er die Beine nicht bewegen kann.

»Kommst du nicht zum Frühstück?«, fragt Ferdinand, der aus dem Dunkel auftaucht.

»Ich hab keinen Hunger«, sagt Baxter.

»Blödsinn«, sagt Ferdinand. »Komm schon.«

»Mir geht das Geld aus. Von der Karte kann ich mir nichts mehr leisten.«

»*Komm* schon«, sagt Ferdinand.

Baxter geht mit den anderen Dienern in den Speisewagen. Er nimmt sich ein Stück Brot.

»Was noch?«, fragt Ferdinand. »Du musst für mindestens fünfundzwanzig Cent bestellen.«

Templeton räuspert sich. »Nimm Eier mit Speck, Mann«, blafft er.

»Ich habe kein Geld«, flüstert Baxter. »Ich habe keinen Hunger.«

»Wir zahlen dir das Frühstück«, sagt Ferdinand.

»Klar«, sagt Sprosse.

»Ja.« Templeton nippt an seinem Kaffee. »Mr. Magruder hat es mir erzählt.«

»Wir haben gehört, dass du so eine französische Postkarte gefunden hast«, sagt Ferdinand.

»Hmpf«, macht A. P.

Mad Mary marschiert durch den Wagen.

»Mr. Magruder«, sagt Ferdinand.

»Was ist?«

»Irgend so ein Witzbold hat unanständige Postkarten im Zug verteilt.«

»Ich *weiß*. Der Missetäter sitzt ja hier.«

»Aber Baxter hat uns erzählt, er hat seine gefunden, genau wie wir. Ich habe auch eine Postkarte gefunden«, sagt Templeton. »Grässliches Ding.«

»Hast du nicht«, sagt Mad Mary.

»Also ich auch«, sagt Sprosse. »Irgend so ein Witzbold hat die im Zug liegen lassen.«

»Wo sind sie denn?« Mad Mary runzelt die Stirn. »Gebt sie her.«

»Ich habe meine gleich weggeworfen.«

»Ich auch. Durchs Fenster.«

»Und der hier hat beschlossen, seine zu behalten«, sagt Mad Mary. »Ein Fahrgast hat sie gefunden. Hat es gemeldet. Mir sind da die Hände gebunden.«

»Kluges Kerlchen. Ich wünschte, ich hätte es auch so gemacht«, sagt Templeton.

»Was?«, sagt Magruder.

»Das war echt schlau«, sagt Ferdinand.

»Was denn?«, fragt Magruder. »Er ist gefeuert. Du bist gefeuert, Baxter. Du fliegst raus aus diesem Unternehmen.«

»Beweismittel!«, sagt Ferdinand. »Damit wir den Bösewicht schnappen können.«

Mad Mary steht da, die Zunge brodelt in seinem Mund, er spannt die Kiefer an, lässt sie locker, spannt wieder an.

»Ich sollte euch alle feuern.«

»Wahrscheinlich sollten Sie das«, sagt Templeton. »Dann können wir, während wir hier in den Bergen festsitzen, endlich ein bisschen Schlaf nachholen.«

Er wiehert so heftig, dass Kaffee aus seinem Becher schwappt.

»Herrgott noch mal«, sagt Mad Mary mit verschränkten Armen. »Archie«, spricht er Templeton an, lässt die Arme sinken, streckt die Hände aus, »was soll das?«

Templeton nippt an seinem Kaffee, mit blutunterlaufenen Augen in tiefen Höhlen, ist jenseits von Wachen und Schlafen.

»Na gut.« Mad Mary ballt eine Faust.

Templeton schlürft. Aber seine Tasse zittert.

»Na gut«, sagt Mad Mary, schlägt die Faust in die andere Hand. »Du bist nicht gefeuert.«

»Wer ist nicht gefeuert?«, fragt Templeton.

Da kippt Baxter um. Er knallt mit der Wange auf den Boden. Sein Hut fliegt in einem überraschten Bogen von seinem Kopf.

Ammoniak sticht ihm in die Nase.

»Steh auf, Mann! Um Himmelswillen, du kannst nicht *hier* rumliegen.«

Mad Mary zerrt mit einer Hand an Baxter, greift mit der anderen nach dem Riechsalz.

Baxters Magen, Baxters Herz sind explodiert.

Templeton setzt sich auf seine Absätze. »Du bist in Ohnmacht gefallen«, stellt er nüchtern fest.

Baxter ruckelt sich hoch, hält sich seitlich am Stuhl fest, zieht sich auf die Füße. Wackelig steht er da. Das Licht, das durch die Fenster einfällt, ist zu hell.

»Mir geht's tipptopp«, sagt er. »Tipptopp. Ging mir nie besser.«

Er verzieht sein Gesicht und lächelt die anderen Diener an.

»Wenn du meinst«, erwidert Mad Mary. »Dann iss was, und geh wieder an die Arbeit.«

Der Tag schleppt sich hin, die Berge drängen sich um sie herum. Die Fahrgäste versammeln sich im Aussichtswagen, um eine Braunbärin und ihre beiden Jungen bei der Futtersuche zu beobachten. »NICHT AUSSTEIGEN«, sagt Mad Mary. »ICH WIEDERHOLE. NICHT AUSSTEIGEN.«

Später ziehen steifbeinig vier Hirsche vorüber.

Unvermittelt erbebt der Wagen, und die Bäume, die Wiese, die Schlucht gleiten langsam davon. Die Passagiere skandieren zackige *Hurras* und *Juhus*, sie klatschen, einige Männer pfeifen. Mrs. Tupper auch.

Die Spinne kauert mit ihrer funkelnden Spinnenhaarspange am Fenster, als wolle sie jeden Moment hinausspringen. Mrs. Tupper fläzt mit einer verwelkenden Krone aus lila Bergblumen im Haar in ihrem Sessel. Carlotta Tupper spielt mit Papier eine stürmische Partie Rommé und tschilpt wie ein kleines Mädchen, während Papier schüchtern lächelt. Pappe lungert in der Ecke herum, den Hut tief ins Gesicht gezogen, weil er am Vorabend zu viel getrunken hat. Oma liest, die Spitze ihres kleinen Fingers zwischen den Zähnen, in Baxters Buch *Der Skarabäus vom Jupiter*; sie hat es sich ausgeliehen, weil Mrs. Tupper ihr die Lektüre dringend ans Herz gelegt hat. Noch nie hat sie etwas Vergleichbares gelesen, und sie kann an nichts anderes mehr denken. Baxter hofft, dass sie ihm das Buch zurückgibt. Wahrscheinlich vergisst sie es und packt es in ihre Tasche, und was könnte er dann tun? Gar nichts.

In Abteil A zieht Andrew Swain Haarnadeln aus seiner Perücke heraus, wischt sich mit Feuchtigkeitscreme den Lippenstift vom Mund, Rouge und Puder von den Wangen, Kajal von den Augen, doch das rosa Korsett behält er an. Er wird in die Schreibstube gehen und einen Brief an seine Frau Cicely schreiben, genau, wie das Medium Mrs. Crane es ihm geraten hat. Er vermisst Cicely, weil sie selbst das schlimmste Ereignis in eine lustige Geschichte verwandeln konnte und seine Freunde und deren Lebensweise verstand. Die Show in Vancouver hat er verpasst. Er wünschte, er könnte Cicely die Geschichte dieser furchtbaren Fahrt erzählen und sie sich von ihr wiedererzählen lassen. Sobald er in Vancouver ankommt, wird er gleich zurück nach Hause fahren zu Cicely und ihr den Brief aufs Grab legen.

Plötzlich spürt er die kalten Sohlen ihrer kleinen Füße im Kreuz, ihre Gewohnheit in Winternächten. »Cicely?«, fragt er, und sein Herz zerspringt.

Esme und Rocky sind eingekeilt zwischen Baxters Rücken und der Wand, er liegt auf dem Sofa im Raucherabteil. Esmes Augen fallen zu, aber nicht ganz, ihre Arme hat sie um das Pferd geschlungen. Die Klingel schellt nicht. Baxter döst, doch er ist der wache Tote, durchflutet von einer Welle hellwacher Energie, er ist ein Wiedergänger. Das Ding tief in ihm ist ausnahmsweise gesättigt, wenn auch nur für kurze Zeit.

Seine Augen sind so trocken wie ein Berggipfel.

In Banff hilft Baxter Mutter und Tochter Tupper aus dem Zug. Carlotta trägt einen schlichten weißen Hut auf dem Kopf, sie drückt ihm ein Fünfzigcentstück in die Hand, als wäre es der Schatz des Aladin. Anschließend wendet sie sich ab und geht zu ihrer abgesagten Hochzeit.

Mrs. Tupper stopft Baxter einen Keil aus eng gefalteten Geldscheinen in die Hand. Sie zwinkert ihm erst mit dem einen, dann mit dem anderen Auge zu, mit Grübchen in den Wangen. »Danke für eine wunderbare Reise, Mr. Baxter«, sagt sie. »Es war mir eine Freude, Sie kennenzulernen.«

Mrs. Tupper lässt ihren Parasol kreiseln.

In Baxters Hand liegen acht gefaltete Zwanzigdollarscheine.

Sein Magen springt ihm in die Kehle und purzelt dann in die Füße.

Einhundertsechzig Dollar.

Er wird Zahnmedizin studieren.

Der Zug rollt weiter durch Lake Louise, Field, Revelstoke, ehe er endlich in Sicamous hält.

Punch und Judy steigen hier aus, obwohl sie bis Vancouver gebucht haben. Am Bahnsteig steht keine Schwester.

Punch gibt Baxter fünfundzwanzig Cent.

Der Salon erwartet samten und edel die nächsten Passagiere. Warm.

Im Korridor stolpert der Doktor und stützt sich kurz an Baxter ab. Nur eine Sekunde lang berührt er Baxters Kreuz, so, wie sich ein Fremder abfangen würde, aber wie es ein Fremder wohl nicht tun würde.

Der Zug kommt in der Endstation Vancouver zum Stehen. Die Fahrgäste schwemmen durch die Gänge, schubsen und spurten durch die Tür. Fünfundzwanzig Cent, fünfzig Cent, fünfunddreißig Cent, ein Dollar, fünf Cent. Fünfzig Cent. Bahnhofsdiener eilen herbei, um Reisetaschen und Hutschachteln entgegenzunehmen. Sie schleppen Koffer und Kisten, einer jongliert sogar einen Vogelkäfig auf dem Gepäckstapel.

Oma steigt aus, doch Esme bleibt bei Baxter und klammert sich an ihn. Als Trinkgeld gibt ihm Oma sein Buch *Der Skarabäus vom Jupiter* zurück.

Ein Mann im gestreiften Anzug geht auf Oma zu und küsst sie auf die Wange. Sie betrachten einander schweigend inmitten des Bahnhofslärms.

»Ich bin so müde«, sagt Oma.

Der Mann küsst sie auf die andere Wange.

»Wie geht es ihr?«, fragt er.

Oma holt ein Taschentuch aus ihrer Tasche und wischt sich über die Augen. Sie schüttelt den Kopf.

Esme versteckt sich hinter Baxters Beinen. Der Mann im gestreiften Anzug streckt ihr die Hand entgegen.

»Esme«, sagt er. »Ich bin's, Papa. Esme.«

Sie weicht zurück.

Baxter geht in die Hocke und fasst sie sanft an den dünnen Schultern. »Es ist dein Papa«, sagt er.

Als er aufzustehen versucht, schaut sie ihn finster an. Sie hat seinen Arm gepackt, sie greift nach seinem Hals und schlägt ihm dabei das Porzellanpferd gegen die Schläfe. Er zuckt zusammen. Dann lacht er schnell, denn Esmes Vater und Oma beobachten ihn.

»Hör mal«, sagt er zu Esme. »Möchtest du mein Buch behalten? *Der Skarabäus vom Jupiter*? Als Erinnerung?«

Sie beginnt zu weinen, ihre Augen sind roh und rot, die Nase rotzverschmiert, Rocky klemmt unter ihrer Achsel.

Er hält ihr das Buch hin. Esme weint, bis sie einen Schluckauf bekommt. Sie zieht das Pferd unter ihrer Achsel hervor, packt es mit beiden Händen und hält es ihm hin.

Er nimmt das Pferd. Sie nimmt das Buch.

Esme fährt mit der Fingerspitze den Käfer auf dem Umschlag nach, schlingt die Hände um das Buch und umarmt es fest. Baxter schlingt die Hände um das Pferd. Er winkt, als ihr Vater sie mit ihren kurzen Koboldbeinen auf den Arm nimmt, und sie winkt und winkt und winkt, bis sie, ihr Vater und ihre Großmutter von der Menge verschluckt werden. Baxter geht mit schmerzender Kehle hinauf in den Wagen, er wiegt das Pferdchen in den Armen.

Oma hat ihm überhaupt kein Trinkgeld gegeben. Womöglich wird er doch noch gefeuert.

Er hilft weiteren Fahrgästen beim Aussteigen, bringt ihre Taschen auf den Bahnsteig.

Er trägt auch Dr. Hubble die Tasche, obwohl der Doktor stark und kräftig genug ist, das selbst zu tun.

»Auf Wiedersehen«, sagt Dr. Hubble.

Dann stehen sie da, betrachten einander, einen Augenschlag zu lang, eine Spur zu nah.

»Freut mich, Sie kennengelernt zu haben, Sir«, sagt Baxter.

»Mich freut es auch, Sie kennengelernt zu haben, Sir«, sagt der Doktor.

Der Doktor schiebt ihm einen zerknüllten Geldschein in die Hand. Baxter klettert zurück in den Wagen und öffnet die Hand. Es ist ein Dollarschein und eine herausgerissene Tagebuchseite mit den mit Füller geschriebenen Worten: *Ich würde dich gern wiedersehen.* Eine Adresse in Montreal. Unterzeichnet *Jasper.*

Er faltet den Zettel zusammen und schiebt ihn sich in die Jackentasche, in der er die Postkarte aufbewahrt hat. Auch der Doktor hat sich in der Menge aufgelöst, verdaut von den Bahnhofsgedärmen.

Zwar wartet im Wagen Arbeit auf Baxter, zwar muss er noch sauber machen, die schmutzige Bettwäsche bündeln sowie sämtliche verlorenen und liegengebliebenen Gegenstände in die Fundsachenliste eintragen. Doch er riecht bereits die verregneten Grünflächen Vancouvers.

Er läutet die Klingel von Abteil A, klopft mit den Knöcheln an die Holztür. Als Andrew Swain nicht antwortet, wappnet sich Baxter für das schlimmste Chaos aller Zeiten und stößt die Tür auf.

Leere. Das Abteil ist gewischt und geschrubbt und so sauber wie vor Tagen, als Baxter den Zug erstmals bestieg. Das Abteil liegt still da, wie an einem Abgrund.

Baxter sammelt Müll ein, leert die Kojen. Die Wagen schlängeln sich in den Betriebshof in der Drake Street, wo sie gewartet werden.

Er steigt aus, mit seiner schmucken Dienermütze und seiner adretten Jacke, hält die Tasche in der Hand, die Schuhe sind hochglanzpoliert wie immer. Die Kellner und die anderen Bediensteten aus dem Speisewagen, der Steward, der Proviantmeister, der Koch und seine Helfer, Stanley der Ingenieur, der Bremser, der Heizer, Templeton, Sprosse und Mad Mary zerstreuen sich in alle Richtungen. Ferdinand steigt ebenfalls aus und rubbelt an einem Kratzer auf seiner Tasche herum, während er auf Baxter wartet. Mit klackenden Absätzen laufen sie auf dem Bahnsteig hinter Templeton und Sprosse her, die zu ihrer Dienststelle gehen, um sich ihre Lohntüten abzuholen. Um zu erfahren, wie viele Strafpunkte es gab und ob sie entlassen werden. Bei allen blitzen die Schuhe, glänzen die Goldknöpfe an den Jacken.

Baxter hat keine Ahnung, was ihn erwartet, welche Beschwerden auf ihn niederregnen werden. In der Zentrale wartet er, bis er an der Reihe ist.

Zwei Strafpunkte für anmaßendes Verhalten gegenüber einem Fahrgast. Welcher Fahrgast das war, wird nicht gesagt. Und er muss drei fehlende Handtücher bezahlen.

In einem chinesischen Restaurant bestellt er Nudeln.

Danach legt er sich, umgeben von zwölf schnarchenden Dienern, in ein Etagenbett. Seine Augen sind weit geöffnet.

Er hält sich am Kometenschweif eines Traumes fest, bis ihn Ferdinand drei Etagenbetten weiter fragt, ob er mit zum Frühstück gehen möchte.

Einsilbig schlürfen die beiden ihren Kaffee, beißen in Kekse, Eier und Speck.

Sie verlassen das Restaurant mit vollem Magen.

»Weißt du, was mit Eugene Grady wird?«, fragt Baxter. »Wird er einen anderen Job finden?«

»Ach, Eugene«, sagt Ferdinand und versenkt die Hände tief in die Hosentaschen. »Eine seiner Frauen arbeitet als Wäscherin für Bordelle. Die andere hat einen Friseursalon. Die sorgen schon für ihn.«

Graue aufgeblähte Quellwolken jagen bei starkem Wind über den Himmel.

Baxter stochert mit der Schuhspitze im Dreck herum. Er atmet einmal tief durch, ehe er spricht, aber er muss es einfach wissen. Er muss herausfinden, ob jemand etwas weiß.

»Was ist eigentlich aus diesem Edwin Drew geworden? Hast du von dem mal gehört?«

»Meinst du den, der die Schlafwagendiener ausbildet?«, fragt Ferdinand. »Der im Gefängnis saß?«

Baxter nimmt sich mit der linken Hand die Mütze vom Kopf, fährt mit der rechten über sein Haar, setzt die Mütze wieder auf. Er rückt sich den Kragen zurecht. Noch heute muss er sich die Haare schneiden lassen.

»Also, der«, sagt Ferdinand. »Der hat in Montreal Geld in einen Laden gesteckt, um einen Nachtklub zu eröffnen.« Eine Brise weht Ferdinand die Jacke auf. »Der hat Schnaps geschmuggelt, weißt du.«

Baxter fängt an zu lachen. »Oh, das ist schlimm, schätz ich«, sagt er.

Er lacht und lacht, bis er Schluckauf und Magenkrämpfe bekommt.

»Sehr schlimm«, sagt Ferdinand, der ebenfalls loslacht. »Was ist daran so lustig?«

Sie lachen beide. »Warum! Lachen! Wir!«, lacht Ferdinand.

Ihr Lachen verebbt.

»Muss mal los«, sagt Baxter. Er schüttelt Ferdinand die Hand.

Außer zum Friseur weiß er nicht, wo er hin soll bis morgen, bevor er wieder am Bahnhof herumlungert und auf die nächste Tour wartet.

Da sagt Ferdinand: »Willst du mitkommen und mit mir den Drachen steigen lassen?«

Baxter meint zu träumen.

Seine Frau habe den Drachen entworfen und selbst gebastelt, erzählt Ferdinand, zusammengenäht mit den Fingern einer Schneiderin.

Baxter blinzelt in den Wind, der ihm ins Gesicht pustet. Er ist überhaupt nicht müde. Der Wind weht ihm die Mütze vom Kopf, und er jagt hinterher.

»Ja!«, ruft er.

Sie finden eine Grünfläche, und Baxter muss lächeln, als er losrennt und spürt, wie sich seine Muskeln freudig anspannen zu voller unbändiger Kraft, wie sich seine Arme und Beine spreizen und strecken, wie der Wind gegen seinen Körper drückt, und auch gegen Ferdinands. Beide Männer lachen mit weit aufgerissenem Mund, der Wind drückt und umschmeichelt sie, ihre Jacken haben sich so dick aufgebläht wie die Wolken über ihnen.

Baxter läuft mit dem Drachen in der Hand, und als Ferdinand ruft *Lass los*, lässt er los. Er bestaunt den strahlenden Drachen, der hin und her gepeitscht wird und dann aufsteigt, höher und immer höher in den wolkenverhangenen Himmel.

Anmerkung

Ich habe nach bestem Wissen recherchiert und mich an die geschichtlichen Fakten gehalten, wobei alle historischen Fehler auf mein Konto gehen, doch beim Verfassen dieses Buches musste ich hier und da Zugeständnisse machen; denn wie Kate Atkinson schreibt, muss man manchmal, um »im Herzen eines Buches die Wahrheit zu finden, einen gewissen Anteil der Realität opfern«.

Die Abbildung »Want a Job?« auf Seite 9 ist zwei Anzeigen aus *The Crisis* entnommen (November 1913, S. 350 f.).

Die Darstellung vom Aufbau eines Eisenbahnwagens auf Seite 33 stammt aus Gary W. Andersons *Canadian Pacific's Trans-Canada Limited (1919–1930)*.

Die Worte »Herzen werden niemals praktisch sein, es sei denn man erfindet unzerbrechliche« stammen aus dem Film *Der Zauberer von Oz* (1939).

Die Formulierung »weil er einmal zu oft vor seinen Cousinen eine Pirouette gedreht hatte. Er machte die besten Pirouetten, die besten Saltos von allen« stammt aus einem Tweet von Deborah Divine – Dan Levys Mutter –, in dem sie erwähnt, wie gern Levy als Kind Pirouetten gedreht hat: »Heute bedaure ich jede Sekunde, die ich mir in den unwissenden 1980er Jahren Sorgen gemacht habe – die ich mich fragte, wie die Welt mit meinem genialen kleinen Jungen umgehen würde, der sich so gern im Kreis drehte. Ich ahnte ja nicht, dass er dieser alten Welt den Garaus machen und eine völlig neue erschaffen würde.«

Der Ausdruck »Macht sie betrunkener« stammt aus Jack Santinos Buch *Miles of Smiles, Years of Struggle: Stories of Black Pullman Porters*.

Die Sexszene in der Gasse auf Seite 213 ist einer Schilderung in Steven Maynards »Six Nights in the Albert Lane, 1917« nachempfunden.

Ein Auszug aus einem früheren Entwurf dieses Romans erschien in *Canada and Beyond: A Journal of Canadian Literary and Cultural Studies* 8 (2019).

Dank

Mein Dank geht an großartige geliebte Menschen, die lasen, kommentierten, erneut lasen, wieder kommentierten und mir mitten in der Nacht oder mitten am Tag zuhörten: Nicole Markotić, Rosemary Nixon.

Ich danke Alana Wilcox für ihr Lektoratsauge, das scharf ist wie das eines Fangschreckenkrebses, und ihr Wahnsinnsgehirn, das mir über die Ziellinie half. Dank an alle bei Coach House Books.

Ich danke den Menschen, die diesem neuen Roman ins Leben geholfen haben: Fred Wah, Cheryl Foggo, Don Bragg, John Harewood, Melanie Boyd.

Dank an Saje Mathieu, Steven Maynard und Wayde Compton für ihre historische Expertise und ihre Ratschläge.

Danke an all die, die so wichtig sind: Jess Nicol (meine Postdoc-Betreuerin), Hollie Adams, Craig Lewington, Joanne Pohn, Heather Stirrup, Barb Hume, Jim Hume, Jonathan Ball, Carole Taylor, Brian Jansen, Dawn Bryan, George Chauncey, Shane Book, Kristine Stewart, Bethany Paul, Derrick Paul, Carly Stewart, Nancy Jo Cullen, Faye Halpern, Anthony Camara, Morgan Vanek, André Alexis, Jon Rozhon, Barb Levine, Melissa Wang Jackson, Erina Harris, Julia Gaunce, Sharon Brawn, Vivek Shraya, Cheryl Thompson, Stefania Forlini, Alice Zorn. Meiner Familie (in fast alphabetischer Reihenfolge): Tonya, Friedrich, Hannah, Julien, Maya, Rose-Marie, Ulrich, Vanessa, Wendy, Coco, Brossy, Sido, Pushkin, Rio.

Danke an Don Kirk, David Humphrey und Honor Neve am Cranbrook History Centre.

Die folgenden Bibliotheken und Archive und ihr Personal waren eine unschätzbare Hilfe: die Archives of Manitoba, die University of Manitoba Archives and Special Collections, die Newberry Library Pullman Company Archives, das Exporail Canadian Railway Museum, die Library and Archives Canada, die City of Vancouver Archives, die Chung Collection der UBC Library, die Calgary Police Services Archives, das Schomburg Center for Research in Black Culture.

Ein Großteil der Recherche für dieses Buch wurde von einem großzügigen Stipendium ermöglicht, dem Insight Grant des Social Sciences and Humanities Research Council (SSHRC).

Dank wie immer an Tonya Callaghan. Worte können das nicht ausdrücken.

Literaturhinweise

Anderson, Garry W.: *Canadian Pacific's Trans-Canada Limited (1919–1930).* [[1990]], Cranbrook, Canadian Museum of Rail Travel 1996

Arnesen, Eric: *Brotherhoods of Colour. Black Railroad Workers and the Struggle for Equality*, Cambridge 2002

Beam, Joseph: *In the Life. A Black Gay Anthology* [[1986]], Washington D.C. 2008

Bird, J. Malcolm: *»Margery« the Medium*, Boston 1925, Hathi-Trust

Chauncey, George: *Gay New York. Gender, Urban Culture, and the Making of the Gay Male World 1890–1940*, New York 1994

Compton, Wayde: *After Canaan. Essays on Race, Writing, and Region*, Vancouver 2010

Crichlow, Wesley: *Buller Men and Batty Bwoys. Hidden Men in Toronto and Halifax Black Communities*, Toronto 1994

Derickson, Alan: »›Asleep and Awake at the Same Time‹. Sleep Denial Among Pullman Porters«, in: *Labor. Studies in Working Class History* 5, Nr. 3 (Herbst 2008), S. 13–44

Foster, Cecil: *They Call Me George. The Untold Story of Black Train Porters and the Birth of Modern Canada*, Windsor, Ontario 2019

Gairey, Harry: *A Black Man's Toronto 1914–1980. The Reminiscences of Harry Gairey*, hrsg. von Donna Hill, Toronto, Multicultural History Society of Ontario 1981

Gardiner, James und Charles Glover Montague: *A Class Apart. The Private Pictures of Montague Glover*, London 1992

Grizzle, Stanley G.: *My Name's Not George. The Story of the Brotherhood of Sleeping Car Porters in Canada. Personal Reminiscences of Stanley G. Grizzle*, Toronto 1998

Hemphill, Essex: *Ceremonies. Prose and Poetry*, San Francisco 1992

Holderness, Herbert O.: *The Reminiscences of a Pullman Conductor or Character Sketches of Life in a Pullman Car*, Chicago 1901

Hughes, Lyn: *An Anthology of Respect. The Pullman Porters National Historic Registry of African American Railroad Employees*, Chicago 2007

Jacob, Selwyn (Regisseur): *The Road Taken*, National Film Board of Canada 1996

Kirvin, Johnnie F.: *Hey Boy! Hey George. The Pullman Porter. A Memoir*, Charleston 2010

Korinek, Valerie J.: *Prairie Fairies. A History of Queer Communities and People in Western Canada, 1930–1985*, Toronto 2018

Kornweibel Jr., Theodore: *Railroads in the African American Experience. A Photographic Journey*, Baltimore 2010

Lorinc, John u. a.: *The Ward. The Life and Loss of Toronto's First Immigrant Neighbourhood*, Toronto 2015

Maloney, Russell: »Pullman Porter. Among Other Things, He Must Be a Practical Psychologist and a Minor Miracle Worker«, in: *Holiday* (November 1947)

Marlatt, Daphne und Carole Itter: *Opening Doors. Vancouver's East End*, in: *Sound Heritage* 8, Nr. 1 und 2 (1979)

Mathieu, Saje: *North of the Colour Line. Migration and Black Resistance in Canada, 1870–1955*, Chapel Hill 2010

Maynard, Steven: »Six Nights in the Albert Lane, 1917«, in: *Any Other Way. How Toronto Got Queer*, hrsg. von Stephanie Chambers, Toronto 2017, S. 93–95

Ders.: »Through a Hole in the Lavatory Wall. Homosexual Subcultures, Police Surveillance, and the Dialectics of Discovery, Toronto 1890–1930«, in: *Journal of the History of Sexuality* 5, Nr. 2 (Oktober 1994), S. 207–242

Ders.: »›Without Working?‹ Capitalism, Urban Culture and Gay History«, in: *Journal of Urban History* 30, Nr. 3 (1. März 2004), S. 378–398

McKissack, Patricia und Frederick: *A Long Hard Journey. The Story of the Pullman Porter*, New York 1989

Nugent, Richard Bruce: »Smoke, Lilies, and Jade«, in: *Fire!* 1, Nr. 1 (1926), HathiTrust

Perata, David D.: *Those Pullman Blues. An Oral History of the African American Railroad Attendant*, Lanham 1999

The Pullman Porter, hrsg. von der Brotherhood of Sleeping Car Porters, 1927, HathiTrust

Robertson, Beth A.: *Science of the Séance. Transnational Networks and Gendered Bodies in the Study of Psychic Phenomena, 1918–1940*, Vancouver 2016

Rogers, J. A.: *From Superman to Man.* [[1917]], HathiTrust

Santino, Jack: *Miles of Smiles, Years of Struggle. Stories of Black Pullman Porters*, Champaign 1989

Sarsfield, Mairuth: *No Crystal Stair* [[1997]], Toronto 2004

Swift, E. M. und C. S. Boyd: »The Pullman Porter Looks at Life«, in: *The Psychoanalytic Review. A Journal Devoted to an Understanding of Human Conduct* 15, Washington, D. C. 1928, S. 393–416

Townsend, Robert (Regisseur): *10 000 Black Men Named George*, Showtime Networks 2002

Tye, Larry: *Rising from the Rails. Pullman Porters and the Making of the Black Middle Class*, New York 2004

Washington, Eric K.: *Boss of the Grips. The Life of James H. Williams and the Red Caps of Grand Central Terminal*, New York 2019

Waugh, Thomas: *Hard to Imagine. Gay Male Eroticism in Photography and Film from Their Beginnings to Stonewall*, New York 1996

Welsh, Joe u. a.: *The Cars of Pullman*, New York, 2015

Lesen Sie weiter ...

Eva Strasser Wildhof *Roman*

Lina reist mit leichtem Gepäck. Denn sie hat nicht vor zu bleiben. Was in ihrem Heimatort auf sie wartet, wiegt schwer. Und dabei weiß sie noch längst nicht alles. Doch weil es summt und leuchtet und duftet im Wald, geht sie nicht in die Knie, sondern weiter.

Quart*buch*. Gebunden mit Schutzumschlag. 208 Seiten

Sara Mesa Die Familie *Roman*

In dieser Familie gibt es keine Geheimnisse. Alle spielen Theater, verstellen sich, verschweigen, erfinden kleine Lügen. Sara Mesas Erkundung des Weltinnenraums Familie – unerbittlich, beklemmend genau, so unheimlich vertraut wie die Schatten im nächtlichen Kinderzimmer.

Aus dem Spanischen von Peter Kultzen
Quart*buch*. Gebunden mit Schutzumschlag. 240 Seiten

Sarah Bernstein Übung in Gehorsam *Roman*

Auch durch Unterwerfung kann Macht und Kontrolle erlangt werden. Und wer manipuliert, kann nicht unschuldig sein. Oder? Ein Roman voller Rätsel, die nur zwischen den Zeilen entschlüsselt werden können.

Aus dem Englischen von Beatrice Faßbender
Quart*buch*. Klappenbroschur. 160 Seiten

Marvel Moreno Im Dezember der Wind *Roman*

In jedem Satz steckt eine ganze Welt. Marvel Morenos karibische Saga um vier Freundinnen: ein ausschweifender, überlebensgroßer Roman – und die lange überfällige Entdeckung einer faszinierenden Erzählerin.

Aus dem kolumbianischen Spanisch von Rike Bolte
Quart*buch*. Gebunden mit Schutzumschlag. 448 Seiten

Zeitlose Romane

Milena Michiko Flašar Ich nannte ihn Krawatte *Roman*

Ist es Zufall oder eine Entscheidung? Auf einer Parkbank begegnen sich zwei Menschen. Der eine alt, der andere jung, zwei aus dem Rahmen Gefallene. Nach und nach erzählen sie einander ihr Leben und setzen behutsam wieder einen Fuß auf die Erde.

WAT 829. Broschiert. 144 Seiten

Doris Lessing Das fünfte Kind *Roman*

Es dauert eine Weile, bis sie es sich eingesteht: Harriet hat Angst vor ihrem eigenen Kind. Beziehungsweise ertappt sie sich bei dem Gedanken, es könnte womöglich böse sein. Welch unaussprechliche Ahnung!

Aus dem Englischen von Eva Schönfeld
WAT 877. Broschiert. 208 Seiten

Natalia Ginzburg Alle unsere Gestern *Roman*

Niemand vermag so scheinbar unbeteiligt und hellsichtig den Beziehungen zwischen Menschen nachzugehen wie Natalia Ginzburg: in der Familie, zwischen Mann und Frau, zu Freunden – und so beinahe weise eine Erzählung hinter der Geschichte auszubreiten.

Von Maja Pflug durchgesehene Übersetzung aus dem Italienischen
Quart*buch*. Gebunden mit Schutzumschlag. 336 Seiten

Wenn Sie mehr über den Verlag oder seine Bücher wissen möchten, schreiben Sie uns eine Postkarte oder elektronische Nachricht (mit Anschrift und E-Mail). Wir informieren Sie dann regelmäßig über unser Programm und unsere Veranstaltungen.

Verlag Klaus Wagenbach Emser Straße 40/41 10719 Berlin
www.wagenbach.de vertrieb@wagenbach.de